LA VIE L'EMPORTERA

Nathalie Gauthier

LA VIE L'EMPORTERA

ISBN 9782492812057

Prologue

Soudan du Sud, décembre 2012

Le soleil a commencé sa course descendante lorsque Trésor et ses copains sortent en courant de l'école. Il fait chaud et la poussière soulevée par leurs pieds nus se colle tout de suite à la peau. Dans la lumière qui filtre à travers les branches de l'arbre à palabres sous lequel somnolent les vieux du village, dansent des milliers de paillettes qui éblouissent le petit garçon. Il s'arrête net, stupéfait. Sans se concerter, les enfants courent d'un même élan et restent bouche bée. Ça y est ! L'autobus offert par une ONG à leur village est terminé. Les élèves de la classe des grands avaient été chargés de le décorer. Armés de pinceaux et de peinture, ils avaient travaillé pendant quatre jours dans le hangar derrière l'école, là où les plus jeunes n'ont pas le droit d'entrer. Tous les soirs, accroupi devant le feu où cuit le repas du soir, Trésor avait écouté son frère aîné, Gentil, décrire par le menu les dessins qu'ils avaient d'abord tracés au pinceau noir, puis coloriés. Chaque élève s'était vu attribuer un morceau de l'autobus et Gentil avait pu peindre le coffre. Malgré les descriptions enthousiastes, Trésor n'était pas préparé à la beauté de l'autobus dont les couleurs rutilent sous le soleil.

— Pas touche ! C'est pas encore sec, crie Gentil, quand Trésor tend les doigts vers la tête d'un cheval à la crinière bleue.

— Je pourrai monter dedans bientôt ?

— Tu rêves, Minus, c'est pas pour les petits !

Gentil a dix ans. Trésor en a cinq. « Presque six », tient-il à préciser quand on lui demande son âge. Mais son frère s'obstine à l'appeler Minus.

L'enfant tourne autour de l'autobus, grisé par l'odeur de la térébenthine, par l'éclat des couleurs où les bleus le disputent aux jaunes soleil, aux oranges chatoyants et aux verts étincelants. Il essaye de se glisser à l'intérieur, mais la main de Gentil s'abat sur son épaule et le tire en arrière. Trésor entend craquer la couture de son col.

— Hé, Minus ! Tu n'as pas compris ? Fais gaffe à toi si t'essayes de monter !

Les enfants forment un cercle respectueux autour du bus. Les grands veillent à ce qu'ils n'approchent pas et se rengorgent en écoutant les commentaires enthousiastes. Les habitants des petites maisons colorées se sont avancés à leur tour. L'arrivée de l'autobus est un événement. Cela fait de longs mois que tout le village bruit d'une attente impatiente. Félicité, la mère de Trésor et Gentil, a expliqué que l'ONG leur en avait fait cadeau pour sortir les habitants de leur isolement. À présent, ils ne devront plus marcher deux journées entières pour aller à la ville et au grand marché. Bien sûr, ils le partageront avec les autres villages de la plaine, mais c'est une vraie révolution. Et ça, c'est leur père qui le leur a dit avec fierté.

Ce soir-là, chez lui, Trésor reste silencieux. Il écoute les fanfaronnades de son frère, les questions pressantes de sa mère, impatiente d'aller faire les courses ailleurs qu'au petit marché du village, ainsi que les commentaires philosophiques de son oncle sur le développement et la modernité qui allaient enfin trouver le chemin de leur village. Dès le lendemain, l'autobus prendra la route de Djouba, la capitale. Seuls quelques privilégiés pourront y monter. Pour Trésor et sa famille, il faudra encore attendre avant de tenter l'aventure.

Félicité réalise que les étoiles sont de plus en plus nombreuses dans le ciel et ramasse les assiettes qu'elle nettoie dans la bassine à côté de la porte de la maison, pendant que son frère accompagne ses neveux se coucher.

Allongé dans le noir, Trésor tend l'oreille sans faire un mouvement. Il guette les bruits de la maison et des alentours. Lorsque le souffle de Gentil se fait enfin régulier, il se glisse dehors. La lune est énorme et de la même couleur qu'une orange et le petit garçon peut courir sans peur sur le chemin, ses sandales à la main. Ses pieds nus ne font aucun bruit quand il arrive sur la place, désertée par les silhouettes sinueuses des vieux enturbannés de blanc. Il se faufile derrière l'autobus. En prévision du voyage du lendemain, la porte est restée ouverte et l'enfant grimpe les hautes marches. Impressionné par sa propre audace, il s'assied derrière le volant en retenant son souffle. Ses pieds ne touchent pas les pédales et son visage parvient à peine au niveau du pare-brise. Il tourne le volant de gauche à droite et de droite à gauche en faisant des bruits de moteur avec sa bouche. Il étudie tous les cadrans sur le tableau de bord et continue à caresser le volant en balançant les pieds. Il se sent tellement fort sur ce fauteuil qu'il se promet d'être un jour conducteur d'autobus. Il abandonne à regret le siège pour remonter la coursive, s'asseyant au hasard sur les banquettes. Celle du fond est la plus confortable et le petit garçon peut s'y allonger de tout son long. Un jour, il aura son autobus à lui, peint exactement de la même façon et il emmènera des milliers de gens dans toutes les villes de son pays. Trésor échafaude mille projets sans se résoudre à se lever. Ses yeux se ferment, l'autobus devient carrosse, bolide, engin spatial et c'est couché sur la banquette du fond que le sommeil le cueille.

Le bruit du moteur le réveille en sursaut. L'autobus est vide et le conducteur qui n'a pas remarqué l'enfant endormi sur la banquette, manœuvre pour aller chercher les dizaines de personnes venues des villages alentour, chargées de vivres, d'animaux ou de ballots de tissu. Affolé à l'idée que Gentil puisse le voir dans « son » autobus, Trésor se cache entre les deux derniers sièges. Il reconnaît Kaïcha, la secrétaire de l'école, mais dans la cohue générale, personne ne s'aperçoit de sa présence et quand il entend le rugissement du moteur, Trésor réalise qu'il ne peut plus descendre. L'autobus s'éloigne cahin-caha sur la piste. La peur et l'excitation se mêlent en lui pour lui couper presque la respiration. Que dira sa maman quand elle ne le verra pas pour le petit-déjeuner ? Que pensera son copain Sinouhé quand il l'attendra en vain devant chez lui pour qu'ils fassent ensemble le chemin de l'école ?

Quant à la colère de son frère, Trésor ferme les yeux de toutes ses forces pour ne pas y penser. Pour l'instant, il tente de calmer les battements de son cœur. Il est dans l'autobus et a du mal à croire à sa chance.

Le nez collé à la vitre, il contemple le paysage. La piste est trouée de nids-de-poule et les roues du camion dispersent une poussière qui fait un écran autour des voyageurs.

Il fait déjà chaud et même si les passagers ont descendu toutes les fenêtres, Trésor sent son teeshirt lui coller à la peau. Il fixe le visage ridé d'une femme enveloppée dans un boubou blanc, qui essaie de décoincer une cage où sont prostrées trois poules.

— Hé toi là ! Aide-moi à poser la cage bien droite si tu veux bien, lui demande-t-elle.

Le pied d'un homme affalé sur le siège est glissé sous la cage. Les poules n'arrivent pas tenir debout et ne cessent de tomber les unes sur les autres, en caquetant à qui mieux mieux. La vieille a beau se perdre en imprécations, l'homme ronfle et ne bouge pas d'un centimètre, ce qui fait rire Trésor jusqu'à ce que la vieille lui lance un regard autoritaire et qu'il se baisse pour se glisser entre les jambes des passagers et atteindre celles du dormeur. À force de pousser et de tirer, il redresse la cage. Il en profite pour glisser la main entre les barreaux et caresser la poule blanche aux plumes duveteuses, douces comme de la farine. La vieille lui sourit et tire de sa poche une banane qu'elle lui tend de sa main déformée. Trésor a faim et mord à pleines dents dans le fruit sucré. Accroupi à côté des poules, il préfère se faire encore plus petit pour ne pas attirer l'attention. Il craint qu'on l'oblige à descendre et à rentrer à pied si on réalise qu'il est tout seul. Il adresse son sourire le plus enjôleur à la vieille mais veille à rester en-dehors de sa portée pour qu'elle ne soit pas tentée de lui poser des questions.

L'enfant est cerné par une forêt de jambes qu'il contemple avec curiosité. Elles sont toutes noires comme les siennes, mais il y des jambes jeunes et des jambes vieilles, des jambes tordues et des jambes bien droites, des jambes avec des nœuds aussi, des jambes avec des pieds nus ou avec des sandales brunes souvent trouées. Trésor s'amuse quelques instants à les compter mais commence à se sentir un peu mal à cause du bruit du moteur, de la touffeur ; il a soif. Toujours accroupi, il tente de se frayer un chemin vers l'avant de l'autobus pour admirer le chauffeur en douce. Le passage est difficile, les voyageurs sont fatigués et entassés. Le petit garçon évite quelques coups de pieds sournois sans parvenir à atteindre le conducteur. Il s'intercale entre deux hommes et, sur la pointe des pieds, jette un œil par la fenêtre. L'air est brûlant mais respirable et le vent qui pénètre à l'intérieur lui redonne de l'énergie. Dans l'autobus bondé, le silence règne, les visages sont tournés vers les fenêtres et Trésor peut voir toute la lumière du dehors se réfléchir dans le noir de tous ces yeux fixés sur le sable. Il n'a jamais quitté son village sinon pour aller chez sa tante à quelques kilomètres de là et il fixe le paysage avec étonnement. La savane sèche et dorée a fait place à une aquarelle de marécages d'un vert puissant. Il se souvient que l'instituteur leur a raconté un jour que dans les régions bordant le Nil Blanc, on se croyait dans un autre pays. Il est tellement émerveillé qu'il en oublie de respirer et est pris d'un hoquet sonore qui fait rire ses voisins. Toujours collé à la vitre, Trésor se demande avec un brin d'anxiété si l'autobus retrouvera le chemin pour revenir au village. Pour la première fois depuis son réveil, il réalise qu'il ne sait pas comment il va rentrer. Il a soigneusement évité Kaisha, persuadé que si elle le voyait, elle le gronderait. Il pourrait toujours rentrer avec elle après le marché, mais il ne faut pas qu'elle le voie maintenant.

L'enfant se laisse glisser à terre et pose la tête sur ses genoux. Il commence à se sentir coupable. Et seul. Ses paupières se font lourdes et le sommeil le gagne. C'est le remue-ménage qui le réveille. Autour de lui, les voyageurs s'agitent, un homme le pousse du pied sans ménagement pour l'obliger à se lever. Trésor se frotte les yeux, la tête encore pleine de son rêve dans lequel Gentil avait effacé tous ses dessins sur le coffre avec un chiffon et lui tendait le pinceau : « À toi, Minus ! » disait-il. Il l'appelait encore Minus, mais un large sourire s'épanouissait sur son visage sombre. À moitié assoupi, Trésor se fait bousculer par les passagers qui se pressent pour sortir de l'autobus, devenu une véritable fournaise. Il suit le flot, cherche Kaisha. Il a peur de sa colère, mais elle est le seul lien qui le rattache à sa mère. D'une petite voix, il appelle : « Kaisha », mais il a beau tourner la tête en tous sens, il ne la voit nulle part. Il appelle plus fort : « Maman ! », mais son cri se perd dans le brouhaha. Des mains le poussent dans le dos, la cage lui griffe la jambe et il sent le sang couler de son genou. Devant la sortie, le passage est bloqué par deux hommes qui lancent de gros ballots de coton. Il attend de pouvoir descendre et regarde la foule qui s'étale devant ses yeux. Jamais de sa vie, il n'a vu tant de gens. Il comprend pourquoi chez lui, quand on parle de la ville, il y a tant d'histoires à raconter. Des centaines de personnes se pressent sur la place du marché. Des femmes habillées de boubous éclatants portent des récipients sur leur tête haut perchée. Des hommes transportent de longues planches qui oscillent sur leurs épaules. D'autres poussent des bicyclettes sur lesquelles sont accrochés des régimes de bananes vertes. Des enfants courent avec des jerricans en plastique coloré dont l'eau s'échappe. Des vendeuses sont assises devant des pyramides de poudres de toutes les couleurs : cannelle, cardamome, curcuma, piments oiseaux ; tout cela dans un kaléidoscope de couleurs et de senteurs qui se télescopent à un rythme qui lui fait presque peur. Le soleil est haut dans le ciel, et il a soif. Le dernier paquet est descendu et l'un des hommes le saisit sous les aisselles pour le soulever dans les airs et le faire atterrir sur la place, comme s'il était lui aussi un ballot de coton. « Eh bien ! j'aurais aimé que tous mes paquets soient aussi légers que toi, petit ! » Trésor a besoin d'un ami et lui adresse un immense sourire mais l'homme se détourne déjà pour héler un porteur et oublie l'enfant qui se retourne vers le bus. Ses couleurs rivalisent avec toutes celles du marché. Encore une fois, il s'émerveille et caresse le capot brûlant avant de replonger les yeux dans la foule à la recherche de quelqu'un de connu.

Il a peur soudain. De la foule, du bruit, de la chaleur, de se perdre. Il voudrait remonter se cacher pour être certain de rentrer chez lui. Mais le chauffeur est déjà loin et la porte de l'autobus fermée. Il se tourne vers la place, le cœur battant, la gorge sèche. Une fillette passe à côté de lui. Les cheveux noués en une myriade de petites couettes retenues par des élastiques colorés, elle est vêtue d'une robe couleur de mangue, un peu trop grande pour elle et porte un jerrican. Le petit garçon saisit un pan de sa robe et la gamine se retourne les sourcils froncés.

— Pourquoi tu pleures ? demande-t-elle.

Trésor ne s'en est pas rendu compte, mais lorsqu'il passe la main sur son visage, ses joues sont de vrais lacs. Gêné, il secoue la tête et dit :

— Je pleure pas.

La gamine le regarde d'un air moqueur. Elle est plus grande que lui. En fait, depuis qu'il a quitté son village, Trésor a l'impression que tout le monde est plus grand que lui.

— Tends-moi tes mains, ordonne-t-elle.

Et elle verse de l'eau dans le creux de ses mains jointes pour qu'il puisse boire.

— Je peux aussi mouiller ma figure ?

Sans répondre, elle verse de l'eau sur un tissu à carreaux qu'elle lui tend. Elle va tourner les talons lorsque Trésor lui agrippe le bras :

— Je peux venir avec toi ?

Elle hausse les épaules et s'éloigne. Trésor reste debout les bras ballants, sans bouger et regarde la silhouette gracile s'éloigner, ployant sous le poids du jerrican rouge. Cette fois, il ne fait rien pour retenir les larmes qui roulent sur ses joues. Le tumulte devient oppressant, la place du marché grouille de monde, la chaleur fait vibrer les étals autour de lui. Malgré les gens qui le bousculent, il ne quitte pas du regard la silhouette couleur de mangue. Elle se fond dans la foule et il cligne des yeux pour ne pas la perdre de vue quand enfin, elle lui fait un grand signe du bras :

— Alors ? Tu viens ?

Félicité s'est levée tôt pour préparer le feu. Sur les pierres chauffées par les flammes, elle fait cuire le pain qu'ils tremperont dans une purée de papayes. Le soleil vient à peine de se lever sur la plaine et lèche le toit de chaume de la petite maison. Sur la meule arrondie de foin doré, elle étend à sécher deux étoffes blanches qu'elle vient de laver. Des écharpes de brume restent accrochées aux branches çà et là et la lumière transparente du matin rend les contours des montagnes acérés, comme découpés au scalpel. Un peu plus loin, le village semble encore assoupi. Pourtant, Félicité sait qu'à cette heure-là, les femmes sont déjà debout et ont entamé les mille et une tâches de la journée. D'ailleurs les beuglements, aboiements, caquetages et cocoricos sonores qui arrivent à elle sont autant de signes du réveil des villageois. Leur maison est construite un peu à l'écart du village, de ses activités, de ses bruits et de ses rumeurs et elle aime le silence qui règne sur la plaine, et l'immensité de son pays qui s'étire devant ses yeux. Bien sûr, elle sait qu'elle pensera exactement le contraire lorsqu'elle peinera sur le chemin du retour avec les provisions alors que le soleil sera haut dans le ciel, que ses rayons mordront sa peau, et qu'elle sentira son cœur battre dans ses poignets et ses tempes. Mais en attendant, assister tous les jours au lever du soleil dans le calme pénétrant du petit jour lui donne le sentiment d'être privilégiée. Ce matin, c'est elle qui va chercher l'eau au puits. Gentil, son fils aîné, a peint toute la journée avec sa classe la veille et n'a pas pu aller remplir les seaux comme il le fait tous les soirs à la tombée du jour.

Au bord du puits, Amina, une femme ronde au sourire éclatant et sa nièce à peine sortie de l'adolescence, l'accueillent avec effusion. Les trois femmes devisent tout en descendant le seau dans le puits. Amina lui rapporte les derniers échos parvenus au village. Des rumeurs d'attaques perpétrées par ces enfants soldats qui sillonnent la région depuis quelques mois. Les yeux hallucinés, debout à l'arrière d'énormes pickups, l'arme en bandoulière, parfois plus longue qu'eux, ils sèment la terreur sur leur passage. La nièce d'Amina raconte les viols, les membres coupés, les exécutions sommaires. L'angoisse agrandit ses yeux immenses.

— Mais ma fille, il ne faut pas écouter tout ce qu'on te dit sous l'arbre aux palabres. Si tu savais tout ce que j'ai déjà entendu et qui ne s'est jamais passé. Arrête avec ça ! s'exclame Amina, en se frottant le visage de ses mains mouillées.

— C'est le cousin du prêtre qui a raconté que dans son village, il ne restait plus personne il y a deux jours, seulement des cadavres, et ceux qui ne sont pas morts sont partis, chuchote la jeune fille.

Félicité remet son foulard en place, et caresse la peau soyeuse de l'adolescente d'un geste apaisant.

— Écoute ta tante, ma jolie, elle a raison, il n'est pas arrivé le jour où ces petits vauriens trouveront notre village, on est bien trop petit, bien trop loin de la ville pour les intéresser. Tiens, va plutôt admirer l'autobus que la classe de Gentil a peint hier, tu sais, celui offert par l'ONG. Il est magnifique !

Amina éclate d'un rire sonore :

— Mais tu retardes ma pauvre Félicité, il est déjà parti ton autobus, ce matin très tôt, et bondé à craquer je peux te dire. J'ai hâte de pouvoir y monter, va !

Félicité remonte le chemin vers sa maison, pensive. Elle a tendance à ne pas croire les rumeurs colportées par la peur et l'ignorance, mais elle sait aussi que depuis plusieurs mois, le pays est secoué par des soubresauts de violence dont les échos parviennent à leurs oreilles apeurées. Lorsqu'elle pénètre dans la courette de sa petite maison, elle est surprise de ne voir que Gentil soufflant sur les braises du brasero. D'habitude, à cette heure du jour, Trésor est accroupi lui aussi auprès du feu enveloppé dans sa couverture, les yeux encore tout gonflés de sommeil.

Elle se dirige vers la pièce au sol de terre battue où dorment ses fils. Elle repousse le volet de bois des deux mains, ouvrant la pièce sur la savane. Devant la fenêtre, une petite chèvre noire, en équilibre sur les branches basses de l'acacia, tourne la tête vers elle et la fixe de ses yeux magnétiques. La natte de Trésor est vide. Sans doute a-t-elle trop traîné au puits. Il a déjà dû partir avec Sinouhé, le copain avec qui il fait le chemin jusqu'à l'école tous les matins quand justement elle voit celui-ci accourir appelant son ami de sa voix de petit oiseau. Félicité sort de la maison en fronçant les sourcils :

— Il n'est pas avec toi ?

— Hon hon, je croyais qu'il s'était pas réveillé.

Le petit la fixe de ses grands yeux étonnés. Félicité saisit son châle qu'elle jette à la hâte sur sa chevelure, se tourne vers son fils aîné :

— Gentil, je vais avec Sinouhé au village jusqu'à l'école, ils ont dû se rater. Ne traîne pas pour ne pas arriver en retard, mais n'oublie pas d'éteindre le feu avant de partir.

Elle glisse dans son panier deux morceaux de pain encore chaud et suit Sinouhé qui s'éloigne devant elle. Chemin faisant, elle pense à Ibrahim, son mari, parti depuis trois semaines travailler sur un chantier de la grande ville. Normalement il devrait rentrer dans une dizaine de jours, c'est son frère l'instituteur qui le lui a dit hier, lorsqu'il a reçu une livraison de livres, dans laquelle une lettre d'Ibrahim était glissée. Elle compte les jours. Son mari lui manque et le travail à la maison est lourd pour une femme seule. Malgré son jeune âge, Félicité compte huit grossesses et seulement quatre enfants. Elle a les hanches cassées par le poids de l'eau, le dos raidi par la culture des légumes dans la terre craquelée, la peau usée par le vent, le soleil et les travaux multiples. Pendant qu'elle pense à ses deux filles qui ont passé la nuit chez leurs cousines à l'autre bout du village, elle fait mentalement la liste de tout ce qu'elles trois devront faire avant le coucher du soleil.

Sinouhé trottine toujours devant, léger et dansant. Sa silhouette minuscule se découpe sur le ciel sans nuages. Il jette de temps en temps un coup d'œil en arrière pour vérifier que Félicité le suit toujours. Ils arrivent devant les maisons aux couleurs vives sur lesquelles se juxtapose la forme pâle des vaches aux longues cornes gracieuses. Elle lève la main lorsqu'elle reconnaît une vieille entre les genoux de laquelle s'assoient chacune à leur tour des fillettes venues se faire épouiller.

À proximité de la petite école, Félicité voit Sinouhé s'arrêter net et se tourner vers la sortie du village. Un nuage de poussière stagne en suspension sur la route et au bruit des lourds moteurs se mêlent les accents sonores d'une musique métallique. Elle s'immobilise sur la place déserte. Sinouhé continue à avancer dans le soleil, attiré comme un aimant par le bruit. Félicité a l'impression soudaine que le paysage éclaboussé de soleil se fige autour d'elle, que les sons du village sont étouffés par la violence de la musique saturée, et même l'air lui semble plus dense. Elle ouvre grand la bouche pour appeler l'enfant, mais aucun son ne sort de sa gorge. Ce n'est que lorsque la petite silhouette est hors de sa vue, qu'elle retrouve l'usage de ses mouvements et de sa voix et qu'elle se précipite en l'appelant de toutes ses forces. Les bruits sont plus clairs maintenant, elle distingue des cris à la hauteur des premiers champs de manioc.

Félicité court dans la poussière pour rattraper Sinouhé. Dans sa course, elle réalise que ses filles, Nahéma et Petite Fleur doivent être avec leur tante dans les champs ce matin. Le souffle court, elle allonge la foulée, ne s'arrête pas pour ramasser son foulard qui a glissé au sol. La musique se fait plus forte, les cris plus distincts. Sinouhé a enfin stoppé sa course. Pétrifié devant un spectacle que la mère de Trésor ne peut voir. Devant lui, git sur le chemin le corps d'une jeune fille dont la jupe est relevée sur le ventre, laissant voir un trou béant entre ses jambes écartées. Sous elle, une flaque noire. L'enfant se tourne vers Félicité, l'incompréhension peinte sur son visage. Plus loin, habillés de teeshirts colorés, le front ceint de bandeaux jaunes, les yeux cachés derrière d'énormes lunettes de soleil, des adolescents dansent autour des voitures. L'un d'eux porte sur l'épaule une immense radio dont sortent des sons de basse tonitruante. Il est habillé de ce qui ressemble à une chemise de nuit de femme au-dessus d'un pantalon trop grand et a repoussé ses lunettes sur son front découvrant des yeux rouges exorbités. Il parait avoir une douzaine d'années. Le plus grand de tous porte un AK 47 et une cartouchière trop grande pour lui. Trois hommes sont descendus et partis dans le champ, armés de machettes qu'ils brandissent devant eux en criant.

Félicité rejoint Sinouhé et retient un cri d'effroi devant le cadavre de la jeune fille. Elle saisit le petit garçon pour l'entraîner derrière un mur de pierres sèches où ils s'accroupissent. Elle le tient serré contre elle, une main plaquée sur sa bouche et sent son cœur battre à tout rompre contre ses bras. Secouée de tremblements incontrôlés, elle regarde sans y croire les villageois affolés qui courent en tous sens, craignant d'y reconnaître une de ses filles. La poussière soulevée par les voitures est retombée, la musique retentit amplifiée par les chants repris à tue-tête par les enfants soldats. Soudain Sinouhé reconnaît sa mère qui court au bout du chemin alors qu'elle tente d'échapper à un des trois hommes armés. Mais celui-ci la rattrape sans peine, la jette violemment à terre en hurlant des paroles qu'ils n'entendent pas. Deux jeunes garçons armés de machettes arrivent en dansant et immobilisent avec leurs genoux la femme étendue au sol pour l'empêcher de se débattre, poussant des hurlements qui tirent Sinouhé de son apathie. Tétanisée par le spectacle de violence et d'épouvante qui se déroule sous ses yeux, Félicité laisse échapper l'enfant lorsqu'il s'élance vers sa mère qui disparaît maintenant sous le corps de l'homme torse nu. Un cercle d'adolescents gesticule autour d'eux dans les hurlements de joie et les chants. Comme possédés, leurs corps paraissent désarticulés formant une masse compacte dont on voit çà et là un membre désolidarisé, tendant une arme bien haut vers le ciel.

Sinouhé hurle lui aussi en se précipitant vers sa mère. Comme au ralenti, Félicité voit un des hommes brandir une arme et la pointer vers l'enfant. Instinctivement, elle sort de sa cachette pour tenter de s'interposer. Au moment où elle croise le regard de l'homme, elle réalise son erreur et tombe à genoux, en criant le nom de Sinouhé. Quatre jeunes se détachent du groupe compact et se dirigent vers elle. Elle a le temps de hurler le nom de ses filles juste avant d'être à son tour jetée au sol et déshabillée de force. La tête tournée vers Sinouhé, elle essaye de ne pas perdre l'enfant des yeux, comme si de son regard elle pouvait encore le protéger. Un homme l'immobilise fermement, le genou pressé sur son estomac. Ses mains lui enserrent la gorge, l'empêchant de respirer. Les yeux injectés, l'homme baisse son pantalon, lui écarte sauvagement les cuisses malgré ses cris et la pénètre de toutes ses forces. Félicité sent sa tête cogner contre les pierres du chemin sous les coups de butoir de l'homme dont elle voit le sourire fou au-dessus d'elle. Elle cherche l'air, la bouche grande ouverte, les yeux affolés. Au-dessus d'elle, se balancent dans une danse sardonique les visages grimaçants des adolescents hurlant des vivats à l'homme qui rit de plus en plus fort en lui ravageant les reins. Il se relève, le membre turgescent. Il a lâché sa gorge et l'air s'y frayant enfin un passage répand une douleur brûlante dans tout le haut de son corps. Le temps semble s'être arrêté, un rideau est tombé sur la scène, a coupé les sons autour d'elle. Plus de cris, plus de musique. Seuls les masques grinçants et leur ronde éperdue au-dessus de son visage. Et les mains des gamins qui fouillent son corps, écrasent ses seins. Félicité croit reconnaître Tali parmi eux, le cousin de Sinouhé qui habite dans le village de l'autre côté de la plaine. Elle plisse les yeux, mais la tête de l'adolescent se trouve juste devant le soleil et n'est plus qu'un ballon noir sans traits. Elle voit dans les regards l'ivresse de la violence et a le temps de se demander si elle ne préférerait pas que ses fils meurent avec elle plutôt que d'être embrigadés dans ces bandes armées. Elle ne crie plus, sachant que seule la mort l'attend et qu'elle n'y échappera pas. Une ombre se déplace sur son visage tuméfié. Elle voit son violeur brandir la machette qu'il n'a pas lâchée et sa main s'abaisser lentement vers ses seins qu'il découpe l'un après l'autre. D'un coup, la scène retrouve le son, les cris et la musique lui vrillent à nouveau les tympans. Elle sent son corps s'arquer malgré elle, son souffle s'amenuiser dans ses poumons, la douleur jaillir dans une explosion. Ses yeux se révulsent, elle pense à Nahéma et Petite Fleur, a encore le temps de prier pour que Gentil soit resté assez longtemps à la maison pour échapper aux soldats et de se demander avec angoisse où est Trésor. Puis elle se laisse sombrer vers le néant pour ne pas sentir la machette lui entailler la chair à la hauteur du bassin.

Félicité meurt sans voir que les jeunes ont traîné le petit Sinouhé à l'intérieur du cercle où sa mère avait été jetée à terre, que sous les rires et les chants le petit garçon est forcé à regarder les adolescents la violer chacun à leur tour. Elle meurt sans voir que le grand frère de Sinouhé, âgé de douze ans brûle vif, enfermé dans trois pneus en caoutchouc posés les uns sur les autres, pour avoir refusé de suivre les recruteurs.

Elle meurt sans savoir que ses filles sont cachées derrière la case ronde au bout du champ de sorgho, tenues fermement par Zula chez qui elles ont passé la nuit et qui, secouée de tremblements incontrôlables, les supplie de ne pas crier.

Les pickups dans lesquels sont remontés les gamins, rabaissant sur leurs yeux hagards les énormes lunettes de soleil qui les font ressembler à des mouches, encerclent les cases du village à une vitesse toujours plus grande et sèment l'effroi sur leur passage. Repus de sexe et de sang, les conducteurs se grisent à présent de vitesse et de cris, galvanisés par la terreur qu'ils provoquent autour d'eux. Les villageois qui ont échappé à leur violence, fuient devant eux, zigzaguant pour éviter les balles tirées à l'aveugle.

Enfin, lassés de leurs jeux, les assaillants mettent le feu aux petites maisons qui s'enflamment comme des torches, avant de mettre le cap sur l'horizon. Les voitures s'éloignent dans un nuage de poussière et ne laissent derrière eux que désespoir et désolation. Un épais nuage flotte sur le village en flammes et cache à la vue les corps violentés.

Trésor se précipite vers la robe orange qui l'attend, impatiente.

— Eh bien dis donc, tu comprends pas vite, toi ! Tu es toujours aussi lent ?

Le petit garçon essuie ses larmes sans même essayer de se cacher et éclate de rire. La fillette fixe de ses grands yeux noirs frangés de cils bouclés ces éclats très blancs au milieu des larmes. Elle pose le jerrican par terre et se penche vers le petit garçon.

— Décidément, tu sais pas ce que tu veux, toi, tu ris ou tu pleures ?

Trésor est tellement soulagé qu'il rit de toutes ses dents, ce qui fait glousser la fillette. Elle a les dents du bonheur.

— Tu t'appelles comment ?

— Trésor. Et toi ?

— Trésor ? Dis donc c'est un peu cucul, ça non ? En fait, tu me fais penser à Titoum. Je t'appellerai Titoum, dit-elle avec un brin de défi dans la voix.

Trésor la regarde, perplexe. Titoum ? C'est un prénom ? Il pense un instant lui expliquer que même si son papa est soudanais, sa maman est sénégalaise et que Trésor est un prénom de son pays, mais il se contente de hocher vigoureusement la tête, de crainte de la contrarier et risquer qu'elle laisse là, tout seul dans la foule.

— D'accord.

Il sent encore une boule bloquée dans sa gorge et articule avec peine :

— Et toi ?

— Moi ? J'ai le plus beau nom de la terre : je m'appelle Divine.

Elle s'est redressée de toute sa taille, le menton levé haut et à nouveau, le petit garçon éclate de rire.

— Ça te va bien !

Elle pose la main sur son épaule.

— Bon, tu viens ? Je suppose que tu crèves de faim.

Elle reprend son jerrican et lui tend un sac de toile.

— Tiens, regarde dedans, il y a encore un bout de pain. Tu peux le manger, mais marche en même temps sinon je vais me faire attraper.

Trésor doit presque courir pour rester à la hauteur de Divine. Il la regarde admiratif tant le jerrican qu'elle porte semble lourd. Il mord à belles dents dans la pâte craquante. Le pain n'est pas aussi bon que celui de sa mère, mais ça ne l'empêche pas de se régaler. La fillette le regarde par-dessus son épaule sans s'arrêter.

— T'as quel âge Titoum ?

— Cinq ans et demi.

— Ah bon ? Tu fais moins que ça, dis donc. T'es sûr ?

Elle s'est arrêtée brusquement et le regarde, sceptique. Trésor a la bouche pleine, mais ses yeux indignés parlent pour lui. Cette fois, c'est elle qui éclate de rire :

— Tout' façon, c'est moi qui gagne, j'ai presque neuf ans. Allez ! Grouille-toi.

Elle trace son chemin dans la foule compacte. Trésor la suit le plus près possible dans les ruelles qui partent en étoile de la place du marché. Des toiles, souvent en lambeaux, sont tendues au-dessus de leurs têtes entre les maisons pour conserver un peu d'ombre dans la ruelle et sur les étals de fruits. Les déchirures laissent passer de longs rais de lumière qui viennent caresser ici une tomate rouge, là une banane verte. Le petit garçon se sent mieux maintenant qu'il a bu et mangé. Il regarde avec curiosité autour de lui. L'activité de la ruelle le surprend. Chez lui le marché a lieu dans l'ombre du grand arbre à palabres et il n'y a jamais plus de quatre ou cinq étals. Ici, il n'y a plus un centimètre de libre entre les marchands qui exposent leurs produits : fruits, légumes, poules, graines, piments, épices, morceaux de viande sanguinolents à l'odeur vaguement écœurante, tissus chamarrés. Les marchands et les clients évoluent entre les piquets tendus, évitant les ânes à la démarche paresseuse chargés de fagots de bois, les porteurs d'eau et ceux qui tirent derrière eux des carrioles à bras. Trésor examine avec intérêt une chèvre qui, arc-boutée sur ses pattes arrière, essaye d'attraper les branches les plus basses d'un arbuste maigrichon. Lorsqu'il se remet en route, Divine n'est plus devant lui. Il tourne la tête en tous sens, stoppé dans son élan, un goût de sable dans la bouche. Il se retourne, mais il a perdu Divine et ne sait pas où il est. Les battements de son cœur s'accélèrent.

— Divine !

Il crie plusieurs fois son nom, tire la manche d'un homme qui le repousse comme s'il était une mouche importune. La gorge serrée, il sent que les larmes lui montent à nouveau aux yeux.

— Titoum !

La tête de Divine s'encadre dans l'ouverture d'une échoppe. Les élastiques de ses cheveux sont autant de taches colorées dans la pénombre de la boutique. Trésor se précipite vers elle en bafouillant :

— Je te voyais plus !

Divine essuie les joues du petit garçon avec un bout de sa robe en riant. Au fond de l'échoppe, une voix appelle.

— Apporte le jerrican ici, petite, je peux pas bouger avec ma patte folle.

Un homme est assis sur un petit tabouret de bois qui disparaît sous ses fesses volumineuses. Il tient une jambe allongée devant lui. Son pied semble gonflé et bleu. Ses petits yeux noirs sont mangés par les plis de graisse de son visage luisant.

— Maman m'a donné cette pâte pour toi Mustafa. Elle dit que tu dois te masser trois fois par jour le pied avec. Ça fait 24 livres pour le jerrican et pour la crème.

Divine tend une main aux ongles clairs vers lui. L'homme fouille dans les poches de sa djellaba et ses doigts boudinés tendent un billet de 20 livres.

— Il manque quatre livres, Mustafa.

— Je te les donnerai la prochaine fois, je n'ai pas de pièces sur moi.

— Alors je reprends la pâte, et je te l'apporterai la prochaine fois. Maman m'a dit de ne plus te faire crédit.

L'homme a levé un regard courroucé vers Divine :

— Dis donc tu es bien insolente, petite !

Impressionné, Trésor jette un regard inquiet vers la fillette qui ne se laisse pas démonter pour autant. Son sourire se fait charmeur et ses dents blanches brillent dans l'obscurité :

— Mais si tu me donnes une livre de plus, on peut te mettre la crème sur le pied, si tu veux.

Mustafa plisse les yeux et tire d'une sacoche un billet de cinq livres.

— Approche-toi plus près et masse-moi.

Divine se penche et saisit prestement le billet. Puis elle fait un petit saut en arrière et dit à Titoum en lui tendant le petit pot de terre :

— Vas-y Titoum, mets-lui la crème.

L'enfant ouvre de grands yeux, comme Mustafa qui s'exclame, courroucé :

— Petite vaurienne, c'est toi que je paye pour me masser, pas le gamin !

Un demi-sourire creuse une fossette dans la joue de la fillette qui prend un air angélique :

— Tu vas voir, il masse très bien, Titoum. Sa maman est guérisseuse et il a hérité de ses doigts de fée.

Elle pousse Trésor vers le marchand et l'enfant s'agenouille devant le pied gonflé. Il cache un rire derrière sa main ; même si sa maman n'est pas guérisseuse, il décide qu'à partir de ce moment, il fera tout ce que lui dira Divine, sans broncher. Il ouvre le petit pot de terre et enfonce les doigts dans la pâte à l'odeur camphrée. Malgré les protestations de Mustafa, il étale la crème de ses deux mains sur le pied.

— Aïe ! En douceur garnement !

Divine pose sa main sur l'épaule de Trésor et l'y laisse.

— Vas-y doucement, Titoum, Mustafa est un peu douillet.

Divine regarde Trésor avec ses yeux pleins d'étoiles et à nouveau il retient à grand-peine un éclat de rire. Mustafa ne les regarde pas ; il ferme les yeux et laisse échapper quelques grognements dont le petit garçon ne sait pas s'ils traduisent soulagement ou douleur. D'un air interrogateur, il regarde Divine qui lui fait signe de continuer.

— Alors Mustafa, je t'avais pas dit qu'il avait des doigts de fée, mon Titoum ?

L'homme grogne toujours sans ouvrir les yeux. Divine jette un regard rapide autour d'elle. D'un geste furtif, elle s'empare d'une branche de dattes posée dans une coupe qu'elle enfouit dans son sac et intime le silence à Trésor en roulant de gros yeux. Elle revient vers eux alors que Mustafa entrouvre un œil. D'un geste qu'elle n'a pas vu venir, il lui saisit la cheville et remonte la main sous sa robe. Divine fait un bond en arrière. Un grand sourire éclaire son visage mais des éclairs noirs zèbrent ses yeux. Elle s'agenouille devant Mustafa.

— Dis Mustafa, qu'est-ce que tu veux ?

Le marchand tend le bras et tire la robe à lui. Divine sourit, mais Trésor sent un frisson lui parcourir le dos. Elle fait mine d'approcher plus près et pose brusquement ses mains sur le pied gonflé, arrachant un cri à Mustafa.

— Petite salope ! hurle-t-il en saisissant sa jambe blessée des deux mains, ne me touche pas !

Le visage rouge et luisant, il s'agite tant qu'il manque basculer en arrière. Elle regarde droit dans les yeux l'homme qui gémit en se balançant sur son tabouret.

— Pauvre Mustafa, tu préférais quand c'était Titoum finalement, non ? Tiens, tu continueras le massage toi-même et pour me payer de ce que tu as fait, je prends les dattes.

Et elle rafle la deuxième branche de dattes sur la table.

— Fiche le camp, sale petite vipère, et laisse-moi ces fruits, voleuse, voleuse comme ta mère !

Divine ne sourit plus. Sans quitter des yeux le marchand qui éructe à côté d'eux, elle met les dattes dans le sac.

— Merci Mustafa, à bientôt.

En dépit de la douleur, la colère donne à Mustafa la force de se lever et de se ruer derrière les deux enfants. Divine a juste le temps d'entraîner Trésor et ils détalent dans la ruelle, se faufilant aussi vite que possible au milieu des obstacles, poursuivis par les cris du marchand. Divine connaît le dédale des ruelles comme sa poche. Elle court vite et ne lâche pas la main du petit garçon. Ils déguerpissent, côte à côte enjambant les cageots, sautant par-dessus une brouette, arrachant sur leur passage les toiles tendues devant eux, obliquant dans une ruelle à gauche, se ruant à droite dans un passage sombre qui débouche enfin sur une petite place ombragée, juste à côté de l'église. Ils se laissent tomber par terre, contre le mur d'une maison rouge. La tête renversée en arrière pour retrouver son souffle, Trésor regarde sa nouvelle amie qui rit tellement qu'il en oublie sa peur et se met à rire aussi. C'est l'heure la plus chaude de la journée et la place est presque déserte. Seul, un vieillard est assis contre le mur bleu de sa maison, ses mains maigres accrochées à un bâton noueux, une radio à ses pieds. Sous son turban blanc, son regard noir fixe les enfants sans ciller. Trésor croit deviner un sourire dans sa barbe blanche. Les arbres font écran au soleil et quelques rayons parviennent à se glisser entre les larges feuilles plates et à danser sur les murs ocre. Trésor gratte le sang séché sur son genou et Divine sort de son sac les dattes de Mustafa. Elle lui en tend une et ils dévorent la chair charnue et sucrée.

— Tu cours bien, Titoum. Bien plus vite que Youssef, mon petit frère.

— Je suis le plus rapide de l'école à la course, dit-il fièrement.

— Ah ah ça ne m'étonne pas, elle est où ton école ?

Il hausse les épaules :

— Au village.

— C'est où ton village ?

— Là-bas, au bout de la piste.

— Tu vas y retourner quand ?

— Avec l'autobus. Je ne sais pas quand il repart.

La peur s'insinue à nouveau en lui. Et si le bus était déjà parti sans lui ? Et s'il devait rester dans cette ville immense tout seul dans le noir, dans la nuit ? Qu'allait dire sa mère ? Elle allait sûrement avoir peur, envoyer Gentil à sa recherche, mais comment son frère saurait-il qu'il est parti à la ville ? Divine le prend par l'épaule.

— Hé Titoum, ça va, c'est pas grave, on va le retrouver ton autobus. Et ton village aussi. Viens, on va chez moi, peut être que Souleyman y sera et qu'il pourra t'aider.

— C'est qui Souleyman ?

— C'est mon cousin, il connaît tout le monde ici. T'inquiète pas, il nous aidera.

Elle plonge la main dans le sac de toile pour en sortir les billets froissés qu'elle contemple d'un air satisfait.

— Maman va être contente, allez viens on y va.

Elle se redresse, remonte la manche de sa robe trop grande qui découvre une épaule osseuse. Elle se tient debout devant lui, le soleil joue avec son visage et y dessine des taches d'ombre et de lumière, ses yeux sont presque clairs. Une mouche s'attarde au coin de sa bouche qu'elle chasse d'un geste impatient. Trésor la trouve tellement belle qu'il reprend courage. Il se frotte les pieds, rattache ses sandales, se lève et remonte son short.

Ils marchent longtemps, les rues deviennent plus larges, les maisons plus espacées, les poules se promènent les plumes ébouriffées dans la poussière, les ânes se tiennent debout les yeux fermés dans l'ombre qu'ils peuvent trouver. Un coup de vent plus fort que les autres vient soulever un tourbillon de poussière qui les enveloppe au point de leur cacher les maisons qui longent la rue. Divine ouvre grand les bras et tourne sur elle-même dans le nuage de sable, improvisant une danse dans laquelle Trésor la suit avec entrain. Le petit garçon rit encore quand Divine s'arrête devant un muret de grosses pierres sur lequel fume une casserole. Des portes faites de planches de bois grossières peintes d'un rouge éclatant donnent sur la cour intérieure. Deux femmes sont penchées sur des bassines en plastique où baigne du linge dans une eau savonneuse. Elles ont toutes deux la peau très noire et de grands yeux étirés aux longs cils semblables à ceux de Divine. Un foulard protège leur coiffure tressée serrée sur le crâne. Malgré la chaleur, elles portent un gilet de laine sur leur long pagne aux dessins géométriques.

Chapitre 1

Bruxelles, 1984

John laisse échapper un juron en même temps que Lucie entend les fourchettes tinter sur le sol. Du haut de la mezzanine, elle se penche et, un sourire moqueur aux lèvres :

— Qu'est-ce qui t'arrive ? Tu as un problème ?

Elle a du rire plein la voix.

— J'aimerais bien t'y voir moi, monter une échelle avec une pizza brûlante dans les mains.

— C'est toi qui ne veux pas rater cette émission, on pouvait manger sur la table de la cuisine en bas. Et puis depuis quand on mange une pizza avec une fourchette ?

— Tu sais bien que cette émission est super importante pour mon cours. Tiens, attrape.

Il lui tend les couverts, les serviettes en papier, pendant qu'il pose précautionneusement la pizza sur la pile de livres qui leur sert de table de nuit. Dehors les Étangs d'Ixelles s'étalent paresseusement sous le soleil estival de Bruxelles, John a repoussé ses cours de droit international sur le sol et Lucie a noué ses cheveux au sommet de sa tête.

Elle coupe la pizza et ils devisent gaiement quand les images qui défilent sur le téléviseur figent leur regard incrédule.

Cela fait des semaines qu'on parle des famines et des risques qu'elles font peser sur la vie de centaines de milliers de personnes, des îles du Cap Vert à la Somalie. Des conditions météorologiques exceptionnelles pourtant annoncées et l'absence de la pluie ont provoqué une catastrophe dans les récoltes. Aujourd'hui, il manque des tonnes de céréales pour pouvoir nourrir la population du nord de l'Éthiopie. Les villages se vident de leurs forces vives, jetées sur les routes par la faim et la soif ou déplacées souvent sous la contrainte vers le sud du pays par l'armée éthiopienne. Le cœur serré, Lucie et John regardent ces colonnes d'hommes, de femmes, d'enfants décharnés progresser avec difficulté dans un paysage désertique. De loin en loin, un arbre famélique jette vers le ciel ses branches tordues et nues, comme pour l'implorer de sa miséricorde. Seules quelques boules d'herbes sèches poussées par le vent brûlant roulent devant les pas chancelants des fuyards.

Cette nuit-là, John et Lucie restent longtemps allongés dans le noir, sans pouvoir chasser de leur tête les images déchirantes de ces êtres en déroute. Leurs corps si souvent affamés l'un de l'autre se contentent de se serrer dans une étreinte infiniment triste.

Les jours, les semaines qui suivent, les reportages se multiplient dans les journaux, sur les écrans de télévision, à la radio. De nombreuses ONG prennent l'initiative de récolter des vivres, d'affréter des avions pour acheminer les céréales dans les régions frappées le plus cruellement par la sécheresse. Lucie ne rate plus un seul bulletin d'information. Suspendue à la radio et à la télévision, elle assiste, impuissante, au calvaire d'un peuple condamné.

Novembre 1984. Lucie et John devant leur poste de télévision entendent sans y croire le journaliste prononcer ces mots : « On sait déjà que 900 000 hommes, femmes et enfants mourront d'ici Noël, quelle que soit l'aide alimentaire envoyée ». Ils se regardent sans pouvoir parler. Lucie ne ferme pas l'œil, ses nuits sont hantées par des images effroyables. Ils ont vingt ans, étudient les sciences humaines et politiques. Ils grillent sur le petit barbecue de la cour qu'ils partagent avec les étudiants du dessus les saucisses qui ont pour elle le goût de la honte. Ils discutent, refont le monde, en sirotant ce mauvais vin portugais qu'ils achètent pour trois fois rien chez l'épicier de la place Flagey, rient en rêvant projets et voyages. Puis la nuit arrive avec sa cohorte de scrupules véhiculés par une image dont elle n'arrive pas à se défaire : celle de cet enfant dont le visage est tellement émacié que les os pointent sous la peau trop fine, accroché au sein fripé, comme vidé de toute substance d'une femme aux yeux hâves qui n'ose même plus regarder son enfant.

Lucie a mal au ventre. Aider, mais comment ?

Lucie étouffe. Partir, mais comment ?

Lucie a du mal à se concentrer.

En Éthiopie, Les camions arrivent enfin dans les camps. À nouveau, les images viennent se substituer aux mots entendus à la radio, lus dans les journaux. Et avec les images, le choc.

Le camp est balayé par les vents, les tentes couleur sable s'étalent à perte de vue, des centaines de milliers d'êtres humains sont parqués comme du bétail, accroupis dans l'ombre des toiles déchirées, guettant l'entrée du camp gardé par des militaires dans l'espoir fou de voir arriver la forme aimée et perdue au hasard de l'exil, des attaques, des pillages.

Lucie veut tout lâcher, l'appartement et les études pour se retrouver dans la fournaise des camps et apporter l'aide qu'elle crève de ne pouvoir donner. Elle suffoque en Belgique, enrage de ne rien faire, de manger, de boire, de rire, même de râler dans les trams bondés, alors qu'elle a tout. Ses parents la retiennent, désireux que leur fille unique termine d'abord ses études. Elle s'entête, John voudrait l'accompagner mais, originaire d'Indonésie, il a une bourse du gouvernement belge et ne peut la conserver s'il arrête ses études. Il la regarde, sans mot dire. Elle décide de l'attendre.

Au fil des semaines, des mois, les images choc se raréfient sur les écrans de télévision. Le sujet de la famine en Afrique recule dans les priorités des bulletins d'information. Les centaines de milliers de morts sont bien morts et déjà oubliés, on n'en parle plus. John étudie d'arrache-pied, Lucie passe ses examens sans passion tout en travaillant dans un restaurant pour arrondir leurs fins de mois d'étudiants, et pour ne pas distraire John, qui, s'il la sent à ses côtés dans le studio, est tenté de se lever, de l'approcher doucement, de saisir son épaisse chevelure blonde, d'y enfouir le visage à la recherche de l'odeur musquée de sa nuque et de la basculer là sur les coussins du vieux canapé, pour explorer la géographie de son corps et s'endormir le désir assouvi, délaissant ses cours ouverts sur la table à tréteaux.

Quatre ans ont passé. Lucie, dès son diplôme obtenu, s'est fait engager dans le département logistique de Médecins Sans Frontières, où elle avait déjà travaillé comme étudiante pendant les vacances. Pendant plus de deux ans, elle y prépare les missions sur le terrain. L'ONG est présente sur les cinq continents. Mais Lucie préfère les missions en Afrique. Elle se maudit de ne pas avoir fait médecine, elle a l'impression que ses efforts ne sont qu'une goutte d'eau dans un océan de désespoir. John présente brillamment son doctorat et rejoint Lucie chez Médecins Sans Frontières. Quelques mois plus tard, ils se portent tous deux volontaires pour partir sur le terrain, concrétiser les missions qu'ils préparent sur papier depuis qu'ils travaillent chez MSF. En souvenir de leur premier choc, ils choisissent tout naturellement de s'installer à Addis-Abeba.

À leur arrivée dans la capitale éthiopienne, John et Lucie sont logés dans une grande maison avec d'autres expats, à côté des bureaux de MSF. La vie en communauté avec des hommes et des femmes qui partagent le même idéal correspond exactement à tout ce dont ils avaient rêvé, même dans la fournaise des immeubles pourvus de vieux appareils d'air conditionné pour la plupart du temps en panne, même entre les murs aux peintures douteuses et les lits métalliques. Ils sont là pour l'Éthiopie. Pour les Éthiopiens, précise Lucie. Elle s'était imaginé maintes fois vivre dans des conditions bien pires que celles-ci, dans des tentes, dans des camps, dormir à même le sol. John se moque d'elle quand il la sent déçue de ce logement quelque peu éloigné de ses idées toutes faites. Son rire est communicatif et Lucie lui saute dans les bras, euphorique. Elle en a rêvé pendant des années, elle a patienté, bataillé, convaincu John et les voilà arrivés. La tête lui tourne. C'est leur première fois en Afrique. Pour Lucie, c'est même la première fois qu'elle se trouve sur un autre continent.

Dès leur descente de l'avion, elle a été saisie par l'odeur qui règne sur le tarmac. Un mélange puissant de kérosène et d'épices inconnues. Jour après jour, elle va de découvertes en surprises, d'émerveillements en éblouissements. Elle arpente les rues défoncées de la ville, trébuchant souvent à force de ne plus savoir où regarder. Tout l'enchante : les couleurs, les étoffes, les coiffures, les odeurs, les perles, les maisons bleues, jaunes ou roses, les eucalyptus par centaines et leur feuillage embrumé qui fait les matins bleus d'Addis-Abeba. Très vite, elle adopte la mode locale, elle a même coiffé sa chevelure blonde en une multitude de petites tresses collées sur son crâne, mais devant l'air sceptique de John, elle revient à son chignon sauvage. Pour John, c'est différent. Son enfance en Indonésie lui revient de plein fouet et il retrouve avec un plaisir qu'il n'avait pas anticipé les singularités des pays du Sud, leurs senteurs, la touffeur, la lumière transparente du matin, aveuglante de l'après-midi et dorée du soir, les routes sans goudron. Des vagues de souvenirs affleurent qui lui donnent presque le mal du pays et en même temps, il se sent totalement dépaysé.

Une des missions confiées à Lucie est de stocker les médicaments et faire le tri entre ceux pour adultes et ceux pour bébés. Petit à petit, elle progresse dans la communication avec la population locale. Son assiduité aux cours d'amharique[1] qu'elle suivait à Bruxelles porte ses fruits. À Addis-Abeba, elle continue son apprentissage aux côtés du staff éthiopien de Médecins Sans Frontières et en se plongeant dans ses cours quand elle ne rentre pas trop épuisée de sa journée ou que John et elle ne décident pas de se joindre à d'autres membres de l'équipe pour aller se perdre dans les cafés du centre-ville. Ils aiment se mêler à la foule bigarrée, bruyante de la capitale, oublier le temps d'une soirée les épidémies, les troubles avec l'Érythrée, les attaques-surprises aux frontières. Une bière à la main, ils s'assoient le plus près possible du ventilateur asthmatique qui tourne au-dessus de leur tête dans la petite échoppe éclairée au néon et finissent souvent en dansant dans la rue avec les Éthiopiens. Ils rentrent chez eux, passablement éméchés, bras dessus, bras dessous, riant et chantant. Malgré les conditions précaires, l'exil, Lucie rayonne, John la couve des yeux. Leur premier enfant, Aysia, ravissante petite métisse indo-européenne, naît un an après leur arrivée.

L'arrivée de leur fille ne change rien à leur volonté de rester en Éthiopie et leur donne la possibilité de s'installer dans un des tout petits logements mis à disposition du personnel longue durée de MSF. Une fleur en quelque sorte que leur fait l'ONG, fêtant ainsi la naissance d'un des rares « enfants MSF » comme ils disent fièrement. Ils emménagent dans un petit appartement au premier étage d'une ruelle bruyante et ensoleillée et

---

[1] L'amharique est la langue officielle en Éthiopie, pays qui compte plus de quatre-vingt-dix langues.

y installent le berceau de bois de leur fille. Ils dénichent du mobilier de fortune, un lit, une planche, des tréteaux, deux chaises. De vieilles caisses leur tiennent lieu de tables de chevet ou de bibliothèques. Ils n'y prêtent aucune attention, ils ne sont jamais là, et confient le bébé à une nounou éthiopienne qui habite en bas de la rue.

Cette vie trépidante est bouleversée un matin par l'arrivée au dispensaire d'une très jeune fille qui porte dans ses bras deux enfants en bas âge et explique entre deux sanglots que leur mère est décédée la veille. Puis elle s'assied par terre, les deux petits sur les genoux, sans plus répondre aux questions que lui posent les deux infirmières qui l'entourent. Alors qu'elle continue à dresser la liste des médicaments et aliments pour bébé à commander, Lucie suit du coin de l'œil l'adolescente, se demandant quel est son lien de parenté avec les bébés. La très jeune fille semble décidée à ne pas partir avant que quelqu'un ne prenne en charge les enfants, mais ne prononce pas un mot. Le cœur de Lucie se met à battre plus vite quand les petits se mettent à hurler au moment où l'adolescente changeant de tactique, les dépose par terre. Une infirmière s'approche rapidement pour ne pas les laisser au sol et essaye de poser des questions à la jeune fille, qui les larmes aux yeux et toujours sans un mot, s'enfuit en courant.

Lucie aide l'infirmière à leur donner les premiers soins. Le plus jeune doit avoir quelques mois à peine, l'autre deux ans. Difficile de connaître l'âge exact de ces enfants chez qui la malnutrition provoque des retards de croissance.

Elle travaille tard ce soir-là, rapide, efficace, un peu « bossy » comme la qualifient derrière son dos quelques collègues, donnant des ordres rapides aux différents membres du staff qui sont au dispensaire avec elle. Elle passe régulièrement vérifier l'état des petits nouveaux, s'attardant près de l'aîné, un petit garçon dont la détresse lui fend le cœur alors que le bébé dort calmement. Il fait très chaud, il y a énormément à faire, deux infirmiers et deux logisticiens sont partis ce matin-là avec un médecin dans un village où une épidémie de choléra s'est déclarée. Le dispensaire est en sous-effectif, le bourdonnement des insectes, les pleurs des enfants, et les gémissements des malades lui sifflent dans les oreilles, ses tempes sont douloureuses et sans cesse son esprit revient aux deux enfants mis à l'écart en attendant d'être sûr qu'ils ne soient pas porteurs d'une maladie contagieuse.

Il est tard quand elle quitte le dispensaire. La nuit tombe tôt et vite en Afrique, elle en est toujours surprise. La musique sort des fenêtres ouvertes, la rue bruit d'appels, de rires. Elle marche tête baissée, une écharpe cachant ses cheveux pour éviter de se faire trop remarquer et pour se protéger de la poussière. Soudain les larmes l'assaillent sans qu'elle les ait senties arriver. Et c'est en sanglotant qu'elle arrive dans les bras de John qui a travaillé au bureau ce jour-là.

Lucie ne peut s'arrêter de pleurer et au grand dam de John qui la serre dans ses bras, elle n'arrive pas à articuler une histoire cohérente. Lorsqu'il parvient à dégager un sens au discours tumultueux de sa femme, il reste silencieux tout en continuant à lui caresser les cheveux. Il met le chagrin de sa femme sur le compte du bouleversement hormonal dû à la naissance d'Aysia. Il connaît Lucie et sans qu'elle ait même prononcé le mot, il sait qu'elle pense adopter les deux enfants. Les yeux perdus dans le blanc de la peinture écaillée de leur chambre qu'ils n'ont jamais pris le temps de décorer, John laisse refluer la vague de refus qui l'a assailli dès qu'il a réalisé l'envie de Lucie, avant même peut-être qu'elle ne l'ait comprise elle-même. À côté de leur lit, dans le berceau en bois, nue sur un drap blanc, Aysia dort. Son petit corps mat, les plis dans le creux des bras, dans le creux des cuisses, les grands yeux en amande, les pieds potelés, les gestes désordonnés de ses bras quand elle le regarde avec un joli sourire de sa bouche sans dents, tout le fait fondre. Jamais il n'aurait cru qu'il pourrait aimer autant un autre être que Lucie. Pourtant la nuit terrifiante où sa femme avait mis au monde ce tout petit être dans une pièce exiguë et surchauffée de l'hôpital d'Addis-Abeba, alors qu'affolé, il attendait l'arrivée d'une sage-femme, il avait compris qu'il venait de s'enchaîner corps et âme à un nouvel amour. Submergé par la gratitude et l'admiration, il avait regardé le visage en sueur de Lucie, la lumière qui inondait ses yeux. Il a toujours aimé éperdument cette fille, depuis le jour où elle avait posé les yeux sur lui dans le grand amphi de leur faculté. Son sourire sur ses dents parfaitement blanches, sa peau claire, ses cheveux épais et blonds qu'elle nouait en un chignon négligé sur le crâne l'avaient immédiatement séduit et il avait été le premier surpris d'attirer l'attention d'une fille comme elle. Il avait souvent pensé que le fait qu'il soit indonésien avait joué dans son attirance pour lui. Lucie avait nié tout en rougissant : « Mais, tu m'accuses de discrimination positive ! » Pourtant elle reconnaît presque à contrecœur que le squelette fin de John, sa peau bistrée, ses cheveux noirs et raides, ses yeux foncés et bridés, ses pommettes saillantes avaient joué un rôle dans son attirance pour lui. Ils sont aussi radicalement différents de caractère. John est aussi réservé qu'elle est impétueuse, aussi calme qu'elle est exaltée. La générosité sans bornes de Lucie, son énergie vitale et bouillonnante lui permettent de déplacer des montagnes. Il l'appelle avec tendresse ma syndicaliste, ma révolutionnaire, mon Don Quichotte. Très vite, ils s'étaient installés ensemble dans un petit studio d'étudiants au bord des Étangs d'Ixelles. La vie avec Lucie n'était pas de tout repos, son envie de changer le monde, de pourfendre le mal, de rendre la justice, son intransigeance parfois la conduisait à heurter les sensibilités, voire à se faire des ennemis. John dut plusieurs fois arrondir les angles ou plaider la mansuétude à son égard quand elle mettait l'université à feu et à sang pour une cause en laquelle elle croyait.

Fatigante, épatante, impressionnante, horripilante, écrasante quelquefois, elle est tout ça à la fois, et ce soir alors que ses sanglots ont fait place à de longues larmes sur sa peau brûlante, il le ressent de façon violente.

Le non résonne sous sa peau. Ne peut-elle pas, sa Lucie, se contenter de ce qu'elle a ? N'est-ce pas déjà formidable de consacrer leurs jeunes années à la cause humanitaire qui lui tient tant à cœur ? N'est-ce pas suffisant de se résoudre à accoucher, à élever son bébé dans le pays le plus pauvre du monde ? Un pays où leur enfant, leur magnifique Aysia, risque tous les jours d'attraper des maladies dangereuses ? D'être piqué par un insecte mortel ? D'être la proie d'une épidémie ? Deux autres enfants maintenant ? Alors qu'ils ont à peine eu le temps de profiter de leur bébé ? Comment les aimer autant qu'Aysia ? Des enfants qui ne seraient pas d'eux ? John n'a pas honte de ses pensées. Il a suivi sa femme en Éthiopie parce que comme elle, il ne pouvait se résoudre à ne rien faire quand ils avaient tout et qu'eux n'avaient rien. Mais adopter ? Ma femme est folle, pense-t-il tout en caressant ses cheveux emmêlés dans un geste apaisant. Le non court encore dans ses veines, sa respiration est calme pourtant. Sait-il déjà que, comme d'habitude, il dira oui à Lucie ?

La tête sur les genoux de son mari, les cheveux collés aux joues par la chaleur et les larmes, Lucie reprend son calme, comme toujours quand elle est dans ses bras. Elle pense à ces deux petits arrivés ce matin-là. Pourquoi a-t-elle été tellement ébranlée ? Elle en voit tous les jours de ces enfants arriver malades au dispensaire, amaigris, affamés, le blanc des yeux presque jaune au milieu des visages sombres, le regard éteint et les membres affaiblis, parfois amenés par leur mère, épuisée. Elle connaît les gestes de premier secours, les mots qui calment, les chansons qui cajolent. Rapide, efficace, elle aide l'infirmier à panser, soigner, consoler. Mais ce matin, c'était différent.

Lucie écoute la respiration tranquille de John, les bruits de la rue, les gazouillis d'Aysia qui n'a pas encore faim et joue avec ses doigts dans le cône de lumière projeté par la lampe de chevet que John a achetée, pour que le bébé ne soit pas gêné par la lumière blafarde du plafonnier. John a glissé la cassette de Dire Straits dans le radiocassette. La voix caressante de Mark Knopfler flotte dans la pièce :

« I can't do everything but I'd do anything for you
I can't do anything except be in love with you. »

Les draps froissés, le babil de leur bébé, les paroles de cette chanson qu'elle écoute en boucle depuis quelques semaines et qui lui tirent des larmes de bonheur à chaque fois, ont apaisé le chagrin de Lucie. Elle tourne la tête, pour se retrouver en face du visage de John. Elle plonge ses yeux dans les siens, attire de sa main la nuque de son mari vers ses lèvres et lui donne un baiser lent et profond. Un long sourire étire les commissures des lèvres de John qui rit doucement. Ma folle de femme, murmure-t-il. Il l'allonge contre lui et lentement la déshabille. Ils n'ont pas encore parlé du sort des deux petits Éthiopiens, Lucie ne sait pas encore qu'elle va proposer l'adoption, John sait déjà qu'il capitulera. La seule chose qu'il ignore c'est quand.

Le lendemain matin, dès la première heure, il fait très chaud. John, assis dans leur lit, a la tête tournée vers la fenêtre ouverte qui laisse entrer le vacarme de la ville. Le moteur des bus poussifs, les appels dans les rues défoncées, les klaxons. Entre ses bras, la petite Aysia termine son biberon, son regard doré ne lâche pas le visage de son père et elle émet de petits gazouillis de contentement. Il lui chuchote des mots doux, caresse du doigt son visage ravissant. Il laisse son regard errer sur leur chambre. L'appartement qu'ils occupent compte deux pièces et une petite cuisine avec un coin douche. Ils ne s'étaient pas émus de l'état délabré de l'immeuble, ni de la vétusté de l'appartement, au moment où ils s'y étaient installés. Une petite plaque électrique, un minuscule réfrigérateur dont le joint desséché ne permet pas toujours de fermer la porte correctement, le robinet brinquebalant, la douche aux tuyaux apparents et aux coulées de rouille sur les murs, rien ne les avait découragés. Échapper à la promiscuité de leurs premiers mois en Éthiopie était un joli cadeau, même s'ils avaient hésité à accepter, à se démarquer des autres membres de MSF. Ils ont fait semblant de croire que c'était mieux ainsi pour tout le monde. Pour le bébé, pour leurs collègues qui ne seraient pas réveillés la nuit. La vie dans l'appartement vétuste leur convient.

Depuis deux ans qu'ils sont en Éthiopie, la ligne des grands immeubles d'Addis-Abeba est leur seul horizon. Ils ont entendu parler de la majesté des Hauts-Plateaux, des phénomènes géothermiques du désert du Danakil, des tribus du Sud, mais jamais encore ils n'ont pris le temps de quitter la capitale. À part quelques déplacements dans des villages touchés par les épidémies à la périphérie, ils ne connaissent rien d'autre de l'Éthiopie. Ils sont revenus une fois en Belgique après la naissance d'Aysia, qu'ils ont laissée aux cajoleries des parents de Lucie éperdus de bonheur, pendant qu'ils s'adonnaient aux retrouvailles avec leurs amis dans les bars, les boîtes de nuit. Pourtant, le soir dans le lit étroit de la chambre de jeune fille de Lucie, ils se chuchotaient leur mal du pays, de « leur pays ». Deux semaines plus tard, le bébé dans les bras, ils quittaient la Belgique pour revenir dans leur petit appartement décrépit d'Addis. Lucie a l'impression de respirer à nouveau. Elle a tenu parole, repeint les innombrables tuyaux de l'appartement en rouge vif. Ses efforts de décoration se sont arrêtés là, elle a mieux à faire et c'est John qui a rapporté du marché quelques tissus qu'il a tendus sur les murs, trouvé une lampe de chevet au-dessus de laquelle il a punaisé une photo de sa famille sous le grand arbre au bord de sa maison de Jakarta et une autre photo des parents de Lucie. Il veut un arbre généalogique autour d'Aysia, à défaut d'une famille élargie. Exilé de son pays, il veut que sa fille grandisse en sachant quelles sont ses racines. Lucie hausse les épaules et file rejoindre la petite cellule de femmes au bas de la rue où elle apprend à ses voisines les rudiments de l'hygiène.

Aysia, repue, s'est rendormie et il se lève le plus doucement possible pour la recoucher dans le petit lit à côté du leur. John regarde sa femme dormir, les cheveux dans les yeux, la cuisse remontée sur le drap. Il sourit, il sait qu'elle va se réveiller les yeux gonflés d'avoir tant pleuré et qu'elle va pester devant le petit miroir au-dessus du lavabo. Il va dans la cuisine mettre l'eau dans la petite cafetière italienne rapportée de Bruxelles. Ici, le café est un héritage national à laquelle est liée toute une cérémonie et John est devenu maître dans l'art de le préparer. Il mout lui-même les grains sombres, tasse le café dans la partie filtre et puis revisse le haut de la petite cafetière métallique qu'il place au-dessus de la plaque électrique. Debout les pieds nus sur le ciment et les yeux dans le vague, il attend le chuchotement de l'eau qui monte, celui du café qui s'écoule dans la cafetière en répandant son arôme âcre et velouté à la fois.

Il remplit deux tasses et retourne dans la chambre. Lucie a ouvert les yeux, et il sourit en voyant qu'ils sont gonflés. Lucie ne s'en est pas encore rendu compte et accueille le café en souriant.

— Tu veux les adopter, c'est ça ?

Il a parlé doucement. Il a dit ça, puis s'est tu. Il a bu une gorgée de café, en ne la quittant pas des yeux.

Lucie se brûle et manque de renverser son café sur le lit. Elle le fixe, les yeux ronds. Cet homme la surprendra toujours. Elle bégaye :

— Que... Comment ? Comment tu sais ?

Elle repousse d'une main la mèche qui lui tombe dans les yeux :

— On en a parlé hier soir et je ne me souviens de rien ?

John sourit, sans répondre. Lucie écarte le drap de sa jambe nue, quelques petites perles de sueur brillent sur son nez. Ses yeux mobiles ne cessent de naviguer sans pouvoir se poser entre le mur, la fenêtre, leur bébé qui dort la bouche ouverte.

— Je sais, tu vas me trouver folle. Et cette fois, tu as raison, mais je ne sais pas pourquoi je ne peux m'enlever l'image de ce petit garçon de la tête...

— C'était pareil la dernière fois, rappelle-toi, l'image de l'enfant accroché au sein vide de sa mère. Nous sommes ici aujourd'hui à cause de cette image-là.

Il n'y a aucun reproche dans sa voix.

— Je sais, soupire-t-elle. Je sais, mais tu l'aurais vu...

— Raconte-moi.

— Je t'ai raconté hier soir.

— Tu pleurais tellement que je ne suis pas sûr d'avoir tout saisi.

Il rit. Lucie le regarde d'un air sombre. Un éclair enflamme son regard, mais elle reprend son récit de la veille. John a tout compris, mais il veut que Lucie réfléchisse, mette les choses en perspective. Il la regarde tandis qu'elle raconte. Il connaît sa femme. Son exubérance cache une volonté sans faille, presque dure.

— Pourquoi tu ne parles que du petit garçon ?

— Je ne comprends pas ce que tu veux dire, dit-elle en écarquillant les yeux.

— Pourquoi tu ne parles pas de la petite fille ?

— Le bébé ? Mais, on a déjà Aysia, notre bébé…

— Et ?

— Mais… on ne peut… tu veux dire quoi ?

— Je veux dire que ces deux enfants sont orphelins… tous les deux… Ils ont la même mère, le même père d'après ce que j'ai compris.

— Et ?

Elle le regarde avec insistance, presque avec défi.

— Et c'est beau d'être généreux Lucie, c'est beau de vouloir compenser, consoler, réparer, mais tu ne peux pas être généreuse d'un côté et égoïste de l'autre.

Lucie le regarde fixement, pas vraiment sûre de le comprendre.

— Tu sais bien qu'il y a peu de chance qu'ils soient adoptés ensemble si on les laisse là.

— Justement, pourquoi on ne serait pas cette chance ?

— On a déjà un bébé, souffle-t-elle.

— Et alors ?

Elle regarde Aysia, parfaitement immobile dans son petit lit en bois et tend la main pour toucher celle de leur bébé qui se resserre instinctivement autour de son doigt. Lucie sent son cœur gonfler de tendresse. Elle n'a jamais douté vouloir d'autres enfants, mais elle veut profiter de leur petite fille avant de devoir partager son attention, son amour. L'amour se divise-t-il sans léser les personnes aimées ?

— Et Aysia ?

— Pourquoi n'aurait-elle pas un grand frère et une petite sœur. Pourquoi pas les deux ?

Lucie garde le silence, elle ne sait plus ce qu'elle veut. Elle se demande si inconsciemment elle n'espérait pas que John la ramène à la raison et lui dise non.

John a l'impression de voir les pensées s'entrechoquer dans le cerveau de sa femme, son visage est comme un ciel où se succèdent nuages et éclaircies. Elle est presque en colère maintenant. Pourquoi vient-il mélanger les cartes ? Elle l'envie presque d'avoir eu cette idée d'adopter les deux enfants. Elle n'a jamais pensé qu'au petit garçon. Elle s'en veut et détourne le regard. Doucement, il lui prend la tasse des mains.

— Je descends acheter des injera[2], il n'y a plus rien dans le placard.

Lucie entend la porte de l'appartement se fermer. Elle se lève et prend sa petite fille endormie dans les bras, au risque de la réveiller, mais Aysia n'ouvre pas les yeux, son petit corps se love contre celui de sa mère, sa

[2] Grande crêpe recouverte de divers aliments, plat typique en Éthiopie et en Érythrée. Elle est faite à base de farine de teff, une céréale locale.

bouche fait des petits bruits de succion. Lucie s'appuie au mur et plonge ses yeux dans la rue en dessous d'elle. Sans mal, elle repère la silhouette de John, cette allure qu'elle reconnaîtrait entre mille. Même habillé de son pantalon gris fatigué et de ce teeshirt bleu délavé qu'il aime tant, John dégage une élégance naturelle qui l'enchante. Il se retourne et regarde vers leur fenêtre, sourit et lève la main, presque imperceptiblement.

Lucie se demande ce qu'il pense vraiment. John est sa balance, son contrepoids. A-t-il vraiment envie d'adopter ces deux enfants ? Essaye-t-il de la tester ? De la faire reculer en proposant d'adopter deux et non pas un enfant ? Non, Lucie sait que John, aussi hermétique et imperturbable qu'il puisse paraître aux yeux des autres, et des siens parfois, n'est ni calculateur, ni manipulateur. Plus certainement, il prend la chose comme elle lui arrive, pèse le pour et le contre, analyse. Il l'aime, elle le sait. S'il est en Éthiopie avec elle aujourd'hui, c'est pour elle. Mais elle sait également qu'aussi fou d'elle qu'il soit, jamais il ne ferait quelque chose d'aussi irréfléchi que d'adopter deux enfants sans savoir à quoi il s'expose. Aller acheter des crêpes dans la rue n'est qu'un prétexte pour la laisser face à elle-même, pour qu'elle ne se lance pas tête baissée dans un discours militant qui la déborderait vite. Elle est une fois de plus confondue par son caractère, admirative de son assurance, de sa générosité discrète et bien plus grande que la sienne. Presque jalouse.

Elle appuie la tête contre le chambranle de la fenêtre. Si John propose d'adopter les deux petits, c'est qu'ils en sont capables. Elle a confiance en lui. Elle jette un coup d'œil à son reflet et fronce les sourcils en voyant ses yeux gonflés.

L'adoption des deux enfants n'est pas une mince affaire. Même si en 1992, en Éthiopie, les circuits de l'adoption sont déjà bien fixés, John et Lucie se heurtent aux mêmes difficultés, lenteurs administratives et situations kafkaïennes que s'ils n'habitaient pas sur place. Heureusement, contrairement aux candidats à l'adoption en Europe, ils ont la possibilité de garder les enfants avec eux avant que leur sort ne soit fixé. John craint que l'arrachement soit trop dur s'ils se voient opposer un refus, mais, animé d'une force de conviction inébranlable, il se lance résolument dans le parcours du combattant. Après deux années de procédure, ils reçoivent enfin l'accord leur permettant d'être les parents officiels des deux enfants qu'ils ont prénommés Eden et Soumaya.

Cinq ans après leur arrivée à Addis-Abeba, ils rentrent en Belgique, les bras chargés de trois enfants. L'aînée a juste cinq ans.

Chapitre 2

Lyon, août 2005

Sur la plaine où sont rassemblés une centaine de guides et de scouts, les préparatifs du grand départ pour le camp d'été battent leur plein. Les adolescents sont fin prêts, les familles venues leur dire au revoir attendent à côté du bus qui doit les emmener. Violette regarde son fils de loin. Presque aussi grand que son père à seulement 16 ans, Julien a les cheveux sombres de sa mère et les yeux très bleus, même si son frère et sa sœur s'empressent toujours de le contredire quand il dit avoir les yeux violets. « N'importe quoi, tu n'as pas du tout les mêmes yeux que Maman et Mamita. Ils sont juste bleus, te la joue pas ! »

Violette aimerait serrer son fils contre elle avant qu'il grimpe dans le bus, mais Julien est concentré sur les mille missions que son chef lui a assignées. Il passe d'un groupe à l'autre, un bloc-notes à la main, y crayonne quelques mots et repart vers un autre groupe. Pénétré de son importance, la mèche en bataille, il ne jette pas un regard à sa mère et ses frère et sœur, Charlie et Raphaëlle, venus l'accompagner.

Raphaëlle grogne :

— C'était bien la peine qu'on vienne, il s'en fiche royalement. J'aurais dû rester à la maison. De toute façon, j'aime pas les scouts et les guides.

— Arrête de faire ta grincheuse, moi j'aimerais bien partir avec eux, dit Charlie rêveusement.

Les adolescents se pressent devant la porte du bus. De cette masse de têtes brunes et blondes, se détachent deux visages sombres, presque noirs. Violette explique à ses enfants :

— Regardez, ce sont sûrement Dawit et Selina, les Éthiopiens dont Julien nous a parlé. Ils sont arrivés sans leurs parents en France. La troupe a offert de les emmener avec eux pour qu'ils aient un peu de vacances et surtout des contacts avec des jeunes Français.

Les deux Éthiopiens se tiennent à l'écart. Le jeune garçon doit avoir seize ans comme Julien, la fille semble à peine plus jeune. Les shorts de toile claire font des taches pâles sur leurs jambes immenses. Violette admire le port de tête fier de la jeune Éthiopienne dont les cheveux tressés encadrent le visage aux pommettes hautes et à la dentition parfaite. Julien s'approche d'eux et leur pose une question qu'ils ne semblent pas comprendre. Violette entend son fils passer à l'anglais et voit le visage de Dawit s'épanouir alors que celui de sa sœur affiche une légère crispation, pauvre tentative de sourire qui serre le cœur de Violette. Elle peine à imaginer ce que ces enfants ont fui, enduré, ce que sont devenus leurs parents, s'ils en ont encore.

Julien se place entre les deux Éthiopiens, et un bras sur leurs épaules, les entraîne vers le bus.

— Il va s'occuper d'eux tout le voyage, je suis sûr, dit Charlie.

Raphaëlle ne dit rien et sa mère sourit en la regardant suivre le trio d'un regard jaloux.

Julien ne lâche pas les deux adolescents, mais se retourne vers Violette et ses frère et sœur en criant « Bonnes vacances la compagnie ! »

Dans le cri de son fils, dans son sourire qui lui mange tout le visage, Violette décèle à la fois fierté et euphorie. Elle lève le bras et se retient pour ne pas crier au revoir. Sa fille la regarde un peu moqueuse, mais glisse discrètement sa main dans celle de sa mère.

Niché au creux d'un damier de champs multicolores, un petit village de l'Ardèche a permis à la troupe d'installer son campement sur deux terrains éloignés l'un de l'autre d'un kilomètre environ, l'un pour les guides, l'autre pour les scouts. En échange, la troupe s'est engagée à repeindre l'école et son mobilier.

Dans cette campagne de carte postale aux collines douces ponctuées d'arbres solitaires au port majestueux, les adolescents construisent leurs pilotis, installent leurs hamacs, cuisinent et aident les paysans du coin. L'été bat son plein, la chaleur est caniculaire, le chant des cigales étourdissant, les moissonneuses batteuses avancent comme de gros scarabées dans un nuage de poussières dorées, les moustiques vrombissent dans l'air saturé de l'odeur des moissons. Le soir, jambes griffées, ongles cassés et noirs, les scouts s'ébattent sous les jets d'eau. Oubliée la pudeur des premiers jours ; ils sautillent, nus comme des vers, la peau bronzée, parfois brûlée par le soleil et grignotée de piqûres diverses. Au gré des jeux, des rites d'initiation, Dawit et Julien se rapprochent et le soir lorsque la nuit tarde à tomber et que le feu des rayons se fait moins mordant, épaule contre épaule, entre rires et jeux, ils s'échangent des bribes de leur vie. Les progrès de Dawit en français lui permettent maintenant de comprendre Julien quand il raconte ses parents, leur rêve inassouvi de créer une nouvelle école de musique, sa sœur Raphaëlle avec qui il se ligue souvent contre leur jeune frère Charlie, Mamita l'arrière-grand-mère aux yeux incroyables, son club de hockey et son rêve de devenir capitaine de son équipe. Le jeune Éthiopien raconte son pays et l'ethnie Oromo dont il est originaire. Au fil des soirées, il déroule de sa voix grave aux mots français mâtinés d'anglais les déserts infinis, les canyons vertigineux et les savanes ambrées, les vastes lacs salés et la dépression désolante et envoûtante du Danakil, la majesté des Hauts-Plateaux et la beauté des filles éthiopiennes. Devant les yeux grands ouverts de Julien, la campagne française a fait place à un kaléidoscope de couleurs africaines. Il attend sans rien demander que son ami lui explique ce qui est arrivé à ses parents. Mais le silence de Dawit sur sa famille est assourdissant.

Une fin d'après-midi, ils sont assis à l'écart pour réparer le pilotis de la tente cuisine. Les rires de ceux qui préparent le repas couvrent à peine le chant des cigales. À voix basse, Julien raconte comment un soir de novembre, un voisin était venu le chercher au club pour lui annoncer que son père avait eu un accident cardiaque et l'emmener à l'hôpital. Au milieu de la nuit, il avait rejoint Raphaëlle, Charlie et Violette en larmes au chevet d'Arnaud, dont le visage livide se confondait avec l'oreiller. Arnaud avait dû être opéré à cœur ouvert et il s'en était fallu de peu pour que son cœur ne s'arrête définitivement.

La voix de Julien s'amenuise puis s'éteint. Pas un regard entre les deux garçons. Un scout passe en courant à côté d'eux, poursuivi par deux camarades. Le soir approche à pas veloutés. Dawit se met à parler à son tour.

Il est arrivé en France avec sa sœur, il y a trois mois à peine. Leurs parents font partie de l'opposition qui considère que l'Éthiopie, malgré la constitution, est un état liberticide. Début mai, ils ont participé aux manifestations spontanées pour protester contre la falsification des résultats qui allaient permettre au Premier ministre en place, Zenawi, de se maintenir au pouvoir alors que les partis d'opposition avaient obtenu de nombreux sièges au Parlement. La réponse du gouvernement avait été d'une violence fulgurante. Ce jour-là, son père était rentré la chemise déchirée, les yeux rouges et gonflés, du sang sur le visage. Il boitait et avait du mal à respirer. Sa mère avait réagi immédiatement comme si elle avait prévu ce qui arrivait. Elle avait demandé à Dawit de guetter par la fenêtre et de n'ouvrir à personne et était allée chercher une grosse enveloppe cachée derrière le fauteuil qu'elle avait fourrée dans un sac où se trouvaient déjà des vêtements. Elle avait ordonné à Selina qui sanglotait de ne pas faire de bruit. Il y avait eu trois petits coups sur la porte de derrière et un homme que Dawit n'avait jamais vu s'était glissé dans la maison. Il avait dit à sa mère qu'elle n'avait pas le temps de soigner la blessure, que la police recherchait déjà les leaders de l'opposition. Selina et Dawit eurent juste le temps d'embrasser leur père que l'homme prit sous les aisselles pour l'entraîner par l'arrière de la maison. Les rues étaient obscurcies par les fumigènes, les gens fuyaient au milieu du fracas des explosions, des coups de feu et des cris. Certains habitants ouvraient leur porte aux manifestants pour la fermer immédiatement sur le chaos de la ville. Dans leur salon, Dawit avait pris sa sœur dans ses bras pour la consoler mais il avait réalisé que lui aussi était en train de pleurer.

Le jeune Éthiopien se tait et laisse ses yeux se perdre sur les courbes blondes des collines. Le soleil s'est empourpré. Des nuées roses s'étirent dans le ciel qui vire au mauve. Julien s'est immobilisé, suspendu aux paroles de son ami.

— La police a tiré dans la foule. Elle a tiré sur mon père. C'est la dernière fois qu'on l'a vu. Ce jour-là, ils ont tué vingt-six personnes. Ce n'était que le début.

Pour la première fois depuis qu'il a commencé à parler, Dawit regarde Julien longuement. Puis il parle comme on se lance dans le vide.

— Si tu savais ce que je m'en suis voulu. On ne s'était rendu compte de rien, Selina et moi. On allait à l'école, on avait nos copains, on écoutait de la musique, on achetait les dernières Nike. Je n'ai rien vu venir. Mes parents se battaient pour qu'on puisse vivre un jour dans une véritable démocratie. Ils se rendaient à des réunions tard dans la nuit, distribuaient des tracts, ils avaient tout arrangé à l'avance et on ne s'était rendu compte de rien. Comme le risque qu'ils se fassent arrêter était grand, ils avaient pris contact avec une organisation européenne qui accueillait les migrants mineurs non accompagnés. Le lendemain de la manifestation, ma mère est partie rejoindre mon père. Deux jours plus tard, mon oncle nous mettait dans un avion pour la France, ma sœur et moi. Maintenant toute ma famille se cache, et nous on est ici.

Sa voix n'est plus qu'un murmure, le blanc de ses yeux brille étrangement dans les pans sombres de la nuit enfin tombée.

— Je n'ai rien vu venir.

Les cigales se sont tues, on entend plus clairement les préparatifs du dîner.

— J'espère que Selina va bien. Elle avait très peur qu'on soit séparés pour ces vacances. Elle ne mangeait quasi plus rien.

L'appel à table retentit derrière eux. Julien et Dawit terminent le tissage de la corde autour des pieux de bois. Julien a presque honte de se dire que les scouts, sans le vouloir, ont imposé une seconde séparation aux Éthiopiens. Il décide d'aller en parler aux chefs dès que possible. Le silence entre les deux garçons est tissé de liens qui se font promesse.

Un après-midi, les scouts vont remplacer les guides à l'école qu'elles remettent à neuf. Lorsqu'ils arrivent après une marche qui les a mis en nage, Julien s'installe à l'ombre pour faire la liste du matériel manquant et des travaux qu'il reste à faire.

— Dawit !

Selina, campée sur un barreau de l'échelle, hisse un seau d'eau jusqu'au premier étage de la petite école. Son visage est criblé d'éclats de peinture blanche et son sourire pourrait contenir l'univers. Ses bras fins ressortent du teeshirt blanc et ses jambes kilométriques semblent filer vers le ciel. Sans se préoccuper des échelons, elle saute directement au sol pour se précipiter sur son frère. Ils rient, se coupent la parole, se tapent dans les mains et leurs voix sont comme une chanson à laquelle les autres ne comprennent rien, mais qui exhale tout le bonheur de se retrouver. À sa grande surprise, Julien sent les larmes lui monter aux yeux. Il attend d'avoir repris contenance pour les rejoindre. Le rire de Selina se fige devant le sourire en fragments ravageurs et l'éclair bleu des yeux de Julien. Dawit contemple, amusé, sa sœur statufiée devant son ami alors que celui-ci empoigne le seau d'eau pour le monter au sommet de l'échelle.

Les guides se lavent les mains au white spirit avant de rejoindre leur camp. Dawit et Julien les accompagnent jusqu'à la sortie du village. Selina n'a pas prononcé plus de deux phrases mais ne cesse de se retourner la main levée jusqu'à ce que les deux garçons aient disparu de son champ de vision.

Les intendants ont commencé à préparer le repas de fête. La fin de l'été vagabonde dans l'air, tapie dans les recoins saturés d'odeurs. Un parfum d'herbe coupée, de fleurs fanées, une douceur porteuse d'une mélancolie précoce flottent au-dessus du champ de chicorées sauvages.

Demain, ils démonteront le camp, chargeront les bus. Demain, Dawit et Selina reviendront à la réalité de leur vie d'exilés, les autres aux devoirs de vacances et aux préparatifs de rentrée en cours. Demain, Julien apprendra que sa mère est enceinte et qu'il va avoir une petite sœur de 17 ans sa cadette. Mais ce soir, ils s'ébrouent sous les jets d'eau et la douche collective se transforme rapidement en un immense champ de bataille.

L’odeur du barbecue titille les estomacs. La lumière décline et nimbe le paysage d’un halo orangé. Les bottes de paille blondes se découpent sur l’obscurité des bosquets. Les ombres s’allongent sur l’herbe brulée. Les flammes du feu de camp s’élèvent haut dans le ciel, les guitares sortent de leur housse. C’est une de ces soirées parfaites qui laissent des souvenirs indélébiles. Julien est assis par terre entre Dawit et Selina. Il ne détache pas les yeux de ce visage idéal, de cette peau si noire qu’elle en paraît bleue, de ce sourire lumineux, de ces yeux bordés de cils presque bouclés. Doucement, il prend entre les siens les longs doigts aux ongles pâles et bombés de Selina. Il se dit qu’il n’a jamais été aussi heureux.

Chapitre 3

Bruxelles, 1996 - 2006

Aysia a toujours été une enfant facile. Née en Éthiopie, elle s'est coulée dans la vie complexe de ses parents avec une joie, une grâce et une aisance qui les avaient fascinés. Aurait-elle été moins accommodante, ils se seraient sans doute posé des questions au moment de prendre la décision d'adopter Soumaya et Eden. Lucie se disait souvent qu'elle aurait mieux fait de réfléchir avant de se ranger aussi vite à l'avis de John. L'adoption des deux petits Éthiopiens avait semblé aussi naturelle à John qu'elle s'était avérée compliquée pour elle. Les deux enfants étaient en état de dénutrition à leur arrivée au dispensaire et les nuits qu'ils passaient tranquilles avec Aysia, étaient émaillées de pleurs depuis l'arrivée d'Eden et de Soumaya. Les difficultés pour faire dormir les enfants, pour les nourrir, avaient rapidement épuisé Lucie. Des cernes sombres s'étaient creusés sous ses yeux et John avait proposé de dormir dans la chambre des enfants pour pouvoir s'en occuper sans la réveiller. Mais Lucie avait du mal à dormir seule, dans le grand lit. Le matin, alors qu'elle n'était pas encore sortie des brumes du sommeil, son premier geste était de tendre le bras à la recherche du corps de John pour ne trouver que le drap froissé. Elle s'extirpait difficilement de la chambre blanche pour trouver John assis dans la cuisine, avec un petit sur chaque genou, Soumaya accrochée à son biberon et Eden, fixant les yeux de son père comme s'ils étaient son seul horizon. Aysia était assise sur une pile de livres, bien coincée entre la chaise et le bord de la table, buvant sagement son lait. Encore endormie, Lucie regardait son mari avec envie, se demandant pourquoi elle n'était pas capable de faire la même chose. Pourquoi n'avait-elle pas envie de faire la même chose ? Les larmes lui montaient souvent aux yeux. Elle avait cru qu'elle gèrerait ces trois petits comme elle avait toujours géré tout ce qu'elle faisait, avec efficacité et passion. Pourtant, elle se sentait incapable d'éprouver les mêmes sentiments que John pour les enfants. Tout lui semblait plus difficile et elle en voulait presque à son mari d'être si à l'aise alors qu'elle éprouvait un mal fou à se mouvoir dans un marécage de sentiments contradictoires.

Au bout de cinq ans en Éthiopie, les papiers officiels de l'adoption enfin dans la poche, ils regagnent Bruxelles et il leur faut quitter leur petit appartement dans la belle maison de maître au bord des Étangs pour s'installer avec les trois petits. Ils ont rempli les cartons et lorsqu'ils tirent derrière eux la porte du studio pour la dernière fois, ils s'assoient sur le banc de l'autre côté de la rue, là où pendant leurs années d'études et puis celles qui avaient précédé leur départ en Afrique, ils avaient discuté, échafaudé des plans, rêvé, s'étaient disputés et réconciliés. La moindre occasion avait été bonne pour quitter le studio trop chaud en été, ou trop sombre en hiver. Ils sortaient s'asseoir côte à côte face à l'eau, regardaient glisser les cygnes indifférents et saluaient l'Indien qui tous les jours à la même heure faisait le tour des Étangs, le visage impassible, sous son parapluie noir, même les jours de soleil.

— Ça fait drôle, dit John.

Lucie contemple les poissons qui croisent juste à la surface de l'eau noire. John attire sa femme contre lui. Il sait qu'elle est en train de lutter contre les larmes. Il sait aussi qu'elle a mis toute son énergie à organiser le déménagement de leurs meubles d'étudiants, puis de jeunes adultes, à faire face à tous les souvenirs d'une vie qui n'est plus. Ces années passées en Éthiopie ont été le pont entre deux existences. Ils étaient partis jeunes idéalistes, persuadés de contribuer à soulager les maux de l'Afrique, ils avaient vécu moments euphoriques et désillusions cuisantes et étaient revenus parents de trois enfants, l'une métisse indo-européenne, les deux autres Éthiopiens. Et maintenant qu'ils se retrouvent assis sur leur banc, ils réalisent soudain que non seulement, une page se tourne, mais que plus vraisemblablement, c'est un livre qui se ferme.

Lucie, les yeux brouillés, essaye de comprendre cet état dépressif dans lequel elle s'enfonce. Elle peine à démêler l'écheveau de ses émotions. Pour tous leurs amis, elle a toujours été Lucie l'engagée, Lucie la Pasionaria. Qu'elle soit partie en Éthiopie pendant si longtemps, qu'elle en soit revenue avec trois enfants, dont deux adoptés, n'a pas surpris leurs amis. À leur arrivée, à l'aéroport, les bras chargés des trois petits, entourés de leurs bagages, ils ont été accueillis comme des héros par une petite foule admirative. Lucie était resplendissante.

Pourtant, depuis leur retour en Belgique, elle n'arrive pas à faire face.

— Tu crois que je n'ai pas l'instinct maternel ?

John sourit en entendant la voix de sa femme qui ressemble à un étrange coassement.

— Pourquoi dis-tu ça, mon amour ?

— Je me sens tellement inutile avec les enfants, je suis débordée, je n'y arrive pas…

— Chhhhh, chhhhhut Lucie. Tu te trompes.

Elle relève la tête brusquement, le regarde durement :

— Qu'est-ce que tu en sais ? Depuis quand tu es dans ma peau ? Je te dis que je me sens débordée, que j'ai l'impression que je n'y arriverai jamais, que je ne suis pas à la hauteur alors que toi…

Il ne tente pas de la toucher, de la ramener contre lui. Il regarde l'eau sombre devant lui, les cercles concentriques qui s'élargissent au passage des canards, l'éclair fugace des algues qui ondulent sous la surface.

— C'est ton ressenti, Lucie. Je suis sûr que tu te sens débordée, je suis sûr que c'est difficile pour toi. Tu viens d'avoir trente ans et tu as déjà trois enfants, dont deux qui ont un passé sans nous, qu'on le veuille ou non, aussi court soit-il. On serait débordé à moins.

— Tu ne l'es pas toi, dit-elle.

Il croit déceler une légère rancœur dans sa voix.

— Tu oublies que je suis indonésien.

— Et ? Ça veut dire quoi ?

— Tu connais les histoires sur les Asiatiques, ils ont le visage impassible, on ne sait pas ce qu'ils pensent, ils n'ont pas la même conception de…

Le ton de sa voix est monocorde, mais une lueur amusée brille dans ses yeux sombres.

— La vie, le coupe-t-elle en soupirant. Arrête de plaisanter. Si j'avais cru à tous ces poncifs, je ne serais pas tombée amoureuse de toi.

— Ce que je veux dire, c'est que oui, c'est vrai je suis à l'aise avec les petits. Beaucoup plus que je ne l'avais imaginé. Mais chacun sa force, je suis bien plus angoissé que toi quand je me demande comment je vais pouvoir offrir une enfance, une éducation à ces trois petits anges. Parfois, j'ai peur de ne pas y arriver.

Il rit en voyant son air surpris.

— Tu vois ? On ne vit pas les choses de la même façon. Ton boulot fait partie de toi, de qui tu es. Tu ne te poses pas de questions, tu fonces devant toi. Pourquoi crois-tu que je t'appelle TGV quelquefois ?

— Mais pourquoi tu angoisses ?

— Je n'angoisse pas, je veux juste te montrer que nous avons chacun nos fêlures. Si je me pose des questions sur l'avenir que je vais offrir à nos enfants, je ne m'en pose aucune quand je les ai tous les trois dans les bras.

Lucie se renfrogne.

— Et moi, justement c'est ce qui me stresse.

— Ça te gênerait vraiment de te dire que dans la famille Saraghi, ce soit le père qui ait pioché la carte de l'Instinct maternel ?

— À condition que la mère garde celle de l'Engagée.

Il la ramène vers lui et elle se laisse aller contre son torse. Elle joue avec un petit bout de bois qu'elle fait glisser à l'intérieur de sa botte en cuir. Depuis leur retour en Europe, elle remet ses collants opaques, ses jupes courtes et ses longues bottes. C'est un des autres avantages de leur retour. Et il la trouve toujours aussi sexy. Elle reconnaît sur le visage de John, la tension légère qu'il a chaque fois qu'il a envie d'elle. Elle lui fait un sourire enjôleur, se lève lentement en le tirant par la main vers le studio vide.

— Tu te souviens, on avait inauguré le studio le jour de la signature du bail, quand les caisses n'étaient pas encore ouvertes ? Viens, on va boucler la boucle.

Ils ont trouvé un grand appartement aux deux derniers étages d'une maison biscornue pas trop loin de leur petit studio. En se penchant bien loin, on peut apercevoir le saule pleureur qui trône au milieu des Étangs. Bien entendu, ils n'ont plus vue sur le ballet des cygnes le matin, mais Lucie a aimé le côté fouillis de la maison, sa cage d'escalier en colimaçon, malgré le danger pour les enfants, les fenêtres en bois qui se ferment comme des guillotines, le petit balcon qui donne sur le square, où il y a juste la place de mettre une petite table ronde pour deux personnes. John a repeint les poutres des chambres en blanc, fixé des barrières en haut des escaliers et installé les trois enfants dans la plus grande chambre à côté de la leur.

Debout dans l'embrasure de la porte de la salle à manger, Lucie passe rapidement la brosse dans ses longs cheveux blonds.

— T'es belle, Maman, on dirait une princesse ! s'écrie Aysia en battant des mains.

— C'est toi ma princesse, dit Lucie en caressant la joue de sa fille.

— Les princesses, elles z'ont pas les cheveux noirs, dit Soumaya en léchant sa cuillère.

— C'est pas vrai, regarde Blanche-Neige, elle a les cheveux noirs comme Aysia.

— En tout cas, y a pas de princesses noires avec des cheveux comme moi.

— On dit des cheveux comme les miens et puis tu te trompes, ma Soumaya, dit Lucie en jouant avec les petites tresses crépues de sa fille. Tu te souviens, on t'a raconté que la reine de Saba, la reine de ton pays autrefois, dépassait en beauté et en intelligence toutes les femmes de son époque ?

— Je préfère Cendrillon, dit la petite fille avec sérieux.

— Et moi quand je serai grand, je serai le mari de Maman ! s'écrie Eden du haut de ses sept ans.

Dans son enthousiasme, il brandit son bras en l'air et envoie la compote de sa cuillère décorer le mur derrière lui.

Soumaya, renverse la tête en arrière et éclate de rire, exposant la blancheur de ses toutes petites dents. Aysia regarde sa maman d'un air inquiet.

Celle-ci fronce les sourcils et se lève pour saisir brusquement la cuillère de la main de son fils :

— Mais Eden, fais attention quand même, c'est toujours la même chose avec toi !

John sort de la cuisine, essuie rapidement la compote sur le sol et le mur et dit :

— Qui connaît les noms des copains de Blanche-Neige ?

— Les sept nains, répond Aysia.

— Pff, ça on sait, dit Eden, il faut dire les noms ! Mais vous, vous avez que cinq ans, alors vous savez pas.

Lucie s'est tue soudain, sa saute d'humeur aussitôt oubliée. Elle regarde avec émotion sa tribu, son mari et le tablier noir qui lui ceint les reins.

— Les Tinains, dit Soumaya.

Eden et Aysia pouffent. Soumaya pousse un nouvel éclat de rire, ravie de son succès auprès de son frère et de sa sœur.

— Je file, mes petits cœurs, Maman va être en retard.

Lucie saisit son sac en bandoulière et se tourne vers John. Il saisit une mèche de ses cheveux qu'il essuie de son torchon.

— Tu as de la compote dans les cheveux.

— On se demande pourquoi, tiens... gronde-t-elle doucement.

Elle descend les escaliers rapidement, ouvre la porte de la rue et prend une longue inspiration. Les feuilles commencent à virer de couleur. Il a plu pendant la nuit, les pavés luisent, Lucie marche jusqu'au bout de la rue et oblique vers les Étangs. C'est un détour mais elle aime faire ce petit pèlerinage de temps en temps, passer devant les fenêtres de leur ancien studio. Il est encore tôt, l'air sent les feuilles mouillées et l'humus, la lumière du matin est transparente. Elle secoue les épaules, essaye de se débarrasser de sa nervosité avec une pointe d'agacement. Elle a découvert il y a trois jours qu'elle est enceinte. Les yeux hagards rivés sur le petit bâtonnet, elle a eu du mal à retenir ses larmes.

Elle ne parle pas immédiatement à John. Elle sait qu'à peine aura-t-il appris sa grossesse, son mari la serrera dans ses bras à l'étouffer et qu'il aura fait fondre toutes ses réticences. Cet homme s'est révélé un père né alors qu'il ne savait même pas après la naissance de sa fille s'il pourrait supporter le bonheur d'un autre enfant. Lucie est persuadée qu'aujourd'hui, il aurait été heureux même avec dix enfants. Elle ne trouve pas le courage d'aborder le sujet. Où va-t-elle trouver le temps pour un quatrième enfant, alors que les trois premiers sont encore si jeunes ? Comment va-t-elle pouvoir continuer à mener ses projets tambour battant ? A-t-elle envie de sacrifier la passion de son métier à l'arrivée d'un autre enfant ? Et surtout, il faut bien qu'elle se pose la question de savoir si elle a envie encore une fois d'avoir peur de passer après ce bébé dans le cœur de John. Toutes ces questions tournent dans sa tête la nuit. Dans le noir de leur chambre, blottie contre la hanche de John, au fil des nuits, elle se bat contre sa conscience. Si elle est honnête avec elle-même, elle doit reconnaître qu'elle ne veut pas de cet enfant. Elle se demande si elle a peur de la réaction de John s'il apprenait qu'elle a avorté ou si elle répugne à retirer ce bonheur à l'homme qu'elle aime. Les jours passent. Tout au fond d'elle-même, elle sait qu'elle gardera l'enfant. Parce qu'elle ne peut délibérément faire du mal à John, mais elle veut lui faire part du dilemme qui l'a tenue éveillée pendant toutes ces nuits, comme pour lui faire ressentir le sacrifice qu'elle fait. Pour lui.

Plus tard, elle se demandera s'il a réalisé ce que garder l'enfant avait représenté pour elle. John accueille les événements de la vie avec un tel naturel qu'on peut parfois penser qu'il s'agit de flegme. Il accepte volontiers que le bébé se prénomme Maxime. Aysia a un prénom asiatique, ils ont voulu que les deux petits Éthiopiens aient un prénom qui les rattache à leurs racines, il est donc naturel que leur dernier petit garçon ait un prénom européen. De toute façon, John aurait dit oui à tout.

Après l'accouchement, il n'attend pas les premiers signes de fatigue de Lucie pour embaucher une nounou qui emmène Maxime à la crèche, pendant que lui dépose les enfants à l'école et que Lucie court à l'agence. Maxime grandit au milieu de ses frères et sœurs, comme les petits derniers d'une fratrie, élevé par tous plutôt qu'un seul. Le soir, pendant que Lucie range la cuisine, John monte coucher les petits. Assis dans le vieux fauteuil à oreilles de leur chambre, il raconte l'histoire du bateau qui ne touche jamais terre, ou celle du chien jaune qu'affectionnent tant Aysia et Soumaya. John enchaîne les histoires jusqu'à ce que Lucie monte l'escalier, vienne embrasser la grappe des petits serrés autour de leur père et passe dans la salle de bains, en lui rappelant qu'il est temps que les enfants dorment. C'est quand il voit sa silhouette déshabillée passer dans le couloir et le long regard qu'elle lui lance qu'il se lève enfin en s'écriant : « Au lit les enfants, vite, vite sinon je vais vous croquer les orteils ! » Les enfants s'égaillent vers leurs lits, faisant grelotter leurs rires et résonner leurs pieds nus sur les lattes du parquet. John vient s'asseoir auprès de Lucie, enfoncée dans ses oreillers, un livre à la main. Il embrasse son cou qui sent bon l'eau de Cologne, caresse ses cheveux et lui dit : « Qu'as-tu mangé ce matin pour être si belle ? ». Elle émet ce gargouillis grave qui sort directement du plus profond de sa gorge et il commence à se déshabiller tout en ne la quittant pas des yeux.

D'un commun accord, John et Lucie quittent Médecins Sans Frontières pour se consacrer à d'autres ONG, demandant moins de déplacements à l'étranger. Lucie grimpe les échelons et arrive à la tête du programme belge d'adoption dans les pays africains. Malgré tout, ils se tiennent très informés de l'actualité de « leur MSF » et gardent des liens jaloux avec leurs anciens collègues, les invitant chez eux à leur retour de mission. Ils écoutent avec avidité les récits parfois affligeants, parfois gais, toujours passionnants des médecins, psychologues ou responsables logistiques de retour d'Éthiopie ou d'ailleurs. Ces récits leur ramènent les couleurs vives des marchés d'Addis, la poussière et la pollution des grands boulevards, l'ombre bleutée des eucalyptus, l'odeur du désinfectant du dispensaire ou celle pestilentielle des ruelles sombres, le chahut des petits concerts dans les bars en dessous de chez eux. Ils en ont presque oublié les tensions, les épidémies, les attaques, les dangers, les peurs pour Aysia. Quel que soit le nombre des convives autour de la table, le brouhaha des conversations, les regards de John et Lucie se cherchent, s'accrochent. Les paroles et les sons perdent leur sens et même assis chacun à l'autre bout de la table, ils revivent presque en apnée les moments intenses de ces cinq années qui furent la parenthèse enchantée de leur vie de jeunes adultes. À chaque fois qu'on leur demande de raconter leur expérience éthiopienne, ils se désolent d'être impuissants à traduire fidèlement le sentiment d'allégresse, d'implication totale et d'euphorie qui les habitait alors. Ils étaient jeunes et heureux, persuadés que l'histoire leur appartenait et qu'ils pouvaient changer les choses. Assis face à face à la table bruyante, leurs regards restent suspendus l'un à l'autre, ancrés dans le même souvenir, celui de cette plénitude parfaite, de ce sentiment d'éternité ressenti lorsque tard dans la nuit, ils se retrouvaient nus sur le lit blanc de leur appartement surchauffé, sous le souffle bruyant du ventilo, leurs vêtements épars sur le ciment brut, une chemise accrochée au berceau de leur petite fille.

Chapitre 4

Lyon, avril 2008

Julien enfile sa veste en jean, saisit son sac de hockey et crie vers l'escalier :

— Bon, tu te grouilles la gamine, là ?

Pas de réponse. Il entre dans la cuisine, ouvre machinalement le réfrigérateur. Violette range les courses dans les placards et se tourne vers lui alors qu'il croque dans un gros cornichon. Elle lui sourit.

— Tu prends la voiture de Papa ? Quelle chance que tu viennes d'avoir ton permis. Ça nous aide bien que tu puisses conduire. Vous allez où ?

— Je vais au club et Raphaëlle m'a demandé de la déposer chez sa copine en passant.

— Laquelle ?

— Je sais pas, elle m'a pas dit, d'ailleurs je suis sûre que c'est une copine à moustache comme aurait dit Papi.

— Qu'est-ce que tu racontes Juju ! Elle a tout juste quinze ans, dit Violette avec un sourire.

— T'es vraiment si naïve que ça Mam ? Comme si à quinze ans, on n'avait pas de petits copains !

Il attrape les boîtes de conserve que sa mère, sur la pointe des pieds, tente de mettre dans le placard.

— Donne Mam. Regarde-moi ça, tu es toute petite et tu veux faire des trucs de grande.

— Arrête, c'est toi qui es immense. Tiens, puisque tu es de si bonne composition, continue à vider le sac, Juju. J'ai envie d'un café avant de filer à l'académie. Tu en veux un ?

— Pas le temps. Tu as beaucoup d'élèves ce matin ?

— Non, sept.

— Tu appelles ça pas beaucoup ? T'as bien du courage. Et tu as un futur génie du piano dans ta liste ?

Sa mère sourit de ce joli sourire énigmatique qu'il aime tant.

— Tu serais bien étonné...

— Il est où mon bébé-Lili ?

— Chez sa marraine. J'irai la rechercher en rentrant de mes cours.

— C'est marrant comme la maison paraît vide sans elle.

Ils se regardent attendris par l'idée même de ce bébé qui a changé leur vie à tous. Violette se souvient de ce jour de fin d'été deux ans auparavant quand elle avait annoncé à ses enfants qu'ils allaient avoir une petite sœur. Elle rit encore à l'évocation de la tête de ses trois ados, seize, treize et douze ans. Pourtant elle n'en menait pas large à l'époque.

Julien se retourne pour appeler Raphaëlle en hurlant. Violette se bouche les oreilles.

— Non, mais ça ne va pas de crier si fort ! dit-elle en riant. Tu connais ta sœur, elle doit se maquiller pour la quatrième fois devant son miroir.

Julien bondit dans le couloir et crie :

— Raph, si t'es pas là dans une minute, je m'en vais, tu te démerderas toute seule !

— Tu es pressé ? demande sa mère.

Il jette un coup d'œil sur son téléphone pour y lire l'heure et hausse les épaules.

— Pas vraiment, mais elle est pompante avec sa crise d'ado. Qu'est-ce qu'elle a besoin de se tartiner de fond de teint comme ça, on dirait une orange. C'est pas comme si elle avait plein de boutons, comme moi à son âge.

— Hé oui, mais ce n'est pas facile d'être une fille à quinze ans.

— Je m'en fous en fait, je veux bien un café, Mam s'il te plaît.

Elle fait deux petits cafés serrés comme ils les aiment tous les deux et ils s'installent sur les hauts tabourets de bar. Elle passe la main sur la tête de son fils. Elle lui sourit par-dessus sa petite tasse. Julien la regarde fixement.

— Qu'est-ce qu'il y a ? J'ai un truc sur le nez ?

— Tu sais que je t'aime bien, Maman ?

Violette rit mais ses joues s'empourprent légèrement.

— C'est parce que je te fais des bons petits cafés.

— Mmmh, ça c'est vrai aussi, mais je t'aime plus que ça encore.

Julien pose sa tête sur l'épaule de sa mère avec un peu trop d'enthousiasme sans doute car elle sursaute et renverse le café sur la table.

— Ooooh sorry Mam !

Il se lève brusquement et dans ce mouvement, renverse son café aussi.

— Merde !

Le chemisier de sa mère est éclaboussé de traces brunâtres. Violette éclate de rire devant l'air complètement penaud de son fils.

— Juju, qu'est-ce que tu es maladroit ! Arrête, mais arrête, dit-elle en riant de plus belle alors qu'il essuie frénétiquement le chemisier avec un torchon.

— Oh la la ! Sorry, j'adore ce chemisier en plus.

— Eh bien là, je n'ai plus qu'à aller me changer.

Julien réalise que son jean est également maculé de taches, ce qui le fait éclater de rire au moment où Raphaëlle arrive dans la cuisine. Habillée d'une jupe trop courte sur des bas noirs dont un est filé, elle a tellement lissé ses cheveux qu'ils sont raides comme des baguettes et son visage disparaît sous une épaisse couche de fond de teint.

— Qu'est-ce qui se passe ici ?

De voir l'air chagriné de sa mère devant l'accoutrement de Raphaëlle, Julien rit de plus belle et le fou rire se communique rapidement à Violette. Raphaëlle fronce les sourcils.

— Ben quoi, qu'est ce qui est si drôle ? Qui a renversé le café ?

Devant l'air courroucé de sa fille, Violette essaye de se contenir, mais elle sent le fou rire prendre toute la place dans ses poumons. Elle n'ose pas regarder son fils dont le rire sonore rebondit contre les murs de la cuisine. Elle est certaine que Julien éprouve un malin plaisir à en rajouter pour faire bisquer sa sœur.

Raphaëlle tourne les talons et les plante là :

— Je t'attends dans la voiture de Papa, dit-elle sèchement.

— Tu vas la laisser sortir comme ça ? demande Julien hilare à sa mère.

Elle ne parvient pas à lui répondre et ne peut qu'agiter la main gauche pour le pousser vers l'extérieur pendant qu'elle s'essuie les yeux de la main droite.

Julien s'assied dans la voiture à côté de Raphaëlle qui, les écouteurs vissés sur les oreilles, s'applique soigneusement du rouge à lèvres en se regardant dans le petit miroir du pare-soleil.

— Non, mais ça va pas? s'exclame-t-elle quand d'une chiquenaude, il fait sauter les écouteurs.

— Du calme, je te fais l'honneur de te conduire chez ta copine à moustache, alors pas d'écouteurs dans la voiture.

— Pour qui tu te prends, t'es pas les parents ! Déjà qu'on a pas le droit d'écouter l'iPod dans la voiture avec eux, tu vas pas t'y mettre. Et qu'est-ce que tu racontes avec ton histoire de copain à moustache ?

— J'ai dit copine à moustache, pas copain d'abord. Fais pas genre, Raphi, c'est pas comme si t'entendais ça pour la première fois, Papi te fait toujours mourir de rire quand il dit ça.

— Je vais chez Mathilde, c'est pas un copain à moustache. Ferme la fenêtre, j'ai froid.

— Non, t'as qu'à pas t'habiller aussi légèrement.

— Pourquoi tu dis ça ?

— Allez, t'as vu comment t'es fringuée, on dirait…

Il s'arrête juste à temps et fait mine de se concentrer sur le GPS de la voiture. Sa sœur se retourne vers son frère et s'écrie :

— Quoi ? Qu'est-ce que t'allais dire ? Allez dis-le ce que t'allais dire !

— Holà mollo la gamine, dis donc t'es pas à prendre avec des pincettes, aujourd'hui !

— Qu'est-ce que tu voulais dire hein ? T'oses même plus hein, t'as pas de courage, t'es qu'un faible, tu...

Les larmes se mettent à couler sur ses joues trop maquillées. Elle ouvre la porte...

— D'ailleurs, je me casse !

Ses yeux noirs lancent des éclairs et avant qu'il ait eu le temps d'esquisser un geste, elle saute de la voiture, juste au moment où le feu passe au vert. Julien baisse sa vitre pour appeler sa sœur, mais le concert de klaxons derrière lui devient vite assourdissant. Il passe la première en maugréant et commence à sillonner le quartier. La pluie gifle les vitres de la voiture, le ciel n'est qu'un drap qui semble vouloir l'enfermer dans ses pans sombres. Il s'en veut d'avoir provoqué sa sœur, mais elle a le don de le faire sortir de ses gonds ces derniers temps et ça le fait enrager de voir comme elle s'enlaidit à plaisir, juste pour avoir l'air plus vieille. Après quelques minutes, il aperçoit la silhouette de sa sœur, perchée sur ses jambes maigres et ses bottes trop hautes. Il ralentit et donne un petit coup de klaxon. Raphaëlle, la tête haute, ne lui accorde pas un regard et continue son chemin. Julien parvient à se garer le long du trottoir et attend qu'elle arrive à la hauteur de la voiture. Dans le rétroviseur, il voit que sa sœur a pleuré et sa colère s'amenuise. Il baisse la vitre et appelle en essayant de ne pas crier :

— Allez, monte.

L'adolescente essuie d'un mouvement rapide ses joues et lui assène un « non » rageur.

La pluie entre dans l'habitacle de la voiture et il essuie machinalement les gouttes sur la portière.

— Allez Raphi, monte.

Il coule un regard bleuté entre ses longs cils auquel il sait que sa sœur a du mal à résister. Depuis qu'ils sont enfants, ça marche à tous les coups, même si ça ne fonctionne pas avec les autres filles, celles qu'il veut séduire.

Raphaëlle le foudroie du regard, mais ses cheveux lui collent déjà aux joues et elle fait le tour de la voiture, s'assoit sur le siège passager en claquant la porte un peu trop fort.

— T'es vraiment pénible, toi !

Julien émet les jappements d'un jeune chien qui voudrait se faire pardonner, en grattant le bras de sa sœur qui lui donne une bourrade et ne sait plus si elle va éclater de rire ou en sanglots. Julien a toujours été conscient de son pouvoir sur elle. Malgré l'adolescente difficile qu'elle est devenue, il sait qu'il lui suffit de plonger ses yeux dans les siens pour qu'elle redevienne la petite fille charmante et craquante qu'elle a toujours été avec lui. Leur entente date de la petite enfance et leur frère Charlie en avait souvent fait les frais. Raphaëlle et Julien faisaient front et Charlie se retrouvait isolé. Quand il voulait rejoindre son frère et sa sœur dans la chambre, la porte lui claquait au nez après un retentissant : « C'est pas des histoires pour les petits ! » Julien réalise que ce n'est pas fair-play d'autant qu'il y a moins d'écart d'âge entre Charlie et Raphaëlle qui ont à peine plus d'un an de différence, qu'entre elle et lui. Mais c'est ainsi depuis la naissance de Charlie. Julien a toujours éprouvé un malin plaisir à se moquer de son frère et en éprouve maintenant quelques remords. Il se promet de se racheter un jour.

Il tend le bras et attrape la boîte de mouchoirs sur le siège arrière.

— Tiens, tu ressembles à un koala, avec tout ton mascara qui dégouline quand tu pleures.

Elle détourne la tête.

— Je pleure pas.

— Oui, je sais, c'est la pluie, Raphi, c'est la pluie.

Julien fait une grimace éloquente quand Raphaëlle découvre dans le petit miroir de la voiture les dégâts de la pluie et des larmes sur son visage. Elle réprime un sourire et bougonne :

— Arrête, je te déteste !

Julien démarre la voiture.

— Bon, elle habite où ta Mathilde ?

— Je ne vais pas chez Mathilde, rétorque Raphaëlle avec défi.

Julien hausse les épaules.

— Comme si j'avais pas deviné. Tu ne vas pas apprendre à un vieux singe à faire des grimaces. Il s'appelle comment ?

— Romain.

— Romain comment ?

Il ne se laisse pas démonter par le silence de Raphaëlle et énonce le nom de tous les Romain qu'il connait jusqu'à ce que le visage de sa sœur la trahisse.

— Romain Arvieux ? Le frère jumeau de mon pote Arthur ?

— Oui.

— Mais qu'est-ce que tu fous avec lui ? Il a au moins trois ans de plus que toi !

— Et alors ?

Julien ne répond rien. Il a déjà eu des petites amies à peine plus âgées que Raphaëlle, mais il ne parvient pas à voir sa sœur autrement que sa petite sœur.

— Mais qu'est-ce que tu lui trouves à ce type ? Il a l'air toujours complètement naze.

— Tu le connais même pas. C'est pas parce qu'il joue pas au hockey comme toi et Arthur qu'il est nul.

Raphaëlle est sur la défensive. D'un geste nerveux, elle tente d'effacer les traces noires laissées par le mascara sur ses joues.

— Si, il est nul. Il passe son temps à fumer la chicha.

— C'est Arthur qui t'a dit ça ?

— Tout le monde le sait, il passe ses weekends à fumer dans son garage et à écouter de la musique zarbi.

— N'importe quoi.

Mais elle semble ébranlée.

— Tu vas le dire aux parents ?

Il hausse les épaules. Si leurs parents ne sont pas très sévères, en tant que fils aîné il a dû enfoncer les portes, il est passé par là et ce n'est pas lui qui va aller dénoncer sa sœur. En tout cas, pas pour l'instant.

— Tu me connais quand même Raphaëlle, pas mon genre, mais je trouve que tu vaux mieux que ça.

Raphaëlle ne souffle pas un mot et évite de regarder son frère qui continue :

— T'es pas le genre de nana à traîner derrière un mec comme ça qui a rien dans la tête et aucune envie dans le cœur.

— Qu'est-ce que tu sais de moi, toi ?

Julien ne répond pas tout de suite. Il raffermit sa prise sur le volant, le vent s'est mis de la partie et il sent la voiture trembler sous les rafales. Il garde les yeux sur la route devant lui, l'intensité de la voix de Raphaëlle se cogne contre le pare-brise. Il n'a pas besoin de la regarder pour deviner ses sourcils froncés et ce regard presque éperdu qu'elle a quand elle veut être prise au sérieux. Il sait qu'il ne peut pas esquiver.

— Je sais que ça fait quinze ans que t'es ma frangine et que ça fait quinze ans qu'on s'entend comme ça.

Il lui montre ses deux doigts croisés, toujours sans lâcher le pare-brise du regard. Merde, peut-être qu'il en fait un peu trop. Pour détendre l'atmosphère, il s'empresse d'ajouter :

— Tu as quand même un très gros défaut, c'est que tu ne joues pas au hockey. En plus de t'habiller comme tu t'habilles, rajoute-t-il en éclatant de rire devant l'air indigné de Raphaëlle.

— Pourquoi tu me traites comme une gamine, si on s'entend si bien ?

Cette fois, il la regarde. Droit dans les yeux.

— Je te traite comme une gamine quand tu te comportes comme une gamine. Et laisse-moi terminer, tu as quinze ans d'accord, mais tu es encore ado, même si tu estimes que tu n'es plus une gamine et ça me soûle de te voir gaspiller ton temps avec des mecs comme Romain ou l'autre là que tu voyais le mois dernier, je ne sais même plus comment il s'appelle.

— Tout le monde n'a pas la chance d'avoir rencontré l'amour de sa vie. Facile pour toi de dire ça quand tu as la fille de tes rêves comme petite amie, et qu'en plus elle est folle de toi !

— Tu parles de Selina ?

— Qui d'autre ?

— J'adore Selina.

Il a parlé sans la regarder. Raphaëlle remonte le petit miroir et tourne la tête vers Julien.

— Ça se voit, pas besoin de le dire, raille-t-elle.

Puis, elle dit plus doucement.

— T'as de la chance.

— Pas sûr. Il y a justement peu de chance pour que Selina et Dawit restent en France, tu sais. Et je ne devrais pas le souhaiter. Ils ne rêvent que de retourner en Éthiopie, retrouver leurs parents, c'est normal.

— Je ne peux pas croire que Selina n'ait pas envie de rester avec toi. Elle est trop mignonne quand vous êtes ensemble, elle n'arrive pas à détacher ses yeux de toi.

— En fait, ça fait mal.

Il a presque murmuré ces derniers mots. L'adolescente le regarde avec surprise. Elle a rarement entendu ce genre de confidence chez Julien. Son frère est plutôt du genre grande gueule. Il rit fort, il crie fort, il prend toute la place.

Elle fixe son profil, concentré sur le ruban d'asphalte de l'autre côté du pare-brise. Raphaëlle voudrait qu'il continue à parler, mais il se tait. Un peu perdue, elle hésite, mais elle ne veut pas que cette conversation s'arrête et elle se jette à l'eau.

— Pourquoi tu as mal ?

— Ils vont partir, si c'est pas cette année, ce sera l'année prochaine peut-être. Ils vont partir. Et j'ai beau le savoir, j'ai beau me préparer, mettre des barrières entre elle et moi, entre moi et eux, ça fait mal.

— S'ils repartent, c'est que la situation dans leur pays sera moins dangereuse, tu pourras aller là-bas, et elle peut revenir faire ses études ici.

Il ne répond pas, pousse un long soupir silencieux. Raphaëlle respecte la pause et ils restent tous deux les yeux perdus sur le pare-brise où descendent de longues gouttes de pluie sinistres. Puis, il la regarde, un peu goguenard.

— T'es marrante toi, tu fais la grande gueule, mais en fait t'es une romantique.

— Pas du tout ! Qu'est-ce que tu...

Elle voit l'étincelle dans les yeux violets de son frère et éclate de rire.

— Tu vois que tu te fous encore de moi !

Il lui ébouriffe ses longs cheveux et lui propose soudain :

— Tu m'accompagnes au hockey ?

Elle le regarde surprise.

— Ben quoi, j'étais censé t'emmener chez Mathilde, tu ne vas pas chez Mathilde tu m'as dit, du coup tu peux venir avec moi au hockey.

Raphaëlle est partagée entre l'envie de rire et celle de tenir la dragée haute à son frère. En même temps, elle n'a pas vraiment envie d'aller chez Romain.

— Qu'est-ce que t'es pompant, toi alors. Allez OK, on y va.

Comme s'ils avaient conclu un pacte tacite ce jour-là, Julien commence à surveiller discrètement sa sœur et s'arrange pour qu'elle s'en aperçoive. À chaque fois qu'il le peut, il l'emmène au hockey où elle finit par devenir non seulement une fidèle supporter de ses matchs, mais aussi la mascotte de l'équipe. Les copains de Julien ont pris l'habitude de les voir arriver ensemble et les ont surnommés « Double-Pattes et Patachon ». Raphaëlle abandonne peu à peu son maquillage orange et ses jupes trop courtes pour venir piquer les sweat-shirts à capuche de Julien qu'elle enfile comme une robe sur de longs collants opaques. Charlie la regarde passer devant lui, légère et gaie, sans pouvoir s'empêcher de laisser un « T'es belle Raphaëlle » franchir ses lèvres. Raphaëlle se retourne, mi-moqueuse, mi-attendrie et se contente de lui donner une petite pichenette sur la joue. Julien se mord les lèvres pour ne pas se moquer mais se tient à sa résolution.

Si Raphaëlle s'est rapprochée de son aîné, elle n'en inquiète pas moins ses parents avec ses silences boudeurs, les portes claquées et les médiocres résultats, les billets d'absence non justifiée qu'elle rapporte à la maison. Violette a plusieurs fois tenté de suivre sa fille dans sa chambre pour rétablir un contact pourtant rapproché quelques mois auparavant, mais à son air perdu et ses yeux humides lorsqu'elle en sort, Julien imagine bien que le dialogue mère-fille a plutôt été à sens unique.

Un soir, Violette frappe légèrement à la porte de la chambre de son fils et s'assied sur la chaise sans prendre la peine de repousser les chaussettes et l'écharpe qui y traînent. Devant le silence de sa mère, Julien parle de tout et de rien, des matchs de hockey à venir, du boulot d'étudiant auquel il a postulé pour l'été, des premiers pas de Lili. Puis il laisse le silence reprendre possession de la pièce, pour que sa mère puisse dire ce qu'elle a sur le cœur. Mais Violette a les yeux perdus si loin qu'il comprend qu'elle ne réussira pas à parler. Il se lève et pose simplement la main sur son épaule.

— T'en fais pas, Mams. Elle va bien. Tu peux me faire confiance.

Violette reste immobile, comme pour s'imprégner des paroles de Julien, puis se lève pour le prendre dans ses bras dans une longue étreinte. Julien aimerait qu'elle dure plus longtemps et pose la tête sur les cheveux de sa mère avec un sourire amusé. Il n'avait pas réalisé qu'il était vraiment plus grand qu'elle. Elle se détache doucement, lui caresse la joue et articule sans bruit un merci qui leur amène à tous les deux les larmes aux yeux. Lorsqu'il referme sans bruit la porte derrière elle, il contemple longuement la photo de Dawit et Selina, punaisée sur son mur. Il se souvient parfaitement du moment où la photo a été prise, de ce dernier jour du camp scout, ce jour dont il s'était dit qu'il était le plus beau de sa vie. Julien et Selina sont joue contre joue. Lui, le visage maculé de terre, elle les yeux fermés et la bouche ouverte sur un sourire lumineux, alors que Dawit les enserre de ses longs bras. Deux ans et demi plus tard, il ne peut toujours pas regarder cette photo sans être remué. Il se souvient combien le temps lui avait paru long pendant ce camp avant d'avoir entendu vraiment rire le frère et la sœur. Rire pour de bon. Du bout des doigts, il caresse la photo.

Julien ne s'était pas trompé et le départ de ses amis éthiopiens avait eu lieu encore plus tôt qu'il ne l'avait craint. Un jour, Julien était revenu d'un voyage de classe à Londres et avait trouvé une lettre de Selina lui apprenant que son frère et elle étaient partis dans la précipitation sans avoir pu attendre de lui dire au revoir. Ils allaient rejoindre leurs parents qui, après plusieurs mois de traque, avaient dû se résoudre à fuir l'Éthiopie et avaient été exfiltrés vers le Kenya par un réseau chargé de la protection des opposants politiques. Leurs parents avaient tout abandonné : leur maison, leur famille, leurs amis, leur pharmacie. Malgré le bonheur de les avoir retrouvés vivants après plus d'un an de séparation, les deux jeunes Éthiopiens n'en entamaient pas moins un deuxième cycle d'exil. Qui savait quand ils pourraient revenir dans leur pays et s'ils pourraient un jour reprendre leur vie là où ils l'avaient laissée ? En attendant, Dawit et Selina avaient intégré l'école locale et leurs parents se consumaient à de multiples labeurs pour financer leur survie au sein de la famille qui les avait recueillis. Avec une seule idée en tête : revenir en Éthiopie.

Dawit avait écrit à Julien qu'ils ne pourraient sans doute pas envisager de rentrer chez eux avant les prochaines élections.

Les courriers échangés entre Julien et ses amis suivent d'étranges méandres et mettent souvent de longues semaines à parvenir à destination. Julien doit envoyer ses lettres à une adresse qui n'est pas celle de la famille qui les héberge. Elles sont ensuite acheminées par toute une chaîne de mains qui doivent rester anonymes jusqu'à Dawit et Selina qui s'empressent de les détruire, une fois lues.

C'est Dawit qui écrit à Julien, maintenant. Il écrit toujours « nous ». Selina écrit « Bisous » et signe en bas de la lettre. Au début, les deux amoureux s'étaient écrit séparément, mais les lettres de Selina s'étaient faites de plus en plus rares. Face à son silence, Julien adresse maintenant ses lettres au frère et à la sœur sans distinction. Il a bien essayé de demander à son ami les raisons de la froideur de Selina, mais les lettres se croisent et les questions arrivent souvent après les réponses. Julien a cru comprendre que Selina est très déprimée et pleure dès que le sujet de l'Europe est abordé. Il repasse en boucle leur dernière rencontre, leurs baisers, le contraste de sa peau blanche contre la sienne presque bleue, le sourire énorme, les cils bouclés, leurs rires et puis leurs silences. Il respire mal quand il imagine ne plus jamais la revoir. La situation politique en Éthiopie et dans toute la région de l'Afrique de l'Est n'a plus de secret pour lui. Il échafaude des projets de retrouvailles. Éthiopie, Soudan, Kenya, peu lui importe.

Chapitre 5

Bruxelles, 2006

Lucie et John ont élevé leurs quatre enfants dans la curiosité de leurs origines. Pour Aysia et leur petit dernier Maxime, l'identification est facile, puisqu'ils retrouvent en leurs parents les mêmes gènes que les leurs. Pour Eden et Soumaya, le processus est moins naturel. Entre leur mère belge et leur père indonésien, leurs gènes africains en font des étrangers complets dans leur pays et dans leur famille. Mais au sein de ce réjouissant mélange familial, Eden et Soumaya se sont toujours sentis comme faisant partie intégrante d'un tout. John et Lucie n'ont jamais su l'âge exact des deux petits Éthiopiens, mais Eden doit avoir dix-huit mois de plus que Soumaya qui est sensiblement du même âge qu'Aysia. D'année en année, le hasard fait que les deux fillettes se retrouvent parfois sur les bancs de la même classe. Aysia, endosse spontanément le rôle d'aînée des trois enfants. Comme si elle s'était associée au rôle de parent d'accueil dès l'arrivée des petits dans la famille. Au lieu de prendre ombrage du surcroît d'attention accordé aux deux orphelins, elle s'est mise au diapason et a joué instinctivement la petite maman. Même lorsque, plus grands, Lucie s'agace de la lenteur d'apprentissage de Soumaya, Aysia calme sa mère en lui disant : « T'inquiète pas Maman, je vais l'aider à faire son devoir, tu verras elle va y arriver ». Depuis la petite enfance, Soumaya éprouve des difficultés de concentration. Gaie comme un pinson, dissipée comme un lutin, elle passe son temps à distraire ses camarades, pouffant à la moindre remarque. Il est déjà arrivé qu'elle éclate de rire toute seule, alors que l'institutrice a donné un petit devoir requérant silence et concentration et que tous les fronts sont penchés sur les cahiers lignés. La maîtresse fronce les sourcils, Aysia réprime un sourire et donne un léger coup de genou à sa sœur qui la regarde en roulant ses grands yeux, sachant que cette grimace en particulier a souvent raison du sérieux de sa sœur. Aysia est passée maître dans l'art de détourner l'attention de l'institutrice. Le soir, elle aide sa sœur à faire ses devoirs ou lui donne les siens à recopier. Pendant des années, les deux fillettes ont été inséparables, chacune bien dans leur rôle, l'une protectrice, l'autre clown. Mais depuis quelques mois, Soumaya montre des velléités d'indépendance. À douze ans, les deux filles sont à nouveau dans la même classe. Cette fois, Soumaya n'en semble pas particulièrement heureuse. De plus en plus souvent, elle s'éloigne de sa sœur pour se rapprocher d'autres élèves.

Il fait froid dans la grande cour de récréation de l'école. Soumaya est assise sur le radiateur du grand hall, avec d'autres fillettes. Ses petites tresses terminées par des perles multicolores dansent autour de son visage sombre. Elle est le centre d'intérêt d'un petit groupe de filles lorsqu'elle voit arriver de la cour extérieure sa sœur qui, les joues rosies et les longs cheveux noirs rendus électriques par le froid, se dirige en souriant vers elle :

— Ah voilà ma tarte de sœur ! s'écrie Soumaya à la cantonade.

La bande de filles la dévisage avec curiosité, certaines d'entre elles avec un air narquois. Aysia se fige, puis fait semblant de n'avoir rien entendu, mais elle a l'impression qu'une main froide lui enserre le cœur. Soumaya a conscience de son potentiel comique et cela la grise. Elle a réuni autour d'elle une petite clique de filles qui boivent ses paroles et essaient de lui donner de quoi les faire rire.

Les larmes montent aux yeux d'Aysia qui détourne le regard, puis tourne les talons et repart en courant vers sa classe.

Les enfants se bousculent pour entrer. La classe de Madame Frépont compte vingt-cinq préados et le niveau des décibels est élevé. Aysia est déjà assise à sa place. Tout en sortant ses affaires de français de son sac à dos, elle cherche du regard sa sœur. En dépit de l'humiliation qu'elle vient d'encaisser, ses yeux inquiets ne cessent d'aller vers la porte se demandant pourquoi Soumaya prend le risque de s'attirer encore une remarque de Madame Frépont qui, depuis quelque temps, commence à perdre patience et distribue punitions et retenues à Soumaya. La fillette n'y prête aucune attention, au grand dam d'Aysia qui est au supplice à chaque fois que Madame Frépont demande le cahier de Soumaya pour y noter la punition.

— Tu cherches ta négresse ?

Elle sursaute. À côté de son banc, Ian debout les mains dans les poches, jambes écartées la regarde, railleur. Le cœur d'Aysia chavire. Ian est la terreur de la classe. Braillard, bagarreur et arrogant, il est le plus jeune d'une fratrie de quatre garçons et a sa revanche à prendre sur la vie. À 13 ans, il arbore une coupe de cheveux très courte et peroxydée. Chaîne au cou, gourmette au poignet droit, grosse montre au poignet gauche, il affiche avec fierté des tatouages de dragon sur les avant-bras. Bien sûr, il s'agit de tatouages temporaires mais il compte sur la crédulité des enfants plus jeunes que lui. Entouré d'une garde rapprochée de gamins à ses bottes, il prend de l'assurance au fil des semaines. Depuis plus d'un an maintenant, une des cibles préférées de ses sarcasmes est la douce Aysia qu'il prend un malin plaisir à martyriser en la qualifiant de face de prune. Aysia fait de son mieux pour ne pas fondre en larmes quand il la malmène en public et sent le souffle lui manquer à chaque fois qu'elle le voit arriver. Stoïque, elle ne répond pas, mais le spectacle de ses yeux agrandis par la peur et de son regard noyé ne fait que galvaniser la cruauté de l'adolescent.

Aysia jette un œil vers le couloir, espérant voir arriver la haute silhouette de Madame Frépont, mais le couloir reste désespérément désert.

— Hé petite face de prune, t'oses pas me regarder ?

Le silence s'est fait dans la classe. Les têtes se tournent vers le garçon aux cheveux jaunes. Aysia sent le rythme de son cœur s'accélérer. Une boule ronde et dense se forme dans son ventre. Timidement, elle lève les yeux et ose même repousser sa longue frange sur le côté de son visage pour regarder Ian.

— Et alors elle est où ta black sister ? Elle va encore se choper une retenue parce qu'elle est pas cap' de s'adapter ? Dis-moi, pour elle, c'est l'heure africaine toute la journée ?

Des rires fusent autour d'eux. Indignée, Aysia veut répondre, mais aucun son ne sort de sa bouche.

— Ben quoi, la chinetoque, t'arrives plus à parler français ?

Encore quelques rires bêtes. Les élèves se rapprochent cachant à présent à Aysia la porte de la classe. Les yeux fixés devant elle, elle parvient à murmurer :

— Ian, tu devrais pas nous appeler comme ça.

— Qu'est-ce que tu bavasses la jaune ? On dirait le serveur du resto chinois de l'autre côté de la rue, on n'y comprend rien. Tu devrais…

Il se tait soudain et trébuche vers l'avant. Soumaya est arrivée sans bruit dans la classe. Elle s'est silencieusement glissée derrière Ian, campée sur ses jambes écartées et lui a donné un coup à l'arrière du genou, lui faisant perdre l'équilibre. Pendant un court instant, un silence stupéfait règne dans la classe. Puis quelques ricanements se font entendre derrière eux. Ian prend appui sur le bureau et se retourne furieux pour se retrouver devant une Soumaya au sourire éclatant.

Le garçon se redresse et la toise de haut en bas, mais Soumaya le dépasse de quelques centimètres et n'a pas l'air inquiète le moins du monde.

— Alors, raille-t-elle. Tu voulais me voir ?

Ian remonte ses manches sur ses avant-bras pour se donner une contenance. Il prend une petite inspiration et de sa voix traînante répond :

— Ouais, je me demandais si tu t'étais perdue dans la jungle.

Murmures.

Soumaya fronce les sourcils sans pour autant se départir de son sourire ironique.

— Tu te trouves drôle, hein ?

— Que se passe-t-il ici, les enfants ?

La voix de Madame Frépont résonne dans le silence. Aysia pousse un soupir de soulagement. Les enfants se tournent vers la porte, mais Ian et Soumaya ne bougent pas d'un pouce, ne se lâchant pas du regard. Madame Frépont, les bras chargés de cahiers, se dirige vers le bout de l'estrade en bois et frappe deux fois du plat de la main sur le bureau.

— Assis, tout le monde !

Les enfants se dirigent vers leurs bancs, on entend le raclement des chaises sur le linoléum.

Ian et Soumaya n'ont pas bougé et se font toujours face, Ian appuyé au bureau d'Aysia qui implore à voix basse sa sœur pour que celle-ci obtempère. Mais Soumaya ne fait pas un geste.

— Soumaya, s'il te plaît, vas-y, tu vas encore te faire punir ! chuchote Aysia précipitamment.

Ian fait un petit geste de la main, hausse les épaules et murmure de façon à n'être entendu que par les deux sœurs.

— Ben alors Banana, tu n'écoutes pas ta deuxième maman ?

Le sourire de Soumaya se fige mais elle parvient à ne pas crier en disant :

— T'es vraiment trop nul.

Puis elle s'approche tout près du visage dont elle peut voir les boutons d'acné affleurer sous la peau.

— Tu t'approches encore une fois de ma sœur, tu auras affaire à moi.

— Soumaya et Ian, dernier avertissement, si vous ne regagnez pas vos places, c'est la retenue pour les deux. Dans la même classe, tout le mercredi, ça devrait vous calmer non ?

Ian part d'un pas désinvolte vers le fond de la classe. Soumaya secoue énergiquement la tête pour faire cliqueter les petites perles de ses tresses, jette un regard mi-exaspéré, mi-triomphant à Aysia et va s'asseoir au bureau du premier rang la tête haute en étendant ses longues jambes devant elle.

Aysia a l'impression qu'on lui retire un énorme poids de la poitrine et ouvre avec soulagement sa grammaire.

— Soumaya, tu viendras me voir à la fin du cours.

— Avec mon carnet ? s'insurge Soumaya. Mais, Madame c'est pas juste ! Et l'autre là...

— Tu vas surveiller ton langage ma petite. Et qui t'a parlé de carnet ? En revanche, si tu continues à adopter ce ton, ce serait une bonne idée. S'il y a encore de la place dans la colonne « Remarques », ce dont je doute. Ouvrez votre livre page 24 et je veux entendre les mouches voler !

Voyant que Soumaya allait riposter, elle la fusille du regard et l'adolescente finit par prendre son livre sans plus rien dire. Du coin de l'œil, Aysia remarque que ce n'est pas son livre de grammaire que sa sœur a sorti et craint que Madame Frépont la punisse pour avoir encore oublié son manuel. Soumaya s'en est rendu compte aussi, et elle fouille son sac à dos sans y trouver ce qu'elle cherche. Elle masque un sourire derrière ses doigts écartés et roule des yeux vers Aysia.

Le couloir est vide à présent. Aysia attend sa sœur devant la porte de la classe. On entend les derniers rires et cris des enfants qui quittent l'école par la grande porte. Par la fenêtre, certains élèves prennent l'air avant de rentrer dans la salle d'études. Elle regarde la grande horloge au-dessus du bureau de la directrice un peu plus loin. Il est tout juste 16 h 10. Elle a l'impression que cela fait bien plus longtemps que Madame Frépont l'a gentiment poussée par les épaules dans le couloir.

— Allons Aysia, attends dehors, j'ai besoin de parler à Soumaya seule.

Aysia se doute que sa sœur n'appréciera pas qu'elle l'ait attendue. Pourtant, rien n'aurait pu la faire bouger de là. Elle est inquiète de la voir adopter une attitude toujours plus désinvolte en classe, toujours plus irrévérencieuse envers les professeurs, toujours plus insolente par rapport à Ian qui les poursuit toutes les deux de ses sarcasmes.

Elle n'ose en parler à ses parents, car elle ne veut pas attirer les foudres de leur mère sur Soumaya. Lucie est souvent nerveuse, débordée par ses enfants, absorbée par son travail, Aysia sent bien son exaspération lorsqu'elle doit signer le carnet de sa fille avec les nombreuses remarques sur son comportement et ses mauvaises notes dans la plupart des matières.

Aysia passe son temps à surveiller sa sœur, inquiète de la voir déraper. Chaque punition récoltée par Soumaya, chaque expulsion de la classe pour insolence, chaque mauvais point lui est une torture, comme un échec personnel. Au début, cela fait rire Soumaya qui lui demande plutôt de l'aider à faire ses devoirs en se moquant gentiment d'elle. Plus tard, elle ne voit plus l'intérêt d'écouter Aysia lui expliquer les cours de sciences ou de mathématiques, puisque de toute façon sa sœur lui donne toutes les réponses. Elle a fini par se lasser de sa sollicitude et la rabroue de plus en plus souvent.

Tête baissée, Aysia se ronge un ongle tout en tortillant une mèche de ses cheveux autour de son index. L'attitude de sa sœur l'attriste, elle se sent mise sur la touche ; sa sortie dans le couloir tout à l'heure devant toutes ses copines l'a blessée. Elle tâche de se consoler en se rejouant la scène où sa sœur a pris sa défense.

La porte s'ouvre pour laisser sortir Madame Frépont et Soumaya. Quand elles voient Aysia appuyée sur le mur, Soumaya lève les yeux au ciel, tandis que Madame Frépont se fend d'un grand sourire. Soumaya passe devant sa sœur en l'ignorant superbement et Aysia fait un petit signe timide à Madame Frépont, pour partir en courant sur les traces de sa sœur. Elle la rattrape sur les marches du perron de l'école. Quelques grappes d'élèves traînent encore sur le trottoir. Il y a la queue devant la petite épicerie qui vend des bonbons à la pièce. Aysia doit presser le pas pour rester à la hauteur de sa sœur qui marche le nez en l'air, le sac à dos balancé sur une seule épaule.

— Pourquoi tu m'as attendue ?

— Je voulais savoir ce que Madame Frépont t'avait dit, j'avais peur qu'elle te punisse.

— Et ben, arrête Aysia maintenant, j'ai pas besoin d'une deuxième maman !

— Je veux pas être ta deuxième maman.

— Ben c'est raté, tu fais tout pour.

— Tu es bien contente quand je t'aide pour tes devoirs quand même ! souffle Aysia.

— Je m'en fous, Aysia, si ça te fait plaisir de me donner tes devoirs, c'est bon, mais moi j'en ai rien à faire.

— Tu vas avoir un mauvais bulletin !

— Mais non, tu me fatigues à t'inquiéter tout le temps. Je me débrouillerai très bien, tu verras.

— Elle a dit quoi, Madame Frépont ?

— La Frépont ?

Aysia regarde sa sœur avec surprise. La répartie sonne un peu faux ; Soumaya essaye d'adopter un ton qui est loin de lui être naturel, mais elle ne dit rien et laisse sa sœur continuer.

— La Frépont ? Je l'ai dans la poche, elle m'a fait la morale, barbante comme toujours. Mais bon, je lui ai fait le sourire qu'elle aime bien et c'était bon.

Soumaya sait qu'elle profite du fait d'être la sœur d'Aysia. Elle sait aussi qu'être une enfant adoptée, de surcroît Éthiopienne, lui vaut d'être traitée avec plus d'égards par les professeurs, si ce n'est pas par les élèves. Et elle en joue.

Elle regarde sa sœur du coin de l'œil. Le visage d'Aysia est pâle et son air tragique la fait rire. Elle lui donne une bourrade dans les côtes.

— Hé tu vas pas pleurer quand même !

— Je pleure pas, dit Aysia d'une voix qu'elle essaie de raffermir.

— Ahah Aysia, il va falloir t'endurcir. Il est pas question que tu te laisses maltraiter par ce bâtard de Ian.

Aysia ouvre de grands yeux et sa sœur éclate de rire.

— Ben oui, et je le répète « Bâtard » ! dit-elle en élevant la voix.

Aysia rit à son tour, enchantée par l'insolence de sa sœur et soulagée de la voir mieux disposée à son égard. Elle se met à faire des petits sauts à côté d'elle. C'est au tour de Soumaya de la regarder d'un drôle d'air. Puis elle se laisse aller et attrape la main de sa sœur :

— Viens, on va retrouver Eden, il a sûrement de l'argent pour les bonbons.

Et elles s'éloignent au pas de course. Aysia doit faire trois enjambées quand Soumaya en fait deux, mais soudain elle prend conscience du vent frais, de la lumière parfaite de ce jour d'avril. Elle accélère le pas et crie « Prem's ! » en dépassant Soumaya.

Chapitre 6

Inde, Zanskar, 3500 m d'altitude, août 2009

C'est Julien qui avait eu l'idée de ce voyage. Lorsque ses parents lui avaient demandé ce qu'il aimerait pour ses 18 ans, il avait proposé : « Et si on partait faire un trek en famille ? Ce serait sympa un grand voyage, juste avant que je quitte la maison pour la fac, non ? » Il rêvait d'Éthiopie. Les images et les couleurs extravagantes évoquées avec force détails par Dawit et Selina lui trottaient dans la tête. Mais, il s'était promis d'attendre que ses amis y soient retournés pour y aller et les élections n'auraient lieu qu'en 2010. D'ici là, aucun espoir pour Dawit et sa famille de pouvoir rentrer. De plus, Julien préfère aller en Éthiopie, seul. Des retrouvailles sous le regard, même bienveillant de sa famille, ne le tentent que moyennement. Il s'en ouvre à Arnaud, qui propose de garder l'Afrique pour plus tard et d'aller en Inde, faire un trekking en Himalaya.

Mais Lili n'a que quelques mois et Violette ne se résout pas à la laisser un peu plus de quinze jours à ses parents qui ne rêvent pourtant que de ça. Sa mère lui impose un siège asphyxiant, l'appelant plusieurs fois par jour de Paris : « Je t'assure ma chérie, Papa et moi on sera ravis de garder Lili. Je sais que tu as besoin de vacances, cette naissance tardive t'a épuisée. Et puis, Violette, dis-toi que ton bébé a bien le droit d'être quelques jours enfant unique et non numéro quatre dans une famille où les deux parents travaillent. » Violette grince des dents face la tentative de culpabilisation de sa mère. C'est vrai, Lili a tout juste un an, alors que Julien va aller à la fac et que Charlie entre tout juste en adolescence. Que leur avait-il pris de mettre en route un petit dernier si tard ? Rien et tout à la fois. Cet accident cardiaque dont Arnaud avait miraculeusement réchappé il y a quelques années avait réveillé en eux une urgence de vivre, une envie de donner plus, de prendre plus à la vie, si prompte à retirer ce qu'elle leur avait offert. Julien, Raphaëlle et Charlie avaient d'abord trouvé l'idée bizarre et puis avaient abondé dans leur sens, avec un léger haussement d'épaules. L'accident cardiaque de leur père les avait secoués et ils n'imaginaient sans doute pas ce que cette décision impliquait. Lili était née et avait chamboulé leur vie, leur quotidien à tous les cinq. Julien prétendait moitié rieur, moitié sérieux qu'il n'avait plus envie de partir à la fac ; Raphaëlle disait que, tout compte fait, elle reconsidérait sa décision de ne pas avoir d'enfant et Charlie souriait aux étoiles. Charlie-Professeur-Tournesol, comme l'appelait sa mère, était complètement bouleversé par ce bébé sourire.

Julien avait proposé d'attendre les deux ans de Lili pour partir. « Ce sera un voyage pour mes 20 ans, finalement, c'est aussi un âge important non ? »

Pendant les mois qui précèdent le grand départ, ils se documentent sur le Ladakh, qui fait partie de ce toit du monde qu'est la chaîne de l'Himalaya, tout au nord de l'Inde, entre le Pakistan et le Tibet. Charlie choisit le

Ladakh comme thème d'un travail scolaire, Raphaëlle leur montre des photos vertigineuses glanées sur Google, Julien, un dimanche, leur fait un exposé sur la religion bouddhiste, les lamas et leurs monastères. Et, un matin du mois d'août, ils partent pour l'aéroport de Lyon. Une brève escale à Paris, une autre interminable à New Delhi où comme de nombreux Indiens qui s'allongent à même le carrelage, ils somnolent quelques heures avant d'attraper leur vol pour Leh. Alors que ses grands ados tout excités par le voyage, se baladent dans l'aéroport, intéressés par tout et tous, Violette, la tête au creux du coude d'Arnaud, essaye de ne pas penser aux mille recommandations qu'elle a faites à sa mère et aux mille autres qu'elle aurait dû lui faire. Elle essaie de ne pas penser à Lili, son babil, ses fossettes et ses quenottes. Le cœur serré, elle regrette déjà toutes ces premières fois qu'elle va rater pendant ces quinze jours. Il y a tellement de premières fois avec un bébé et elle n'en a jamais assez. Lili commence à faire des phrases et chaque nouveau mot la bouleverse au point qu'elle s'étonne quelquefois de la force de ses sentiments. Sa mémoire est-elle si peu fiable qu'elle ne se souvient pas d'une telle émotion avec ses trois autres enfants ? Elle a pourtant eu l'impression à chaque fois de fondre et de s'émerveiller. Elle se rassure en se disant que c'est juste parce que Lili est arrivée tard. Que les trois grands sont vraiment grands et qu'elle a donc plus de temps à consacrer à ce petit bout pour qui ils sont tout. Bien sûr, on les a maintes fois prévenus de prendre garde à ce que Lili ne soit pas pourrie gâtée avec ces cinq visages constamment penchés sur elle, à s'ébaudir de chacun de ses mouvements, chacune de ses paroles. Lili est un amour de bébé, toujours de bonne humeur et jamais capricieuse. Violette soupire et renonce à dormir en fixant le plafond sur lequel courent des insectes velus à pattes multiples.

Ils restent quelques jours à un peu plus de trois mille mètres pour habituer leurs organismes à l'altitude avant de commencer le trek qui doit les amener à franchir des cols à cinq mille mètres. Ils séjournent dans une maison ladakhi, où ils ont sympathisé avec Francis et Isabelle, des Français venus passer les vacances avec leur fille Arielle. Ensemble, ils décident de faire une excursion d'une journée prévoyant la descente en canoë sur la rivière Zanskar, un affluent de l'Indus. Ils partent gais et impatients un vendredi. Le soleil tape dur, mais l'altitude leur évite d'avoir trop chaud.

La route étroite s'accroche au flanc de la montagne. Le ruban de goudron fait rapidement place à une piste de poussière, de gros graviers et de pierres coupantes issues des éboulis. La petite voiture qui les précède et qui emmène les enfants ressemble à un crabe se hissant d'une pierre à l'autre. Ils doivent parfois s'arrêter pour dégager le passage. Tous les deux ou trois virages, ils croisent des hommes, des femmes qui travaillent, courbés sur les gravats. Habillés de grosses vestes, entourés d'enfants tout petits, couverts de poussière, ils cassent le granit à l'aide de marteaux, réparent la route qui est en perpétuelle lutte contre les éléments. L'érosion provoque la chute de plaques immenses qui fracassent le ruban de goudron. Dans le pickup qui transporte le canoë sur le toit, Violette est assise du côté du vide avec vue directe sur la rivière Zanskar. Dans un paysage lunaire, l'eau a la couleur de la roche et du ciel ce jour-là, gris argile. De la voiture, à trois mètres au-dessus du niveau de l'eau, la rivière semble large et serpente entre de hautes parois minérales, les remous ont l'air pacifiques.

Une fois arrivés sur une petite plage de sable et de cailloux gris, ils revêtent leur combinaison de plongée ainsi que leurs casques et écoutent les consignes débitées en anglais par leur moniteur principal, Pawel. Julien et Charlie trépignent d'envie d'aller à l'eau qui, à cette altitude, ne doit pas être à plus de 10 degrés. Pawel leur explique les diverses instructions :

— Quand je le dis, ceux qui sont assis sur le boudin de gauche pagaient vers l'avant, ceux qui sont assis sur le boudin de droite pagaient vers l'arrière. À mon cri, on change et....

Les instructions sont compliquées, et le fait qu'elles soient données en anglais ne leur facilite pas la tâche. Violette voit Charlie décrocher déjà, le regard dérivant sur les parois montagneuses ou partout ailleurs. Arielle et Raphaëlle comparent leur maillot de bain sous la combinaison. Julien et Arnaud sont les seuls à écouter attentivement. Pawel passe aux consignes de sécurité et voyant comme ils sont dissipés, les rappelle à l'ordre. Leur petit groupe a un peu de mal à prendre au sérieux cette équipe de Zanskarrafting.com, composée de grands gaillards, coiffés de casquettes ornées d'un Bob Marley réjoui, qui peinent à cacher leurs rastas. Mais Pawel continue imperturbable :

— Au cas où on tombe à l'eau, pas de panique surtout, on est là pour vous remonter à bord, voici les positions à adopter. Que faire pour remonter à bord, que faire pour attraper la corde ? Que faire si le canoë entier se renverse, que faire si l'on se retrouve sous le bateau ?

Violette sursaute :

— Coincés sous le bateau ?

Un cauchemar pour une claustrophobe !

— Ne vous inquiétez pas, il y a toujours de l'air sous le bateau.

Elle est sceptique mais respire profondément. Elle sait que l'équipe est obligée d'envisager le pire et de donner la totalité des consignes. Pas une seule fois, on ne leur a dit qu'il était dangereux de faire du raft sur le Zanskar. Elle ne voit pas comment cet énorme canoë, qu'ils ont eu tant de mal à mettre à l'eau et qui plus est, lesté de neuf personnes, pourrait chavirer sur cette eau qui n'a pas l'air très tumultueuse. Il doit y avoir une chance sur un million.

Elle se trompe.

Enfin, ils montent à bord. Les plus costauds d'entre eux, Francis et Julien, se sont installés à l'avant. Les autres se répartissent derrière eux, quatre sur chaque boudin. Pawel assis à l'arrière leur criera ses ordres et donnera la direction à leur embarcation. Ils s'exercent à suivre les instructions sur la portion calme de la rivière avant d'arriver aux premiers rapides. En cas de danger, leur moniteur leur criera de se laisser tomber dans le fond du bateau. Leur coordination est loin d'être au point et les premiers rires fusent. Ils se perdent dans les ordres criés par Pawel : « Gauche en avant, droite, en arrière ! Stop maintenant, Droite devant, gauche en arrière ! » Les pagaies s'entrechoquent, les pieds qu'ils doivent maintenir coincés entre les boudins et le fond glissent. Les premiers rapides sont tout proches. Isabelle demande à Julien de relayer de sa voix de stentor les instructions de Pawel que l'on n'entend pas très bien à cause du grondement de l'eau. Le Zanskar n'est plus la rivière paisible du début. Entre les deux gorges à pic et les énormes rochers qui sortent çà et là de l'eau, il est devenu torrent et les enfants crient de joie et d'exaltation en sentant le canoë balloté par les flots. Francis et Julien sont déjà trempés. Ils pagaient tous en force et réussissent à passer les premiers rapides en restant bien au sommet de la crête des remous. Pawel, sourire joyeux peint sur le visage, leur fait brandir les pagaies d'une main en signe de victoire, tandis que l'autre ne lâche pas la ligne de vie qui court tout le long de l'embarcation. Alors qu'ils pavoisent, fiers comme Artaban, Violette voit soudain à sa droite, une énorme vague brune sortie de nulle part. Pawel hurle : « Plus vite, plus vite ! » puis leur crie sans doute de se jeter dans le fond du bateau, mais soit il est trop tard, soit ils n'ont rien entendu.

Le canoë qu'ils ont eu tant de mal à soulever un peu plus tôt s'envole comme un fétu de paille. Ses neuf occupants aussi. Comme au ralenti, neuf petits pantins sont projetés dans l'éclat fragmenté du soleil. À cet instant, ils pensent tous à la fin.

Puis, il y a le tumulte de l'eau, cet espace sombre et clair à la fois à cause de l'écume qui les aveugle. Où est le ciel ? L'eau glacée est partout dans les yeux de Violette, son nez, sa bouche, la pagaie est lâchée, ses jambes heurtent quelque chose de solide. Elle a beau écarquiller les yeux, se débattre contre l'assaillant aquatique, elle ne distingue rien. Elle entend juste le vacarme assourdi de la houle puissante. Soudain, elle réalise qu'elle se trouve sous le bateau retourné. Il fait noir mais elle sent les boudins contre ses mains. Son cœur ne fait qu'un bond. La panique la submerge. Elle doit trouver le moyen de se dégager, de trouver l'air qui commence à lui manquer. La peur décuple ses forces. Sans savoir vraiment ce qu'elle fait, un coup de bras, un coup de jambes, une torsion du dos, le cou qui projette la tête vers le haut, elle parvient enfin à saisir la ligne de vie, cette corde qui court serrée le long des boudins du canoë et que Pawel les a exhortés à ne jamais lâcher. Elle n'est plus Violette, tombée à l'eau, mais juste une femme qui ne veut pas se noyer et qui lance dans la bataille toutes les forces qu'elle ignorait posséder. Ses poumons brûlants se remplissent enfin d'air et sa tête crève la surface. Elle se tourne en tous sens pour voir où sont les autres. Raphaëlle ! Où est Raphaëlle ? Sa fille déteste l'eau, la mer. Même dans le bleu égéen transparent, elle est terrorisée à l'idée qu'un crabe vienne la manger, alors comment réagit-elle dans cette eau de glaise glacée et furieuse ? Violette craint que la panique lui fasse perdre tous ses moyens. Elle est moins inquiète pour ses deux fils et son mari, excellents sportifs tous les trois. Elle voit Julien et Arnaud nager vers un autre canoë. Charlie est juste à côté d'elle, lui aussi solidement arrimé à la ligne de vie, les cheveux dans les yeux, le casque de travers, mais souriant : « Ça va, Maman ? », « Raphi ? Tu as vu Raphi ? » crie-t-elle. Et là, soudain, Raphaëlle est devant elle. « Maman ! », sa voix est ferme, ses yeux brillent d'avoir réussi à attraper la ligne de vie. Pawel, debout sur le fond renversé du canoë hurle au-dessus des flots : « Dans le bateau, maintenant ! vite, vite ! » Ils sont toujours la proie des remous qui grondent et les empêchent de voir les autres, d'entendre les appels. Pawel soulève le poids plume de Charlie sans aucune peine sur le dos du bateau. Quant à Violette, la peur l'a galvanisée et elle remonte seule à bord. Pawel va chercher les autres, Charlie et Violette à genoux sur le bateau qui tourne rapidement sur lui-même, hissent Raphaëlle par les épaules de son gilet de sauvetage, comme on leur avait montré. Le frère et la sœur se tapent dans la main, du soulagement plein les yeux. Violette ne sait même pas comment ils font pour rire. Elle repousse les mèches glacées qui lui collent au visage et voit là, juste à un mètre Arielle, les yeux écarquillés, comme ceux d'un cheval fou. Violette lui tend une pagaie à laquelle l'adolescente s'accroche en sanglotant. « C'est bon Arielle, c'est bon, tiens fort, je t'ai, tu es là » crie Violette. Pawel l'aide à la remonter et avec Charlie, Violette couche Arielle sur le dos pour l'aider à respirer. Violette cherche à la rassurer du mieux possible. Autour d'eux, le sauvetage s'organise. Une multitude de petits kayaks manœuvrés par les membres de l'équipe de Zanskarrafting.com se portent rapidement et efficacement au secours de ceux qui ne sont pas restés coincés sous le bateau et de ceux qui ont pu se dégager mais n'ont pas réussi à se saisir de la ligne de vie. Pawel ordonne à Raphaëlle, Charlie, Arielle et Violette de passer à bord d'un autre canoë, le temps de remettre le leur à l'endroit et de récupérer les autres.

Voilà, ils sont là tous les neuf, trempés, le souffle court après la peur bleue qu'ils ont éprouvée. Ils sont encore hébétés : cela faisait à peine dix minutes qu'ils étaient à l'eau quand ils ont chaviré. Jamais Violette n'aurait cru que ça pouvait leur arriver.

Il leur reste une descente de deux heures trente et encore quatre ou cinq rapides à passer. Elle pense à Lili à Lyon. Elle a eu tellement peur qu'une détermination qu'elle ne se connaissait pas l'envahit. Elle sent monter en elle une vague de refus féroce, presque de colère. Pas deux fois, elle se le promet.

Les deuxièmes remous approchent. Le cœur battant, ils reprennent les manœuvres. Cette fois, ils font preuve d'une coordination presque impeccable, exécutant au doigt et à l'œil les ordres de Pawel que Julien relaye encore plus fort. Violette reconnaît en lui les qualités de leader qui l'avaient fait élire capitaine de son équipe au club de hockey. Les cheveux mouillés, le sourire radieux, les yeux plus violets que jamais, son fils hurle les ordres avec un bonheur non dissimulé. Elle jette un coup d'œil inquiet à Arielle, assise sur le boudin en face d'elle. Tout son corps est tendu, le visage crispé, elle ne parvient pas à retenir ses larmes mais ne faiblit pas et se lance de toutes ses forces dans la bagarre. Le canoë saute, bondit et retombe pour se cabrer de plus belle à tel point que les pagaies de Francis et Julien ne touchent plus l'eau. « En avant ! Plus vite ! » crie Pawel. « En avant, plus vite, allez les gars » s'époumone Julien. Lui, qui au départ avait déclaré qu'il essayerait à tout prix de les faire tous tomber à l'eau, semble être animé par la même détermination farouche que sa mère.

Quand ils franchissent les rapides suivants, ils explosent de joie. Violette rit de voir si peu de différence entre les adultes et leurs enfants. Pris par la même excitation, la même urgence, comme s'il avaient tous le même âge. Arielle réussit à sourire, elle aussi, même si elle continue à claquer des dents.

La descente se poursuit dans la bonne humeur maintenant qu'ils sont plus aguerris. Ils passent plusieurs rapides sans encombre.

Julien, Charlie et Raphaëlle sont surexcités. Arielle lutte bravement contre un état de choc qu'elle a du mal à surmonter. Pawel leur annonce en criant que ce sont les derniers rapides. Le cœur léger, mais très concentrés, ils domptent les flots et les remous. Pawel les fait joindre leurs pagaies au centre du bateau et hurler un cri de victoire. Ils se rasseyent sur les gros boudins de caoutchouc, en chantant. À ce moment, Francis montre à Julien un petit tourbillon juste devant le bateau : « Tu vois ça ? Ce n'est pas bon ». Il a à peine terminé sa phrase que le canoë est happé par on ne sait quoi, se soulevant à l'avant. Arielle pousse un hurlement au moment où elle voit son père et Julien éjectés du bateau. Elle lâche tout, ligne de vie et pagaie à l'instant où Pawel leur crie de se jeter au fond du bateau. Violette a juste le temps d'attraper la cheville d'Arielle et de la tirer de toutes ses forces à l'intérieur avant qu'elle ne bascule dans l'eau. Le bateau tourbillonne comme une toupie sur l'eau mais ne se cabre pas. Cramponnée d'une main à la ligne de vie, de l'autre à la main de Raphaëlle à côté d'elle, Violette scrute la rivière autour d'elle, à la recherche de Julien et Francis. Le bateau sort des remous et les secondes s'étirent comme autant d'heures. Personne ne parle, seul le grondement de la rivière se fait entendre. Soudain le casque jaune de Francis bondit hors de l'eau, tel un bouchon, juste à côté d'eux, accompagné d'un énorme râle d'aspiration. Pawel le hisse rapidement à bord, complètement sonné. Violette continue à chercher le casque de Julien. « Il y en a encore un, il y en a encore un, Pawel, Pawel ! ». Elle hurle au-dessus du fracas de l'eau. Elle a beau scruter la rivière, elle n'aperçoit pas son fils aîné. Elle a l'impression que ses yeux vont sortir de leurs orbites à force de les écarquiller. Arnaud comprend immédiatement et saute sur le boudin en équilibre précaire, fouillant du regard les flots gris sur lesquels dansent un autre gros canoë comme le leur et quelques petits kayaks, frêles esquifs caracolant sur les remous énervés. Le bateau recommence à se cabrer, renvoyé d'un rocher à l'autre et ils arrivent à peine à garder leur équilibre, cramponnés à la ligne de vie. Les cris et les appels fusent d'une embarcation à l'autre. Violette voit plusieurs membres de l'équipe sauter à l'eau. Elle voit l'un deux essayer en vain d'empêcher Arnaud de s'y jeter aussi. Elle voit une multitude de petits casques jaunes flotter et dériver à la recherche de leur fils. Elle voit sans les entendre Charlie et Raphaëlle hurler le nom de leur frère, leurs visages glacés tournés vers l'eau. Elle voit sans les sentir les bras de Francis la retenir alors qu'elle veut se précipiter dans la rivière. Elle n'entend plus que le mugissement de l'eau où tressautent une multitude de petits casques jaunes. Mais elle ne voit pas celui de Julien.

Il a fallu rapatrier le corps. Ces journées cauchemardesques se sont déroulées dans un brouillard complet. La situation dramatique, les formalités à remplir, les mille choses à faire et à résoudre pour ramener Julien à Lyon anesthésient la douleur, élèvent une barrière matérielle à la sensation de cataclysme qui s'est abattue sur eux, le jour de la noyade. Arnaud court en tous sens, Violette passe des heures au téléphone avec la France et les ambassades. Ils parlent vite, concentrés, parent au plus pressé. Leurs gestes sont assurés et automatiques, leurs regards fixes. En revanche, Raphaëlle et Charlie ont l'air de fantômes au milieu de ce tourbillon macabre. Ils errent comme des âmes en peine dans leur hôtel, passent de la chambre au patio, ne se résolvent pas à lâcher leurs parents. Leurs voix sont blanches, leurs gestes flous, leurs regards comme morts.

Dans un état second, Violette voit leur visage décomposé les fixer, hébété. Elle voudrait prendre ses enfants contre elle, les serrer dans ses bras, leur dire : « Pleurez, mes amours, pleurez, faites sortir tout le chagrin », mais elle n'a pas le temps, elle ne veut qu'une chose c'est rentrer, rentrer avec son mari, ses deux enfants vivants, son fils mort et retrouver son bébé Lili, coller son corps chaud contre le sien, voir l'étincelle de ses yeux et les fossettes de ses joues. Alors elle court, elle téléphone, elle argumente, elle convainc. Pour ne pas penser à Julien, pour ne pas se laisser emporter par l'océan noir dont la vague de douleur veut l'entraîner par le fond. Pour ne pas devoir prendre Raphaëlle et Charlie contre elle, parce qu'elle sait que de sentir leurs corps vivants à eux, elle mesurerait l'espace qui la sépare du corps sans vie de son fils aîné, elle sait que le mince filet d'air qu'elle parvient à faire passer dans ses poumons se bloquerait, elle sait qu'elle est incapable de les consoler, qu'elle se serait effondrée contre eux et qu'elle n'aurait pas pu se relever.

Chapitre 7

Bruxelles, 2007

Assise sur la baignoire, Lucie regarde Soumaya appliquer un vernis à ongles bleu sur ses longs doigts. Sa minijupe rouge à pois sur des collants vert pomme et des chaussures noires à semelle épaisse font paraître ses jambes encore plus longues. Sa fille est devenue une très jolie adolescente. Son visage sombre est auréolé d'une couronne aérienne de cheveux crépus sur lesquels elle a placé un bandeau vert. Quelques mois auparavant, Lucie avait réussi à la convaincre de ne plus lisser ses cheveux.

— Dépêche-toi, chérie, tu vas être en retard.

— C'est bon là, Maman, les cours commencent dans une heure. Et maintenant que je ne dois plus m'occuper de mes cheveux, c'est cool, je vais même avoir le temps de m'enfiler un bol de céréales.

— Alors, tu vois que c'était une bonne idée, de ne plus te lisser les cheveux !

— Merde, j'ai des collants, je peux pas faire mes ongles de pied, grommèle Soumaya, sans répondre à sa mère.

Lucie tend la main vers le visage de sa fille qu'elle trouve plus doux à présent.

— J'adore...

— Je sais, je sais Maman, tu le dis tout le temps.

— Reconnais que c'est quand même...

— Plus pratique c'est vrai, lance Soumaya les yeux au ciel, soufflant sur le bout de ses doigts.

— Non, tu sais très bien ce que je veux dire. C'est reconnaître ta différence et en faire une force plutôt qu'une faiblesse.

— Facile à dire quand on a les cheveux blonds et lisses... C'est pas toi qu'on dévisageait en classe et dont on se moquait à la récré quand on disait que j'avais une brosse à cabinet sur la tête ! Tu crois que c'était drôle ?

— Bien sûr que non, mais tu étais assez entourée par tes frère et sœur et tes parents pour ne pas en pâtir.

— Mais qu'est-ce que tu en sais, toi ! s'écrie avec véhémence la jeune fille. Tu crois toujours tout savoir, mais tu sais quoi vraiment ?

Lucie regarde sa fille, surprise par cette soudaine explosion. Elle ouvre la bouche pour parler mais Soumaya l'en empêche en criant :

— Tais-toi, tu ne sais même pas ce que tu vas dire !

Les joues de Lucie s'empourprent.

— Soumaya, je t'interdis de me parler comme...

— Tu m'interdis rien du tout, tu comprends, tu m'interdis rien du tout !

La jeune fille hurle à présent. Eden apparaît au sommet des escaliers, face à la porte de la salle de bains, un paquet de céréales à la main.

— Tout va bien ici ? demande-t-il avec la voix rauque de quelqu'un qui n'a pas parlé depuis longtemps.

Manifestement, il s'est réveillé juste quelques instants auparavant.

— Tu déconnes ou quoi ? lui dit sa sœur la voix toujours haut perchée. Tu déconnes, crie-t-elle à nouveau. Est-ce que tout a l'air de bien aller ?

— Ta sœur s'énerve tout d'un coup pour une histoire de cheveux qui…

Soumaya se retourne vivement vers sa mère, tremblante de colère.

— Mais ferme-la Maman, ferme-la ! !

Elle passe en trombe devant son frère et dévale les escaliers.

— Tu veux pas de céréales ? lui demande Eden, l'air placide de celui que rien ne peut atteindre.

Lucie l'écarte de son passage en se précipitant à la suite de sa fille.

— Soumaya, arrête-toi immédiatement, reviens ! On n'a pas fini de discuter.

La porte d'entrée claque, ébranlant la vieille carcasse de la maison. Penchée au-dessus de la rambarde, Lucie relève la tête en arrière et pousse un cri de rage et d'impuissance vers le plafond.

— Merde ! crie-t-elle.

— Et toi ? Tu veux des céréales, Mum's ? dit Eden en lui tendant le paquet sous le nez.

— Arrête avec tes céréales, et en plus combien de fois je t'ai dit de manger à table ou à la cuisine, tu en mets partout !

Eden remonte son pantalon de pyjama d'une main et puis la plonge dans la boîte, imperturbable.

— OK, OK, je descends, ce sera plus calme. Il est où Papa ?

D'un geste impatient, Lucie arrache l'élastique de ses cheveux secoue la tête, saisit son sac à main et descend l'escalier derrière Eden.

— Il t'a dit hier qu'il partait pour la journée à Paris. Qu'est-ce que tu fais en pyjama à cette heure, Eden ? gronde-t-elle.

— J'ai cours plus tard. Tous les jeudis, j'ai cours plus tard. Depuis le temps que je te le dis.

En voyant la tête de sa mère, il se radoucit.

— T'avais oublié ? Attention à ne pas faire comme Papi, tu vas finir comme Dory, dit-il gentiment.

Voyant l'air perplexe de sa mère, il soupire :

— Allez Mum's. Dory, tu sais bien qui c'est. Le poisson Alzheimer dans Nemo !

Lucie ne réagit pas. Son fils sourit tout seul et ajoute :

— Bah, t'inquiète pour Soumaya, elle est hyper chiante avec tout le monde pour l'instant.

Lucie a du mal à recouvrer son calme.

— Et c'est moi qui dois en faire les frais ?

— En général, c'est comme ça que ça marche, Mum's, les ados s'énervent, les parents encaissent, tu vas pas changer le monde.

— Je m'en vais. Elle aura même réussi à me mettre en retard, mais ne traîne pas trois heures non plus Eden, pas envie de revoir un bulletin de notes plein de billets de retard et d'absence comme le dernier que tu as ramené, râle-t-elle.

— Tu veux un café ?

— Je suis sérieuse, Eden !

— Moi aussi et j'ai envie d'un café, je sens que je ne suis pas bien réveillé.

Il sort une tasse de l'armoire, s'assied sur un tabouret qu'il a tiré devant la machine à café et regarde le liquide couler, les yeux dans le vide.

Lucie marche à grandes enjambées. Elle choisit de ne pas prendre le tram. Elle a besoin de faire le tour des Étangs. Elle regarde la montre à son poignet et soupire. Il est trop tard pour appeler John, sa réunion a déjà commencé. Le ciel est gris. Si elle n'avait pas eu les nerfs tellement en pelote, elle aurait senti dans l'atmosphère un petit air de printemps. On perçoit l'éclat du soleil derrière l'opacité du ciel. La pelouse autour des étangs est de ce vert qui n'existe qu'au printemps, piqué de mille têtes de pâquerettes.

Lucie a l'impression que la colère lui sort des naseaux, elle marche tête baissée. Une voiture klaxonne lorsqu'elle traverse la rue sans regarder, elle jette un coup d'œil furieux au conducteur.

Elle ralentit le pas, consciente que sa colère est en partie dirigée contre elle-même. Elle ne l'aurait jamais reconnu devant sa fille, mais elle s'en veut de s'être énervée si vite. John aurait gardé son calme, avec un sourire qui n'aurait pas paru ironique et il aurait attendu que l'orage passe. Elle, en revanche, s'est engouffrée dans la porte ouverte par Soumaya, sans réfléchir, impétueuse, comme toujours. Elle soupire, jette son sac sur un banc, se baisse pour relacer ses chaussures et attache ses cheveux dans une grosse barrette en écaille. Elle respire mieux. Eden a raison, ce sont les enfants qui s'énervent et les parents qui doivent rester calmes. Elle a encore raté son coup. Soudain lui revient à l'esprit la phrase de son fils : « Tu vas pas changer le monde ». Et s'il avait raison ? Si en fait c'était ça qu'elle essayait de faire depuis des années et que c'était Eden, du haut de ses dix-sept ans qui avait raison ?

Chapitre 8

Soudan du Sud, décembre 2012

Nahéma ne sait même pas le nom du village où la camionnette les a déposés après ces longues heures de route. Elle a bien essayé de reconnaître les villages par les fenêtres sales mais la poussière de la piste l'empêchait de distinguer quoi que ce soit. Son jeune frère, Gentil, a le front obstinément collé à la vitre et refuse de la regarder. Sa petite sœur, Petite Fleur, dort sur elle, son petit corps chaud et moite alourdi contre son ventre. Elle n'ose pas bouger de peur qu'elle recommence à hurler alors qu'elle avait eu toutes les peines du monde à la calmer et à la faire monter dans le minibus quelques heures plus tôt. Nahéma avait vu les voitures tourner dans un ballet macabre autour des villageois en fuite, les enfants soldats tirer devant eux, elle avait entendu les cris, senti la fumée noire, appelé en hurlant sa tante chez qui elle avait passé la nuit avec Petite Fleur. Toutes les histoires qui tournaient au village s'étaient matérialisées là juste devant ses yeux. Nahéma s'était tournée vers sa tante Zola, qui s'était agenouillée devant elle et avait dit :

— Fuis, fuis, droit devant toi, ils vont peut-être revenir.

— Et toi ? Tu ne viens pas avec nous ?

Nahéma était terrifiée et avait senti les larmes lui monter aux yeux. Et ce n'était pas seulement la fumée. Sa tante l'avait secouée en jetant des regards éperdus autour d'elle. Elle s'était mise à crier à la fois parce qu'elle était terrifiée et pour couvrir le chaos :

— Nahéma, tu dois rester forte, tu m'obéis tout de suite, je ne sais pas où sont mes enfants, je ne peux pas partir sans eux. Emmène Gentil et Petite Fleur avec toi et courez, courez ! On se retrouvera plus loin.

— Mais je peux pas partir sans Maman et Trésor !

— Ils te rejoindront plus tard, ils doivent être encore là-haut à la maison.

— Mais s'ils étaient dans le village, s'ils ont été attaqués ? Et où est Petite Fleur ?

— Petite Fleur était là il y a cinq minutes, Nahéma, tu vas la trouver. Cours, cours !

Zola l'avait obligée à se retourner et l'avait brutalement projetée en avant. Gentil courait devant elle, elle avait remarqué qu'il avait perdu une chaussure. Comme les dizaines de villageois qui tentaient de fuir, ou de se mettre à l'abri, Nahéma s'était mise elle aussi à courir. Ils étaient arrivés derrière les cases à l'entrée du village, aveuglés par la poussière, déboussolés par les hurlements des villageois en déroute, les yeux et la gorge irrités par l'odeur du caoutchouc brûlé. Elle était passée devant les cases aux portes ouvertes, sur le noir et le néant. Appelant de toutes ses forces sa petite sœur, elle avait enjambé des corps étendus sur le sol, dans des positions étranges, leurs membres disloqués. Elle s'était précipitée vers la camionnette collective qu'ils prenaient parfois pour aller dans le village voisin. Le chauffeur, penché à la fenêtre hurlait qu'il fallait qu'elle monte avec son frère, qu'ils devaient partir tout de suite, qu'il ne pouvait plus attendre. Nahéma se tenait devant la porte ouverte, incapable de grimper à l'intérieur. Elle cherchait désespérément Petite Fleur qui ne pouvait pas être si loin ; elle espérait encore que Félicité et Trésor arriveraient. Gentil, son pied nu sur le marchepied, le visage tordu par l'angoisse l'implorait de le suivre. Et puis elle l'avait vue. Sa petite sœur était là, immobile au milieu du chaos, les yeux écarquillés, la bouche ouverte sur un cri muet, sa robe rouge faisait une tache dans le nuage noir, au milieu des cris et du grondement des moteurs. Elle l'appela, le cœur battant à tout rompre, mais la petite robe rouge ne bougeait pas. Nahéma cria au chauffeur de l'attendre et parcourut les quelques mètres qui la séparaient de la petite robe rouge, la saisit dans ses bras et se rua vers la camionnette, se tordant le cou pour tenter d'apercevoir sa mère et son frère. Petite Fleur était sortie de sa sidération et ses hurlements lui vrillaient les tympans. Où était sa mère ? Où était son frère ? Devait-elle partir ? Encore attendre ? Les cris de Petite Fleur l'empêchaient de réfléchir, l'effroi la tétanisait. Il fallait partir, les hommes allaient arriver et qui sait ce qu'ils leur feraient ? Le chauffeur lui cria que si elles ne montaient pas dans le bus, elles allaient mourir.

— Décide-toi, je m'en vais !

Lui aussi était affolé et il commença à faire demitour. L'adolescente monta dans le véhicule, Petite Fleur contre son cœur, pour rejoindre Gentil qui scrutait lui aussi les alentours, par la vitre. Nahéma colla son visage à côté du sien, scrutant les buissons d'épineux. Mais elle dut se serrer avec les autres sur les bancs en bois de la camionnette, lancée à tombeau ouvert sur la piste.

Plusieurs heures s'étaient écoulées avant qu'ils s'arrêtent enfin.

Nahéma ne veut pas pleurer. Elle se félicite d'avoir réussi à intercepter Gentil avant qu'il ne gagne les champs où avait eu lieu le massacre. Il lui avait dit qu'il avait quitté la maison peu de temps après Félicité partie avec Sinouhé à la recherche de Trésor. Ce qui voulait dire que tous deux étaient sans doute dans le village au moment où les hommes étaient arrivés. Où sont-ils maintenant ? Que leur est-il arrivé ? Et Trésor ? Nahéma n'arrive pas à refouler sa peur. Elle tremble comme une feuille au milieu des gémissements et des pleurs des gens entassés autour d'eux.

Elle descend en même temps que tous les autres, les deux enfants tapis dans son ombre. Elle ne reconnaît pas l'endroit. Des centaines de tentes beiges s'étendent à perte de vue. Combien de temps sont-ils restés dans cette camionnette ? Elle s'est sans doute assoupie. Un homme s'approche de leur groupe pour leur distribuer à boire. Nahéma n'a rien emporté. Ils n'ont que les vêtements qu'ils avaient sur le dos au moment de l'attaque. Heureusement, elle porte la robe préférée de sa mère, celle aux couleurs rouges et jaunes. Elle est humide là où reposait le corps de Petite Fleur qui s'est endormie sur elle.

Que va-t-elle faire ici ? Elle a 13 ans et s'est toujours occupée de ses deux petits frères et de sa petite sœur. Que va-t-elle répondre à Petite Fleur quand elle lui demandera encore une fois où est sa maman ? Nahéma s'essuie le visage, complètement perdue. Félicité arrivera-t-elle à les rejoindre ? Va-t-on lui dire où le minibus les a emmenés ? Et leur père ? Comment va-t-il retrouver leurs traces quand il reviendra au village ? L'homme qui leur a apporté l'eau, les dirige vers une grande case et leur dit de s'inscrire sur un cahier.

— Cela nous aidera à retrouver vos familles, dit-il et il s'éloigne déjà.

Le cœur de Nahéma chavire. Certaines personnes de son village ont voyagé avec elle, mais tous les autres ? Tous leurs amis ?

La jeune fille chasse d'une main sale les larmes qui remontent à l'assaut. Elle tire les épaules en arrière, redresse la tête, ordonne à Gentil de la suivre et se dirige vers la grande table où attendent les registres, la petite fille serrée dans ses bras.

Souleyman a vingt ans, les jambes et les bras longs, un très grand teeshirt bleu dont il remonte soigneusement les manches sur ses épaules noires et musclées, des chaussures de sport à la mode, et une coiffure à la coupe stylisée. Il est surtout l'idole de ses petits cousins et devient immédiatement celle de Trésor quand il reconnaît sans pourtant savoir lire le nom arboré en grandes lettres jaunes sur le teeshirt bleu. Ronaldo, surmonté d'un grand 7. RONALDO ! Le héros de toute sa classe, le plus grand footballeur de tous les temps ! Il ne peut détacher son regard de ce cousin de Divine et sait immédiatement que cet homme est capable de résoudre tous ses problèmes. Souleyman est assis en tailleur sur le muret de la maison de Divine. De la main gauche, il tient un petit miroir rond dans lequel il s'étudie, tâchant de traquer la moindre fausse note dans sa coiffure. Il fait un grand sourire aux deux enfants, tout en ne lâchant pas le miroir des yeux. Il range soigneusement le peigne dans la poche de son jeans, époussette la poussière de ses chaussures et ouvre enfin grand les bras pour que Divine puisse s'y jeter.

— Ah, voilà la plus belle des filles de la ville, s'écrie-t-il de sa voix de stentor. Et tu es qui toi, bonhomme ? demande-t-il à Trésor resté en arrière, les yeux ronds et la bouche ouverte.

— C'est mon ami, je l'ai rencontré aujourd'hui au marché. Il s'appelle Titoum.

Elle voit que le petit garçon va la contredire et fait un geste légèrement agacé de la main.

— Oui bon, il s'appelle pas Titoum, mais son vrai nom est nul, alors il s'appelle Titoum.

Souleyman est sur le point de demander à l'enfant son vrai nom, mais Divine lui coupe la parole en lui racontant d'une traite l'histoire de l'autobus dont il faut absolument récupérer la trace.

Souleyman propose de les emmener se renseigner sur la façon de rejoindre le village de Titoum. Il les fait monter tous les deux sur sa moto, Divine à l'arrière et le petit garçon devant lui entre ses jambes. Trésor ose à peine respirer. C'est la première fois qu'il monte sur une moto et il aurait préféré mourir sur place que d'avouer qu'il a peur. Il prend sur lui en pensant à la tête de Gentil quand il lui racontera. Il imagine que la prochaine fois qu'il prendra le bus, il emmènera Sinouhé avec lui et que peut-être Souleyman voudra bien les prendre sur la moto tous les deux. S'il lui demandait, Divine qui a l'air très à l'aise à l'arrière voudrait bien céder sa place à son ami ? En attendant, il s'agrippe au guidon.

— Mollo, petit gars, mollo dit Souleyman en riant, c'est moi qui conduis, n'oublie pas.

Souleyman slalome dans les ruelles, évite les passants, les chèvres, les ânes, les carrioles. Il roule doucement, mais Trésor a l'impression qu'ils vont à une vitesse phénoménale. Ivre de vent, de soleil, de lumière et de couleurs syncopées, il aspire l'air à grandes goulées. N'y tenant plus, il éclate de rire et Divine pousse un grand cri de joie :

— Plus vite, Souleyman, plus vite !

Arrivé sur la place centrale, Souleyman n'a pas de mal à glaner des informations sur le bus du village de Trésor. Tous ceux qui l'ont vu à la gare des bus ont leur mot à dire sur les dessins multicolores.

Le jeune homme s'approche d'un marchand qui empile sur un âne des tissus multicolores, alors que quatre autres bêtes déjà lourdement chargées attendent stoïques sous la chaleur de l'après-midi, les oreilles agitées de mouvements nerveux.

L'homme ajoute trois pièces d'un jaune soleil au sommet de la pile qui oscille dangereusement, jusqu'à ce que le ballot de tissus s'écrase dans la poussière sous les cris furieux du marchand qui attrape un bâton pour frapper l'âne.

Divine se précipite vers lui. Trésor voit avec étonnement que le visage de son amie est déformé par les larmes :

— Non, non, ne le tapez pas, on va vous aider !

Trésor se jette à genoux à ses côtés et l'aide à ramasser les tissus sous l'œil soupçonneux du marchand.

Souleyman se retient de sourire et détourne son attention en lui parlant de l'autobus. L'homme accepte le café et laisse les enfants à genoux dans la ruelle. À deux, ils secouent vigoureusement les textiles pour en ôter la poussière ocre qui s'y est collée. Plus petit que son amie, Trésor a du mal à étendre suffisamment les bras pour parvenir à replier les tissus. À plusieurs reprises, il lâche un des pans de tissu qui retombe au sol. Divine finit par éclater de rire, cachant ses dents éclatantes derrière ses mains pour ne pas attirer l'attention du marchand. Trésor n'en demande pas tant. Galvanisé par le sourire revenu de Divine, il commence à se tortiller dans tous les sens pour parvenir à plier correctement les étoffes, improvisant une danse espiègle à la fin de laquelle il se retrouve englouti sous les plis du tissu, tel un petit fantôme facétieux.

Tout à leur jeu, ils n'entendent pas que l'autobus est reparti une heure plus tôt et c'est un Souleyman détendu qui leur apprend la nouvelle et qui voit se décomposer le visage de Trésor passant de l'hilarité à la détresse.

— T'inquiète pas, p'tit gars, il reviendra ton autobus, si c'est pas demain, c'est après-demain, tu la retrouveras ta Maman. En attendant, tu dormiras chez Divine.

Mais le visage de Trésor reste crispé et Divine voit que son ami peine à retenir ses larmes. Partagée entre le plaisir de garder Titoum un jour ou deux et le désarroi du petit garçon, elle reste silencieuse quelques instants avant de lancer ses bras maigres autour des épaules de Trésor.

— On reviendra demain promis, Titoum, et bien avant l'heure comme ça on sera sûrs de pas le rater ton autobus, et puis on reviendra le lendemain aussi s'il ne vient pas demain. Et puis Souleyman va se renseigner au bureau pour connaître les horaires exacts.

Elle jette un regard implorant à son cousin qui soupire en haussant les épaules.

— Venez, on va aller voir.

Divine se suspend à son cou en riant et tâche d'entraîner Titoum à sa suite. Elle chuchote à l'oreille de Souleyman : « Remonte-lui le moral s'il te plaît, il est encore petit tu sais, il n'a que cinq ans ». Souleyman, amusé, saisit le petit garçon qu'il juche sur ses épaules avant de partir au galop. Trésor pousse des cris stridents et le trio se dirige en bondissant vers le bureau situé à l'arrière du parking des autobus. Sur la porte bleue est accrochée une planche de bois où une main malhabile a inscrit : Bureau des Communications.

Dans la petite pièce, un gros ventilateur rouillé brasse l'air lourd qui stagne au-dessus d'une vingtaine de personnes. Certains attendent leur tour devant le guichet, d'autres semblent se trouver dans le petit bureau, juste pour être là… Les hommes discutent, se tapent dans les mains, les femmes s'échangent des confidences, les enfants courent dans les pieds de tous, les mouches bourdonnent, le brouhaha est constant. Souleyman donne l'accolade à un jeune homme de son âge dont les yeux font comme deux flaques d'eau claire dans le visage sombre. Tout en discutant avec lui, son attention est attirée par un homme qui, dans un coin, parle à voix basse, écouté attentivement par un petit groupe dont les têtes rapprochées leur donnent des airs de conspirateurs. Intrigué, Souleyman s'avance, l'air dégagé. Le bruit ne lui permet de saisir que quelques bribes, parmi lesquelles il reconnaît les mots attaques, AK-47, massacre, village, bus collectifs… Les rumeurs d'attaques de villages par les milices sont de plus en plus nombreuses. Il va se rapprocher du groupe quand il voit les deux enfants le regarder d'un air interrogateur. Il tourne les talons l'air de rien et se dirige vers l'homme derrière le bureau. Jouant des coudes et de son air avenant, il parvient à obtenir l'information selon laquelle l'autobus du village de Trésor est bien prévu pour revenir le lendemain à 14 h.

Un peu soulagé et réconforté par les petits sauts joyeux de Divine autour de lui, Trésor pousse un soupir de soulagement, mais continue à se faire du souci. Que dira sa Maman quand elle ne le verra pas de toute la journée ? Il allait sûrement être puni très longtemps, qui sait si elle ne l'empêcherait pas de sortir plusieurs jours d'affilée ? Que ferait-il s'il ne pouvait plus aller jouer avec Sinouhé ? Soudain, son copain lui manque terriblement. Sinouhé qui a quelques mois seulement de moins que lui, mais le considère comme un héros. Pour Trésor, souvent malmené par Gentil, avoir un copain qui le regarde comme un grand frère, un protecteur, un personnage bien plus courageux que lui, est un cadeau de la vie.

Pour l'instant, c'est Divine, droite dans sa robe trop grande, qui le regarde d'un air attentif et il se demande comment il a fait pour attirer l'attention de cette fille sacrément plus vieille que lui et si belle. Et qui, pour ne rien gâcher, a un cousin avec un teeshirt de Ronaldo et qui a l'air d'avoir des amis partout où il va.

À la sortie du bureau saturé de chaleur, Souleyman remet le petit garçon sur ses épaules et propose à Divine de lui sauter sur le dos. Le drôle d'animal à trois têtes se dirige en chantant vers la moto garée un peu plus loin.

Cette nuit-là, Trésor et Divine dorment l'un à côté de l'autre dans la petite chambre derrière la cuisine. Trésor n'a pas trouvé immédiatement le sommeil, tenu éveillé par toutes ces choses nouvelles, ces événements qui se sont bousculés depuis qu'il s'est endormi dans l'autobus, il y a vingt-quatre heures à peine. Étendu dans le noir, il entend la respiration régulière de Divine qui, après réflexion, a accepté de lui donner la main avant de s'endormir. Trésor écoute les bruits étranges de la nuit dans une grande ville. Chez lui, le silence est profond. Ici, il s'efface derrière les cris des animaux rôdant aux alentours, les exclamations des clients du restaurant au bout de la rue, les conversations des passants et les pétarades des moteurs. Trésor pense à sa maman. Il espère que quelqu'un du village l'aura reconnu dans le bus et aura pu lui dire que Trésor était à la ville. S'il n'avait pas eu le poids de cette bêtise sur le cœur, le petit garçon aurait pu jouir pleinement de tout ce bonheur glané au cours de la journée. Il se souvient des moments passés, la veille, au volant du magnifique autobus, il revoit le paysage féérique des marécages verts, l'abondance de couleurs sur la place du marché, le sourire aux dents écartées de Divine, la pénombre de l'échoppe du marchand et l'odeur de camphre, les cônes multicolores d'épices sur le marché, le visage rieur de Souleyman et son teeshirt bleu. Quand sa mère ne sera plus fâchée, il lui proposera de monter dans l'autobus avec Gentil, Nahéma et Petite Fleur et de leur montrer toutes les merveilles de la ville. Elle adorera Divine et ses dents du bonheur. Il s'endort enfin.

Divine a dessiné une marelle dans la poussière et tente de convaincre Trésor que ce n'est pas qu'un jeu de filles. Le petit garçon veut faire plaisir à son amie, mais lorgne vers Souleyman se demandant s'il oserait lui demander de jouer au foot.

Souleyman qui a disparu dans le petit bureau des communications en ressort de longues minutes plus tard. Les enfants ont abandonné la marelle et tournent autour des ânes regroupés au fond de la rue. Souleyman se demande que faire de cette nouvelle qui vient de lui exploser au visage, comment annoncer à Trésor que son village a été attaqué et qu'il y a peu de chance que les membres de sa famille en aient réchappé d'après ce que lui a raconté, surexcitée, une femme qui avait réussi à s'enfuir. Il a bien essayé de lui demander si elle connaissait Trésor, si elle pouvait l'aider, mais la femme n'était pas en état d'entendre les questions qu'on lui posait. Son récit effroyable était haché, les larmes ruisselaient sur son visage, ses membres tremblaient comme des feuilles. Souleyman ne veut pas que les enfants la voient, ni l'entendent. Il sort sans un mot dans la rue et suit à pas lents sa petite nièce et Trésor qui sautillent devant lui. Il se triture les méninges jusqu'à la maison de sa sœur sans avoir trouvé de réponse à son dilemme. Pendant que Trésor et Divine vont chercher le petit bois pour le feu, il parle de l'attaque à sa sœur. Zoulikha laisse échapper de ses mains une jarre pleine, en entendant le récit de Souleyman. Elle reste interdite, sa longue jupe souillée par les éclaboussures. Les yeux agrandis par l'effroi, elle fixe son jeune frère.

— Ils arrivent ! dit-elle d'une voix étranglée.

Souleyman fronce les sourcils.

— Ne dis pas n'importe quoi. Le village de Trésor est à trois heures de route d'ici, il est minuscule, c'est une proie facile pour les rebelles. Ici, ils ne peuvent rien.

Zoulikha s'est agenouillée au sol pour ramasser les morceaux de la jarre, les larmes coulent silencieuses sur ses joues rebondies. Des images effrayantes dansent devant ses yeux.

Souleyman et Zoulikha ont décidé d'en dire le moins possible. Ils ont quand même annoncé au petit garçon que son village avait été attaqué et qu'il faudrait attendre quelques jours avant de savoir où aller trouver ses parents et ses frères et sœurs. Pas un mot des massacres, des viols, des exécutions sommaires n'a été prononcé devant lui.

La mère de Divine a fait boire une tisane aux vertus calmantes à Titoum qui, assommé d'avoir trop pleuré, dort dans le lit qu'il partageait la veille avec Divine. La fillette aussi a pleuré et le visage encore maculé, elle aide sa mère à préparer le repas. Autour du feu, l'air grave, les hommes se perdent en conjectures pendant que les femmes silencieuses s'activent autour des crêpes qui cuisent sur les braises. C'est le cinquième village attaqué depuis le début de l'année. À Djouba, chacun a un frère, un cousin, une tante, un ami originaire de ces villages. Le fait que le petit garçon qui dort de l'autre côté de la porte ait sans doute perdu toute sa famille dans le massacre rend cette réalité encore plus douloureuse.

Souleyman repart chercher des informations plus précises espérant que certains membres de la famille de Trésor ont pu s'échapper. Il a noté sur un papier fourré dans sa poche son nom de famille.

Toute la soirée, il arpente le quartier des communications et les bars. Il apprend qu'il ne reste presque rien du village auquel la bande armée a mis le feu, que les deux tiers de ses habitants ont été massacrés, dont la mère de Trésor et que l'autre tiers s'est enfui à bord des petits bus collectifs qui font la liaison entre les villages. Les rescapés sont sans doute dirigés vers les deux grands camps de réfugiés situés à la frontière du Soudan et de l'Éthiopie. La peur se rapproche de la ville et secoué par les différents récits d'horreurs, Souleyman rentre la tête basse chez Zoulikha, se demandant comment il pourrait parler à Trésor.

Les voisins sont rentrés chez eux. Zoulikha et son mari, Armin, veillent en attendant Souleyman. À son arrivée, Zoulikha recommence à pleurer en entendant le récit funeste de la fin de la mère de Titoum. Pendant que son mari et son frère discutent, elle va doucement dans la pièce où dorment Youssef, Divine et son protégé. Zoulikha passe doucement sa main sur le front moite du petit garçon, contenant ses larmes. Elle décide de ne pas l'abandonner, quoi qu'en dise Arnim. Dans un pays, où les femmes ont en moyenne cinq ou six enfants, ils n'ont pas réussi à donner d'autres frères et sœurs à Youssef et Divine et elle se promet de convaincre son mari de garder l'enfant avec eux. Elle se met à préparer le pain du lendemain sans cesser de penser à ce qu'elle a envisagé quelques semaines auparavant lorsque les premières rumeurs de guerre civile sont parvenues jusqu'à la ville. Sa sœur Bahia a épousé un Éthiopien des Hauts-Plateaux et s'est installée avec lui dans un village proche de la ville de Mekele. L'Éthiopie vit en paix depuis longtemps même si quelques tensions territoriales perdurent à la frontière avec l'Érythrée. Bahia se languit de sa famille et presse sa sœur de venir la rejoindre. « Viens Zoulikha, je sais, c'est moi qui suis partie, mais à quoi rime la vie si la seule sœur que j'ai, vit dans un pays où la guerre va éclater, dis-moi ? Je ne dors plus en pensant à toi et à tes enfants, je fais des cauchemars. Tu verras, j'ai un gentil mari et il veut agrandir la maison, Armin pourra l'aider. Divine m'aidera à m'occuper de mes quatre petits. Allez Zoulikha, ne réfléchis pas trop, viens, viens ! » La voix de sa jeune sœur s'enroule comme un ruban autour de sa tête, lui entre dans les oreilles, emplit son cœur et nourrit sa peur. Les échos de viol, de mutilations, de fureur et de barbarie lui donnent la nausée. Elle se voit à la place de la mère de Titoum, violée jusqu'à la mort, ou à celle de ces femmes qui voient leurs enfants torturés ou brûlés vifs sans pouvoir les sauver, ou encore sur les routes de l'exil, à pied avec rien d'autre que les vêtements qu'elle portait au moment de l'attaque ; elle se voit avec ses enfants à la recherche d'Armin, sans savoir s'il est mort ou vivant. Ses jambes se mettent à trembler et elle repose la timbale en étain qu'elle est en train de laver. Dehors, Armin et Souleyman fixent le feu sans parler. Elle s'avance d'une démarche assurée vers les deux hommes et leur expose son plan. Elle est étonnée par l'absence de réaction de son mari et de son frère au moment où elle parle de l'Éthiopie. Ce n'est que quand elle parle d'emmener Trésor avec eux qu'Armin la coupe :

— Arrête.

— Armin, c'est une toute petite bouche à nourrir, regarde comme Divine s'en occupe, ce ne sera pas une grosse charge pour nous et puis il pourra nous aider plus tard.

— Ce n'est pas ça, Zoulikha, tu oublies quelque chose de primordial. Cesse de vivre dans ton rêve. Qui te dit que toute la famille de ce garçon est morte ?

— Mais tu as entendu Souleyman, la maman de Trésor est morte comme la majorité du village et l'autre partie a disparu !

— Et tu voudrais priver ce petit de la possibilité de retrouver ceux qui ne le sont peut-être pas ? Tu voudrais en faire un orphelin sans savoir ?

— Pas un orphelin, Armin, puisqu'il serait notre fils !

Armin lui jeta un regard noir.

— Comment peut-on être aussi aveugle, Zoulikha ! Je te reconnais bien là, toujours les sentiments avant la raison.

Armin et Zoulikha sont connus dans le quartier pour leurs disputes aussi retentissantes que brèves, mais Zoulikha ne réagit pas avec sa fougue habituelle. Elle se demande si le fait que son mari ne parle que de Trésor signifie qu'il est d'accord de quitter le Soudan. Son frère lui pose une main apaisante sur le bras.

— Chut, vous allez les réveiller. Zoulikha, ton mari a raison, si ça se trouve, toute la famille de Trésor n'est pas morte, son père doit bien être quelque part.

— Comment le savoir ? chuchote à nouveau Zoulikha avec passion.

— J'ai entendu que beaucoup de ceux qui avaient fui le village de Trésor avaient été dirigés vers les centres de réfugiés à la frontière.

— Justement ! Si nous partons pour l'Éthiopie, on pourra passer par ces centres et si on trouve la trace de quelqu'un de sa famille, on pourra le laisser en étant sûrs qu'il ne sera pas tout seul. Je...

— Ça suffit, Zoulikha, je ne veux plus entendre parler de ce projet, gronde Armin.

Zoulikha sent les larmes revenir, mais elle sait que si elle veut faire avancer son plan, elle doit rester calme et ravaler son chagrin.

Ils discutent de longues heures devant le feu. Souleyman est d'accord avec son beau-frère, on ne peut pas priver Trésor de la possibilité de retrouver des membres de sa famille. Trésor a plusieurs frères et sœurs. Il est impensable d'imaginer que la vie a été assez cruelle pour n'en épargner aucun. En deux jours à peine, tous se sont déjà attachés à l'enfant et personne n'a le courage de le remettre simplement à un orphelinat.

Ils décident que Souleyman et Divine iront avec Trésor au Bureau du Comité international de la Croix Rouge pour aller y consulter les registres dans l'espoir d'y retrouver les noms de parents de Trésor.

Chapitre 9

Lyon, décembre 2012

Charlie saute du haut des marches du bus, rajuste son sac à dos sur son épaule. Il fait déjà sombre bien qu'il soit à peine plus de 17 h. Il remonte la fermeture Éclair de sa grosse veste. Derrière lui, le bus ralentit et il entend le bruit caractéristique des portes qui s'ouvrent dans un grand souffle. Il se retourne surpris et voit sortir par la porte ouverte un bras au bout duquel se balance son sac de sport. Il rejoint le bus en deux bonds, attrape le sac des mains de son copain Tony, hilare.

— Eh bien mon pote, t'auras un problème à l'entraînement demain si tu n'as pas ta raquette. T'es grave toi !

Charlie esquisse un sourire d'excuse et tape du plat de la main sur le bus qui redémarre. Le froid est piquant. Il réalise qu'il n'a pas son écharpe. Il hausse les épaules, après tout, il n'en aura pas vraiment besoin pour leurs vacances en Éthiopie dont le départ est dans deux jours. Il s'en passera bien jusque-là. Il marche vite et se réchauffe rapidement. Le vent lui fouette les joues et il se demande s'il ne va pas neiger. Il y a ce quelque chose dans l'air qui annonce les flocons, cette atmosphère blanche qui noie les contours du paysage, une odeur particulière.

L'adolescent accélère le pas, pressé d'arriver. Lili doit l'attendre, Violette lui a promis de commencer à faire la crèche de Noël dès qu'il rentrerait du lycée. C'est la concession qu'avec Raphaëlle, il avait réussi à arracher à leurs parents.

Sa sœur avait été véhémente : « Attendez, Lili est petite encore ! Vous n'allez pas la priver d'un sapin de Noël à son âge quand même, déjà qu'on va pas à Paris fêter ça avec les cousins, Papinou et Maminou ! » Devant l'intransigeance de leurs parents, Raphaëlle avait lancé un regard impérieux à son frère pour qu'il entre dans la danse. Dans un ballet parfaitement orchestré, ils avaient argumenté chacun à leur tour pour obtenir de leurs parents une petite concession :

— OK, avait dit Arnaud, on décorera la maison comme d'habitude avec les guirlandes, les couronnes de Noël et tout le bataclan, mais pas de sapin, c'est ridicule on part dans trois jours. Et je vous préviens, vous aidez votre mère. Ce n'est pas à elle de préparer vos bagages.

— Promis, je ferai le gâteau à l'orange et aux amandes pour qu'on puisse le manger avant de partir et si vous n'êtes pas trop gourmands, on pourra même en emporter un morceau dans l'avion, avait dit Violette.

Elle avait souri, ébouriffé les cheveux de Charlie qui avait réprimé un mouvement de recul. Il n'ose pas lui dire qu'il déteste qu'on lui touche les cheveux. Il a déjà tellement d'épis sur la tête. Mais il avait souri, et lui avait caressé la main. À la mort de Julien, il y a deux ans, les yeux de Violette, ceux qu'elle appelait les yeux de Mamita et qui faisait leur fierté à tous, s'étaient éteints. Littéralement. Chaque fois que Charlie regardait le vide derrière les pupilles noires, le souffle lui manquait et il sentait son cœur plonger dans ses entrailles.

Arnaud racontait que la première fois qu'il avait vu leur mère, il était resté incapable de détacher son regard de la couleur de ses yeux. Il était resté muet, son cerveau ne fonctionnant que pour chercher à mettre un mot sur cette couleur. « J'avais l'air d'un idiot, vous pouvez pas savoir ! Je savais bien que je devais dire quelque chose, sinon elle allait partir, mais la couleur de ses yeux m'avait comme coupé la chique et je restais là, la bouche ouverte. Et au lieu de me dire que j'allais perdre une occasion unique de rencontrer cette fille incroyable, je faisais juste défiler dans ma tête les noms du nuancier de couleurs que je connaissais ! » Il se frappait le front en riant, provoquant l'hilarité de ses enfants à chaque fois. Quant à Violette, si elle avait l'habitude que la couleur de ses yeux frappe ses interlocuteurs et provoque une question de leur part, elle reconnaissait volontiers qu'Arnaud était le premier à être resté aussi interloqué. « Je le trouvais tellement beau, mais en même temps, je me disais mais qu'est-ce qu'il est ballot… » C'était la partie de l'histoire que préférait Julien bien sûr, lui qui répétait depuis tout petit qu'il aurait tout de suite trouvé quoi dire s'il s'était trouvé devant la femme de sa vie. Piqué au vif, Arnaud rétorquait : « Fais le malin, Julien, d'abord je ne savais pas encore que je voulais épouser ta mère, je n'avais même pas encore réussi à lui parler. » Violette lui effleurait doucement le bras, comme pour le rassurer mais dans le même temps, son regard couvait Julien. Arnaud n'avait jamais trouvé le nom exact. Il disait que c'était plus que violet, plus qu'un bleu outre-mer, moins qu'un bleu marine, pas même un bleu lavande. C'était juste un ruban d'eau violette, parsemé d'éclats d'or. Il avait fini par dire comme sa femme, les yeux de Mamita. Mamita, c'était la grand-mère loufoque de Violette, la seule de ses huit frères et sœurs à avoir des yeux de cette couleur, et qui avait tellement pleuré quand aucun de ses trois enfants n'avait eu les yeux violets, qu'elle avait juré qu'elle ne quitterait pas cette terre tant qu'un de ses petits-enfants ne naîtrait pas avec ses yeux à elle. « Tant pis s'il faut que vous me fassiez chacun une ribambelle de petits, j'assumerai, mais je ne quitterai pas cette fichue planète, sans y avoir laissé une paire d'yeux violets. » C'est Violette qui avait décroché la timbale. Quand les gens la regardent un peu interloqués lorsqu'elle se présente, en leur tendant la main et prononçant son prénom, ils ne peuvent s'empêcher de lui demander : « C'est fait exprès ? C'est votre vrai prénom ? » Violette hoche la tête et sourit d'un air énigmatique. Elle rit parfois comme pour s'excuser et explique que sa mère à elle, pour consoler Mamita de ne toujours pas avoir de petits-enfants aux yeux violets, avait décidé alors qu'elle était enceinte pour la troisième fois, que la fille qu'elle portait serait prénommée Violette. « Au moins, comme ça Mamita aura quelque chose. Si pas la couleur, du moins le prénom ! ». À la surprise générale, les yeux gris du bébé avaient tourné au violet quand il avait eu deux mois. Tout le monde disait que ça n'allait pas tenir, que les bébés aux yeux bleus à la naissance avaient souvent les yeux d'une autre couleur en fin de compte. Mamita haussait les épaules, en toisant sa fille. « Tu n'y connais rien, poulette, tu es bien gentille d'avoir appelé ma petite-fille Violette, mais Dieu savait bien que je ne m'en contenterais pas. Violette aura les yeux violets et tu seras bien embêtée de lui avoir choisi ce prénom stupide ! » Mamita eut raison, le violet se fixa dans les yeux du bébé et Mamita faillit les rendre tous fous à exhiber le bébé, ivre de fierté. Violette riait chaque fois en racontant cette histoire, et Charlie voyait les éclats de lumière sauter dans l'iris de ses yeux. Mamita était morte depuis longtemps, mais Violette pensait à elle à chaque fois qu'elle se maquillait devant le miroir. Julien se vantait d'avoir les yeux violets, mais ce n'était pas l'exacte couleur de leur mère et Raphaëlle et Charlie ne rataient pas une occasion de le lui faire remarquer. En fait, ils étaient tous très fiers de dire que Violette avait une couleur d'yeux unique et qui n'existait que dans ses iris.

Jusqu'à ce maudit voyage en Inde.

À la mort de Julien, il y a deux ans, le violet avait perdu ses pépites d'or. Les yeux étaient devenus bleu foncé. Et vides. Charlie en fut accablé. Comme si les violettes s'étaient fanées. Il espéra que quand ils quitteraient l'Inde et retrouveraient Lili et l'appartement, sa mère récupérerait ses yeux de toujours mais à leur retour, il eut beau sonder son regard, il restait désespérément mat.

Après les obsèques, ce sont Violette et Arnaud qui devinrent des fantômes.

Heureusement, il y avait bébé Lili qui avait faim, qui avait soif, qui commençait à parler et qui n'avait rien demandé de tout ce malheur qui avait fondu sur eux. D'abord, Maminou vint de Paris s'installer quelques semaines à Lyon. Arnaud et Violette se barricadèrent dans leur chambre, laissant à la mère de Violette, Raphaëlle et Charlie le soin de recevoir les condoléances des amis, des voisins, de tous ceux qui se pressaient pour les réconforter. Charlie voyait bien que ses parents n'avaient pas la force de les accueillir. Arnaud repartit travailler très vite, mais rentrait tôt et allait s'enfermer avec leur mère dans leur chambre. Violette avait téléphoné à l'école pour prévenir qu'elle suspendait ses cours de musique. Raphaëlle et Charlie les regardaient, consternés, impuissants à les sortir du gouffre de douleur dans lequel ils se laissaient tomber. Maminou mena la maison tambour battant, motivant Raphaëlle et Charlie à reprendre les cours le plus rapidement possible, s'occupant de Lili pendant qu'ils étaient à l'école, passant de longs moments à côté de Violette, parfois sans parler, faisant à manger, rangeant les valises qu'ils avaient laissées en plan à leur retour.

Un jour, Arnaud vint les attendre à la sortie du lycée. Quand il klaxonna de sa voiture garée en face, le frère et la sœur se regardèrent déconcertés. Jamais leur père n'était venu les chercher. Arnaud ouvrit sa fenêtre et leur dit d'un ton enjoué qui sonnait faux : « On va boire un coup ? » Charlie et sa sœur échangèrent un regard. Qui disait encore « boire un coup » ? Ils entrèrent dans la voiture en se bousculant un peu, feignant tous les deux d'être contents pour faire plaisir à leur père.

Ils refusèrent pourtant d'aller à la Coupole, rendez-vous des étudiants, et Raphaëlle proposa un bar dans le quartier de sa classe de gym. Avant, leur père n'aurait pas été dupe. Il se serait moqué de ses enfants en disant : « Ah vous ne voulez pas vous montrer avec votre vieux schnock de père, c'est ça ? Eh bien allons-y ! » Mais cette fois, il se contenta d'obéir aux instructions de Raphaëlle, l'air déjà ailleurs, comme d'habitude depuis la mort de son fils aîné.

Ils s'attablèrent sans rien dire. Leur père avait l'air si ravagé que Raphaëlle lui prit la main. Charlie se demanda ce qu'il pouvait faire pour montrer que lui aussi était triste.

— Ça va avec Maminou, les enfants ?

— Oui, pourquoi ?

— J'en ai un peu assez et je crois que Maman aussi. Ça vous ennuierait si je lui proposais de rentrer à Paris, près de Papinou ? Je vous le demande parce que ça veut dire que je vais devoir vous mettre à contribution. Maman est encore incapable de faire tout ce qu'elle faisait avant et, Maminou aussi fatigante qu'elle soit, cuisine tous les jours et s'occupe de Lili…

Il se tut. Ils virent sa pomme d'Adam faire un aller-retour. Raphaëlle avait les larmes aux yeux.

— T'inquiète pas Papa, on s'en charge. Moi aussi, Maminou me pompe un peu l'air. Elle veut trop bien faire et n'arrête pas d'entrer dans ma chambre pour parler, pour voir si je pleure. On va se débrouiller, hein Charlie ?

Son frère hocha vigoureusement la tête, sans trop savoir ce que ça impliquait.

— Je m'occuperai de Lili et Charlie fera la cuisine.

Celui-ci ouvrit de grands yeux. La cuisine ? Ah bon ? Quoique oui, à tout prendre il préférait cuisiner que changer les couches de sa petite sœur.

Leur père avait les yeux rouges quand il les prit tous les deux par les épaules. Il réussit juste à dire merci dans un sourire. Le son de sa voix cassée donna à Charlie l'envie de pleurer. Il regarda Raphaëlle qui détourna les yeux pour dissimuler ses larmes. Charlie se dit qu'ils devaient vraiment avoir l'air cons.

Arnaud avait réussi à renvoyer Maminou à Paris avec diplomatie. Le premier soir, Charlie fit le dîner, mais comme il brûla la casserole, Raphaëlle l'envoya s'occuper de Lili, en levant les yeux au ciel. Ils continuèrent ainsi : Raphaëlle faisait à manger, Charlie s'occupait du bébé. Quand leur mère s'était endormie tenant sa fille de deux ans serrée dans les bras, la petite Lili ne bougeait pas, comme si elle attendait que la respiration régulière de sa maman lui assure que le calme était revenu dans cette tête, dans ce cœur, dans ce ventre dévastés par le deuil. Alors seulement, elle se laissait glisser tout doucement du grand lit, et son doudou à la main, allait jusqu'à la porte, montait sur la pointe de ses pieds pour atteindre la poignée et se glissait hors de la chambre. Elle arrivait dans la cuisine, sur ses petites jambes potelées, habillée de son seul body de coton au-dessus de sa couche et disait « Maman dodo ». Raphaëlle se retournait, s'accroupissait à la hauteur de Lili pour la serrer contre elle : « T'es trop belle toi ». Puis elle se retournait vers son frère : « Charlie, va la mettre en pyjama pendant que je finis le dîner ». Charlie prenait sa petite sœur dans ses bras. Instinctivement, elle mettait sa tête au creux de son épaule et disait *Cha-lie*. On aurait dit que sa tête s'adaptait exactement à l'espace entre le cou et la clavicule de son frère. Cela le surprenait à chaque fois. Comme une équation résolue du premier coup. « Si seulement ça pouvait marcher comme ça les maths, le prof arrêterait de me soûler » pensait-il en marchant tout doucement pour ne pas déranger Lili.

Ils passaient devant la chambre de Julien et Lili disait : « Pa-ti Julien ? ». Et il murmurait : « Oui ma puce, chut, Julien est parti ». La première fois, il en avait eu les jambes coupées et avait failli la lâcher. À présent, il s'était habitué. Pourtant, il était toujours remué quand il passait devant la chambre de Julien. La porte de cette chambre restait fermée mais il savait pour y avoir entendu des pas la nuit et pas toujours les mêmes que chacun à leur tour, ils allaient s'y glisser subrepticement. Chacun cherchant son Julien sans doute.

Quand Charlie poussait cette porte, il allumait juste la lampe torche de son téléphone pour ne pas révéler sa présence. La chambre était telle que Julien l'avait laissée ce matin du mois d'août où ils étaient partis, heureux, pour l'aéroport. Même Maminou n'avait pas eu le courage d'y toucher. Sur le bureau, traînaient les livres de cours que Julien avait ramenés de fac, son sac à dos gisait au pied de la chaise, il avait vaguement tiré la couette sur son lit, sa crosse de hockey reposait en travers de son lit. Charlie avait à chaque fois mal au ventre quand il voyait cette crosse. Il avait si souvent rêvé d'être aussi doué que son frère, de faire partie intégrante d'une équipe, d'être porté en triomphe sur les épaules de ses co-équipiers, comme lui. Peut-être était-ce pour cette raison que ses parents avaient préféré qu'il se lance dans un autre sport. Charlie prenait dans ses mains le manche usé, essayait de retrouver la trace de la prise de Julien puis le reposait doucement. Il laissait ses yeux flotter dans la chambre qui n'avait pas gardé l'odeur de son frère et il refermait la porte, plus seul que quand il y était entré. Et pourtant, il y revenait. Et il savait que sa sœur y venait aussi, Il avait vu sur la table de nuit de Julien, dans un minuscule petit vase, un bouquet de fleurs séchées qui se trouvait auparavant dans la chambre de Raphaëlle. À l'époque, Julien s'était moqué d'elle : « C'est le cadeau de ton amoureux ? Dis-moi, il n'est pas très généreux. Un peu petit le bouquet et des fleurs séchées par-dessus le marché ! Comme ça il ne doit pas t'en racheter ! Pffff… ». Raphaëlle lui avait jeté son oreiller à la figure et crié, ses yeux jetant des éclairs : « Casse-toi, pourri ! », mais Charlie y avait décelé des graines de rire aussi. Aujourd'hui, c'était ce petit bouquet qui se trouvait sur la table de nuit de Julien.

Il était seul et il avait honte de se dire qu'il était peut-être le moins triste de tous. Moins triste que ses parents qui avaient perdu leur fils aîné, moins triste que Raphaëlle qui avait perdu son protecteur. Lui, jusqu'à la naissance de Lili, il avait toujours été le plus jeune et Julien ne le prenait jamais au sérieux. Raphaëlle non plus d'ailleurs. Et pour ses parents il était aussi le petit.

Les semaines passaient, les yeux de Violette viraient au gris. Elle sortait maintenant de sa chambre pour venir manger avec eux, caressait les longs cheveux de Raphaëlle pour la remercier d'avoir fait – encore – des pâtes pour le dîner, demandait à Charlie comment s'était déroulé son match de tennis même quand il n'avait pas joué et puis elle prenait Lili dans les bras pour aller la coucher. Elle lui chantait toujours la même chanson et c'était la dernière chose qu'ils entendaient dans le couloir, ces petites notes plus murmurées que chantées. Ils restaient assis autour de la table, le silence pesant dans la pièce jusqu'à ce que Charlie se lève pour débarrasser. Raphaëlle repoussait brusquement sa chaise pour mettre un CD. « Ras-le-bol de ce silence », grondait-elle.

Un jour, Raphaëlle se brûla dans la cuisine en sortant les pâtes de l'eau. Elle poussa un cri perçant et lâcha la casserole au-dessus de l'évier, les spaghettis s'écrasèrent sur le carrelage rouge, en un amas blanchâtre et trop cuit.

Raphaëlle se laissa tomber assise par terre et éclata en sanglots. Charlie arriva en courant, et sa sœur le regarda avec colère.

— J'en peux plus, Charlie, j'en ai ras la couette, moi, de faire le dîner tous les jours, de voir ces deux spectres vivants errer dans les couloirs sans nous aider, sans même nous voir. Merde, j'en peux plus ! J'ai 16 ans, j'ai mes cours de gym, j'ai mes devoirs, j'ai envie d'aller à l'anniversaire de Pauline, j'ai envie de rigoler, dit-elle en reniflant.

Charlie s'assit par terre à côté d'elle, au milieu des spaghettis. Il lui entoura les épaules de son bras et elle ne le repoussa pas. L'adolescent se sentait bien, se sentait fort tout d'un coup.

— Vas-y à l'anniversaire de Pauline, je ferai le repas ce jour-là si tu veux, t'inquiète pas pour ça.

— Tu ferais le repas toi ?

Elle le regarda à travers ses yeux pleins de larmes. Charlie eut l'impression qu'elle avait presque envie de rire et il se demanda un instant s'il devait se sentir vexé.

— Ben oui, j'osais pas te le dire mais j'en ai marre des pâtes moi.

Elle lui jeta un regard indigné.

— Tu te fous de moi ? Tu adores les pâtes !

— Oui, mais là ça fait presque trois mois d'affilée non ?

Charlie jugea plus prudent de ne pas lui dire qu'elles n'étaient pas aussi bonnes que celles de leur mère. Vraiment pas. Raphaëlle continuait de pleurer. Son nez coulait sur le teeshirt de son frère mais bizarrement, il ne s'en formalisa pas. Les cheveux de Raphaëlle lui caressaient le menton. Il n'osait plus bouger.

— C'est quand l'anniversaire de Pauline ? Elle aura quel âge ?

— Dix-sept ans, ben tiens, gros plouc.

— Comment je peux le savoir ?

— C'est ma copine non ? Genre, elle va pas avoir dix ans de plus que moi non plus, ni dix ans de moins, débile.

Charlie réfléchit quelques instants à cette vérité. Est-ce que son prof de maths trouverait ça d'une implacable logique ? Il n'en était pas sûr.

Raphaëlle continuait de pleurer mais plus doucement.

— Julien...

Cette fois, son frère réagit.

— Ah bon ? Tu veux bien en parler maintenant ? Tu m'ignores complètement quand j'en parle !

Elle se remit à pleurer de plus belle. Charlie se figea puis serra Raphaëlle un peu plus fort.

— Quoi Julien ? dit-il.

— Rien.

— Ah non, maintenant tu y vas. Qu'est-ce qu'il y a ?

— Il me manque.

Elle leva vers lui son visage tout mouillé. Même avec le nez qui coulait et son mascara qui lui faisait des yeux de koala, Charlie la trouvait belle. Sa phrase tomba comme une pierre dans son estomac. Il murmura :

— Moi aussi. Rien ne va plus ici depuis que…

Il se tut.

— Ah non, s'écria-t-elle. On va pas faire comme les parents, nous. Pas question ! S'ils ne veulent pas prononcer son nom, ne pas en parler, tant pis, mais nous, pas question !

— Mais c'est toi qui m'as dit que tu ne voulais pas qu'on en parle la dernière fois…

— Ça partait pas de ce principe-là. Ce jour-là, j'avais trop envie de pleurer.

— Et pas aujourd'hui ?

Charlie se mordit la lèvre. Oups, c'était sorti tout seul. Raphaëlle ne réagit pourtant pas.

— On se fait une promesse, Charlie, OK ? On parlera toujours de Julien quand on en aura envie. Si tu veux en parler et que Papa et Maman ne mouftent pas, tu peux venir dans ma chambre. Mais seulement pour ça. Et moi pareil.

— Mais toi tu viens tout le temps dans ma chambre…

— Oui, mais toi tu m'adores.

Charlie sentit un drôle de pincement du côté du cœur lorsque sa sœur dit ça, comme si elle ne l'adorait pas autant. Mais de l'avoir là contre lui, avec ses épaules qui tremblaient encore un peu, il s'en fichait finalement de la façon dont elle lui parlait.

À ce moment, la porte d'entrée s'ouvrit. Arnaud était rentré et s'arrêta médusé à l'entrée de la cuisine.

Charlie supposa que ça valait la photo de les voir ainsi Raphaëlle et lui assis par terre dans la cuisine, au milieu des spaghettis froids qui ressemblaient à de longs vers de terre malades.

Les yeux de Raphaëlle se rallumèrent et se fichèrent dans ceux de leur père.

— JPP, Papa, je te le dis : JPP !

Figé, sa veste encore à la main, Arnaud eut l'air désarçonné :

— JPP ?

Charlie regarda son père, lâcha un soupir. S'il fallait commencer à expliquer aux parents toutes leurs expressions, ils n'étaient pas sortis de l'auberge. Mais il se dit qu'aujourd'hui était un jour un peu particulier. Il répondit calmement :

— J'en peux plus.

Son père le fixa et Charlie eut envie de rire devant son air éberlué.

— JPP ça veut dire j'en peux plus.

Pour la première fois depuis des semaines, Charlie vit un sourire effleurer le visage de son père. Une ombre de sourire peut-être, mais dans ses yeux, il y avait enfin autre chose que cet air perdu quand il regardait leur mère, ou ce vide quand il regardait ses enfants. Il eut même l'impression que son père allait rire.

— OK Raphi, tu as raison.

Il n'en dit pas plus, ce qui ne lui ressemblait pas, lui qui adorait leur faire de longs discours, mais il tourna les talons et se dirigea vers leur chambre. Raphaëlle se tourna vers son frère et lui demanda d'une voix plus assurée :

— L'anniversaire de Pauline, c'est samedi. Ça te laisse quatre jours pour penser au dîner. Tu vas faire quoi ?

— Des pâtes, je crois.

Charlie s'attendait à la réaction de sa sœur et éclata de rire en évitant le coup qu'elle voulut lui asséner sur la cuisse.

Tout avait changé après ce soir-là. Charlie ne sut pas ce qui s'était dit dans la chambre de ses parents. Mais le lendemain, Violette avait téléphoné à l'école et donné sa démission. Arnaud avait fait de même et en quelques mois, ils avaient monté le projet d'école de musique dont ils parlaient depuis qu'ils étaient jeunes. L'appartement était redevenu vivant, après ces semaines de paralysie. Violette fit passer des auditions à des professeurs de guitare, de piano, de violon, de percussions, de saxophone. Arnaud signa les papiers pour la location d'un joli local dans le quartier du pont Bonaparte. Ils décidèrent de vendre l'appartement qu'ils habitaient au centre-ville et trouvèrent une maison à une quinzaine de kilomètres de Lyon, à proximité des quais de Saône réaménagés. En sortant de Lyon, ils pouvaient se permettre d'acheter une plus grande maison. Au début, les deux adolescents ne furent pas très enthousiastes à l'idée de quitter la ville pour aller s'enterrer dans les bocages comme ils disaient mais leurs parents avaient l'air tellement décidés et presque heureux, qu'ils n'osèrent pas s'opposer très longtemps au projet. Et puis Lili pourrait jouer au jardin, Raphaëlle bronzer sur la terrasse et Charlie espérait convaincre ses parents de lui acheter un scooter.

Ils vidèrent l'appartement. De leur propre initiative, Raphaëlle et Charlie s'occupèrent de la chambre de Julien. Ils firent appel à ses deux meilleurs amis et ce qui devait être un crève-cœur se termina en un moment presque agréable. Léo les avait prévenus, il détestait les boîtes et les caisses de déménagement, mais il amènerait sa guitare pour les encourager.

Ils finirent par rire tous les quatre dans cette chambre, au milieu des caisses, en se remémorant les anecdotes dont chaque fois Julien était le héros. Quand l'ambiance faillit chavirer, Léo empoigna sa guitare et leur joua un air entraînant, un peu tzigane, bien fort, pour faire fuir les larmes et Raphaëlle et Charlie furent capables de coller les étiquettes « Julien » sur les caisses sans flancher. Ils se quittèrent douloureusement apaisés.

La vie dans la nouvelle maison s'était organisée. Violette se lança à corps perdu dans la décoration et Raphaëlle et Charlie eurent l'autorisation de faire ce qu'ils voulaient dans leurs chambres respectives. Lili passait d'une pièce à l'autre en trottinant, répétant en boucle « *Jame* bien la nouvelle maison, *jame* bien ». Ils n'étaient sans doute pas d'excellents éducateurs, mais ils aimaient tellement l'entendre dire « *jame* » au lieu de « j'aime » qu'ils se gardaient bien, tous autant qu'ils étaient, de la corriger. La petite roucoulait, les faisait rire. « De toute façon, elle est toujours contente Lili », répétait Charlie.

Violette installa le piano dans la grande entrée. Ce n'était pas la place idéale selon Charlie. Lili ne pouvait pas s'empêcher dès qu'elle passait par le couloir d'aller se jucher sur le tabouret et d'y jouer l'air de « *J'ai du bon tabac »,* Violette disait qu'elle était douée, Raphaëlle la regardait d'un air sceptique et chuchotait à l'oreille de son frère : « Je ne sais pas pourquoi mais je n'ai pas vraiment l'impression qu'elle est faite pour le piano ». Charlie se mordait la langue pour ne pas lui faire remarquer qu'en tout cas Lili était plus douée qu'elle, qui avait massacré pendant six mois le même prélude de Bach, avant de déchirer sa partition d'un geste théâtral et de décréter que le piano, ce n'était pas pour elle. Quoi qu'il en soit, il reconnaissait en son for intérieur n'avoir pas grand-chose à dire de ce côté-là, parce qu'il n'avait jamais réussi à déchiffrer les notes en clé de fa et ce n'était pourtant pas faute d'avoir essayé. Il semblait qu'aucun des enfants n'avait hérité du don de leurs parents pour la musique. Ils préféraient tous écouter Violette jouer. Quand elle se mettait au piano parfois après le dîner et que Charlie entendait les notes traverser les murs de l'appartement, il éteignait sa musique et l'écoutait. Il ne la voyait pas, mais il savait ses longs doigts blancs sur les touches, son regard qui ne s'attachait pas à la partition mais s'envolait il ne savait où, ses cheveux noirs qu'elle avait repoussés derrière l'oreille. Il savait que son père l'écoutait aussi, et que chacun de là où il était, voyageait avec ses notes. À la mort de Julien, leur mère avait arrêté de jouer. Charlie ne savait pas si c'était volontaire de sa part, mais elle ne regardait même plus le piano, elle qui auparavant ne pouvait passer à côté de lui sans au moins en effleurer les touches des doigts. L'appartement qui leur semblait déjà vide et froid depuis la mort de Julien devenait silencieux, ce qui n'avait jamais été le cas. À la demande des enfants, Arnaud avait sorti son saxophone d'une caisse, mais n'avait jamais eu le courage de s'y remettre.

Pourtant, depuis qu'ils avaient emménagé dans la nouvelle maison, Violette s'était remise au piano. Moins assidûment qu'avant peut-être, mais elle se réinstallait sur le tabouret de temps en temps. Il lui arrivait souvent de s'arrêter au milieu de son morceau et de se lever brusquement sans le terminer. Cela frustrait toujours Charlie. Un jour, Violette jouait cet impromptu de Schubert qu'il aimait particulièrement, celui où les doigts de sa mère étaient autant de chevaux lancés au galop sur les touches. Elle avait buté sur un accord, s'était reprise une fois, deux fois, puis s'était levée brusquement en soupirant. « Je n'y arrive plus ». Elle s'était éloignée dans le couloir.

— Mais, c'était bien Maman ! avait-il commencé.

Raphaëlle lui avait donné un coup de coude dans les côtes en le regardant d'un air autoritaire.

— Tu comprends vraiment rien toi, avait-elle chuchoté.

Il l'avait regardée penaud. Elle avait sans doute raison, il ne comprenait pas toujours tout, mais de là à dire qu'il ne comprenait rien ! À ce moment-là, Lili qui faisait un puzzle assise près de la fenêtre s'était levée pour s'assoir sur les genoux de son frère, les yeux fixés sur Raphaëlle.

— Ça suffit, le bout'chou là, y en a marre de ces alliances à la con !

Raphaëlle s'était levée en haussant ostensiblement les épaules.

— Quelquefois j'ai l'impression que personne comprend rien dans cette baraque !

— *Cha-lie*, tu m'aides à finir le puzzle ?

Arnaud les déposait au lycée le matin et ils prenaient le bus pour revenir. Les yeux de leur mère n'avaient pas encore retrouvé leur teinte violette, mais ils n'étaient plus complètement mats. Est venu le moment aussi, où elle prononça le nom de Julien. C'était un mercredi soir, Charlie s'en souvenait, il revenait de l'entraînement de tennis. Violette avait saisi la carafe d'eau et se versait un verre. Elle regarda l'eau couler et dit : « J'ai rencontré le prof de maths de Julien cet après-midi ». Le silence se fit autour de la table. Leurs gestes restèrent suspendus. On n'entendait même plus le bruit des couverts contre les assiettes, juste la pluie qui cognait contre la baie vitrée. Raphaëlle gardait les yeux obstinément fixés sur son assiette, Charlie avait l'air d'un poisson, bouche ouverte. Il regarda Lili, assise sur sa chaise haute, la cuillère en l'air et pria tout bas pour qu'elle ne dise pas « Julien pa-ti ». Mais la petite fille fixait sa mère, médusée comme ses frère et sœur. Arnaud était le seul à ne pas avoir l'air étonné. Il regardait sa femme, confiant et souriant.

— Juju, dit Lili et elle éclata de rire, comme si elle était ravie de l'accueillir à nouveau.

Raphaëlle eut dix-sept ans et puis dix-huit. Charlie en eut seize et puis dix-sept. Lili en eut trois, puis quatre. Lili et son frère étaient inséparables quand Charlie était à la maison, comme s'il était resté quelque chose d'indéfectible entre eux depuis le temps où Raphaëlle faisait la cuisine et où il jouait à la Maman. Au point que Raphaëlle bougonnait souvent :

— Voilà ce que ça m'a rapporté de faire la bonniche. Chaque fois que Lili est dans mes bras et que tu rentres dans la pièce, pfuuit, elle file comme une anguille pour te sauter dessus !

Aujourd'hui ça fait un peu plus de deux ans que Julien est mort. C'est le dernier jour de cours avant les vacances de Noël. Et dans deux jours, ils partent en Éthiopie.

Charlie regarde son souffle faire des boucles dans l'air piquant. Il aurait pu marcher encore une heure, mais il est content de rentrer pour retrouver Lili et Violette et finalement heureux d'avoir déménagé. La maison est en hauteur par rapport à la route. Les branches du hêtre ne sont pas coupées et cachent l'entrée, ce qui lui donne l'impression de rentrer dans un domaine dont les secrets sont bien gardés. Par la fenêtre, il voit Lili étendue de tout son long sur le tapis du salon, à côté du poêle. Elle balance les jambes et chantonne, la boîte de crayons de couleur ouverte à côté d'elle. Ses cheveux blonds ont poussé, les épis se sont aplatis contrairement à ceux de Charlie et une grosse mèche lui cache la moitié du visage. Charlie frappe légèrement sur le carreau pour ne pas lui faire peur. La petite fille tourne la tête et s'élance en criant « Charlie ! Maman, Charlie est là ! » Charlie a à peine le temps d'ouvrir la porte que sa petite sœur lui saute dans les bras en enserrant sa taille de ses petites jambes, suivie de près par Hector, leur bouvier des Flandres. Les enfants avaient réussi à convaincre leurs parents de leur acheter enfin le chien dont ils rêvaient maintenant qu'ils avaient une maison à la campagne. Charlie n'avait pas eu le même succès avec l'idée de son scooter, mais il se console avec Hector, en passant du temps avec lui et Lili.

Personne n'en parlait mais l'idée du chien venait de Julien. C'est lui qui avait bataillé avec le plus d'ardeur pour convaincre leurs parents. Aujourd'hui, Charlie ne peut se balader avec Hector sans penser combien son frère aurait ri aux facéties du chiot.

— Hé ho ! Couché Hector !

Charlie lâche ses affaires sur le sol, et sans enlever sa doudoune, attrape sa petite sœur qu'il envoie valser dans les airs comme une plume. Son rire cascade dans sa gorge et lance des trilles dans la maison qui sent le cake à l'orange.

— Encore, encore *Cha-lie* !

Il la lance à nouveau dans les airs, la fait basculer la tête en bas en la retenant par les pieds. La petite s'étouffe de rire.

— Oh ! la la ! mais ma puce fait à nouveau le bébé. Je croyais que tu savais le nom de ton frère.

Violette est appuyée dans l'encadrement de la porte, une cuillère en bois dans la main et un grand sourire sur le visage. Derrière elle, Charlie reconnaît la voix de Cat Stevens :

« Oh baby baby it's a wild world
It's hard to get by just upon a smile
Oh baby baby it's a wild world
I'll always remember you like a child, girl. »

Les enfants connaissent par cœur les paroles de cette chanson qui est la préférée de leurs parents. Charlie scrute le visage de sa mère et la couleur de ses yeux.

Depuis la mort de son frère, plus personne ne peut rivaliser avec ce violet qui déserte pourtant encore souvent le regard de Violette. Charlie sent que ce départ en vacances n'est pas facile pour elle. Pour son père non plus sans doute, mais Arnaud a tellement l'art de voir le positif partout, qu'il s'est sûrement convaincu que ce voyage en Éthiopie tous les cinq est la meilleure idée du monde.

Charlie imagine très bien l'état d'esprit de sa mère. Ils se ressemblent tellement tous les deux qu'il en est parfois estomaqué. Même s'il a les cheveux blonds et les yeux bruns de son père, il a l'impression que Violette et lui ont un super pouvoir qui leur permet de se comprendre sans parler. Il ressent les émotions de sa mère en lisant la lumière qui passe sur son visage ou les changements de couleur de ses yeux. Depuis que leurs parents leur ont annoncé qu'ils partaient en Éthiopie, il lui est facile de voir qui pense quoi. Raphaëlle maugrée à l'idée de rater un Nouvel An avec ses copines, mais clame haut et fort que c'est elle qui avait soutenu Julien dans son envie d'Afrique, sous-entendant qu'elle avait toujours dit que l'Inde était une mauvaise idée, Lili se réjouit de voir des singes et de présenter sa poupée Mina aux petits Éthiopiens et Charlie oscille entre l'enthousiasme de partir faire un grand voyage et le sentiment perturbant de revivre leur départ au Ladakh. Ces courants froids qu'il sent parfois dans son ventre, il sait que sa mère les ressent aussi. Il peut presque dire à quel moment. Finalement, ce voyage en famille dans un pays lointain, ils ne l'ont jamais fait, Julien étant mort trois jours à peine après leur arrivée en Inde. Bien sûr, l'Afrique n'est pas l'Inde. C'est Julien qui rêvait d'aller en Éthiopie. Et s'il leur a paru évident que le premier voyage qu'ils feraient depuis le drame devait être celui qu'aurait voulu Julien, ils éprouvent pourtant deux jours avant le départ un véritable vertige. Le fantôme de Julien est là. Charlie le sent planer autour d'eux, plus présent que d'habitude, pesant et léger à la fois. Il peut même voir ses ailes frôler le visage de sa mère.

— Salut M'man.

Elle s'approche de lui et l'embrasse légèrement sur la joue et cette fois ne lui caresse pas les cheveux. C'est bien ce qu'il pensait, lui et sa mère ont des antennes comme les habitants d'une autre planète qui leur permettent de se comprendre sans parler.

— Ça sent bon l'orange et la cannelle quand on rentre, dit-il en posant son sac par terre

— Maman dit qu'on pourra emporter le cake dans l'avion, *Cha-lie*

Lili a les yeux qui pétillent.

Violette ébouriffe les cheveux de Lili qui, elle, adore ça.

Alors qu'il se dirige vers l'escalier, Violette lui rappelle de commencer à préparer ses affaires.

— Cool Maman, on a le temps.

— Pas vraiment mon grand, tu as ton match demain et te connaissant, tu ne vas pas rentrer juste après. On part dimanche matin tôt de la maison.

Charlie hausse les sourcils. Il n'a pas oublié mais n'avait pas réalisé que cela lui laissait si peu de temps. La finale du tournoi interclubs a lieu le lendemain et il a encore du mal à réaliser qu'il est le finaliste de son club. Après, il y a un drink de Noël et il espère bien y voir Delphine.

— Charlie ? Tu m'as écoutée ?

— Oui, oui M'man je prépare mes affaires, promis. Raphaëlle est où ?

— Dans sa chambre.

La musique filtre à travers la porte fermée. Il reconnaît un morceau des One Direction et hausse les épaules. « Trop naze ce groupe. » Il ne comprend pas comment Raphaëlle peut se pâmer devant ce chanteur. « Il a même pas de voix en plus » murmure-t-il pour lui seul alors qu'il ouvre la porte.

Raphaëlle brosse ses longs cheveux châtains devant le miroir. Charlie se demande pourquoi il est le seul à avoir les cheveux aussi en pétard dans la famille. À part Lili, mais Lili tout lui va.

— Tu veux quoi ?

Raphaëlle continue de se brosser les cheveux. Ils semblent faits d'une matière particulière, mouvante, liquide, presque dorée. Il a envie de les toucher, mais sa sœur a la fâcheuse habitude de le mordre chaque fois qu'il approche la main de ses cheveux.

— Tu vas mettre quoi dans ta valise ?

— Qu'est-ce que tu veux dire ?

— Ben, dans tes bagages...

— Mes shorts, ma robe rouge et la blanche aussi, les sandales en cuir...

— Hein ?

Sa sœur reste la brosse en l'air.

— Pourquoi tu fais cette tête ?

Puis, elle se tape le front du plat de la main

— Non c'est une blague, ne me dis pas que tu n'as pas réalisé qu'il fallait prendre des vêtements d'été !

— ...

— Vraiment toi, t'es trop grave, dit-elle en riant.

— Elle est nulle ta musique, dit-il en haussant les épaules.

— C'est toi le nul, tu es juste jaloux, parce qu'il est trop BG…

— Pff, tu me soûles, dit-il en tournant les talons.

Derrière la porte, il se retrouve nez à nez avec sa toute petite sœur et sent son humeur s'alléger.

— Ça veut dire quoi BG ? demande-t-elle.

— Ça veut dire Belle Gueule, mais n'associe jamais ce mot avec ce chanteur, c'est faux et archifaux.

Il la prend par la main et ils longent le couloir jusqu'à la chambre de Charlie.

— Dacodac lui répond-elle avec solennité.

Elle tortille une mèche de cheveux dans ses doigts.

— Je peux t'aider à faire ta valise si tu veux, moi *ja* fini la mienne. *Ja* juste gardé ma poupée Mina, je la garde pour l'avion, si tu veux je te la prêterai.

Encore une fois, il ne relève pas sa prononciation, il adore ça.

— Ah, bonne idée, dit-il le plus sérieusement du monde.

Dans la chambre de Charlie, Lili s'assied sur le lit, l'air un peu chiffonné. Elle se pelotonne contre l'épaule de son frère.

— C'est quoi qui va pas, Pitchounette ? dit-il dans son oreille.

— Rien.

Il caresse ses cheveux blonds, doux comme de la soie.

— Allez, tu peux me le dire à moi.

— Je crois qu'ils se disputaient au téléphone, Papa et Maman, chuchote-t-elle.

Il ne sait pas quoi dire. Qu'est-ce qu'on dit à un enfant de presque cinq ans quand ses parents se disputent ? Que ce n'est pas grave ?

— C'est pas grave, dit-il.

Il sent bien qu'il sonne faux. Il réessaye :

— Tu as entendu de quoi ils parlaient ?

Elle fait non de la tête.

— Alors comment tu sais qu'ils se disputaient ?

Elle hausse les épaules. Il prend une inspiration pour parler mais ne dit rien. Il irait bien demander conseil à Raphaëlle mais il sait qu'elle va refuser de lui ouvrir la porte. L'air de rien, il essaye de changer de conversation.

— Tu veux pas aller demander à Raphaëlle de te prêter les Barbies de sa boîte secrète ?

Raphaëlle avait une imagination débordante quand il s'agissait d'empoisonner son frère et avait trouvé ce stratagème pour attirer sa petite sœur quand elle trouvait que celle-ci passait trop de temps avec Charlie. Lili lève la tête et le regarde de ses grands yeux accusateurs. Charlie voit bien que la petite fille l'a percé à jour.

— Et si je te prêtais mon iPad pour jouer à ton jeu de la ferme ?

Son visage s'éclaire.

Il se lève pour lui donner son iPad, qu'il finit par trouver en dessous du lit.

— Dis *Cha-lie*…

— Oui, ma Lili.

— Tu crois qu'ils vont beaucoup se disputer Papa et Maman en Afrique ?

— Non, là c'est le stress du départ, t'inquiète pas. Tu te souviens du nom du pays où on va ?

— La Thiopie.

Il sourit. Elle le regarde interrogatrice.

— C'est bien Lili, c'est bien.

— Ça marche pas, dit-elle en lui montrant l'écran noir.

Il soupire, c'est toujours comme ça quand on en a besoin. Lili saute du lit et s'écrie :

— Je fais, je fais !

Elle va chercher le câble, le branche sur la tablette, tapote l'écran à plusieurs reprises et sourit quand elle entend le jingle d'accueil de son jeu. Charlie la regarde, admiratif. Elle a fait tout ça en un rien de temps. Il sait bien qu'un jour c'est elle qui lui expliquera quelles applications télécharger sur son téléphone, mais quand même ça l'angoisse un peu.

Chapitre 10

Soudan du Sud, décembre 2012

Lorsque début décembre, l'ONG dans laquelle travaille John lui propose d'aller participer à une conférence à Djouba, capitale de la jeune République du Soudan du Sud, indépendante depuis moins de deux ans, les Saraghi y voient une occasion unique de retourner en Éthiopie. Depuis qu'ils l'avaient quittée avec leurs trois petits sous le bras, ils n'y étaient retournés qu'une fois avec leurs quatre enfants cette fois, pour que leurs adolescents, Eden et Soumaya, découvrent leurs racines, et Aysia le pays où elle était née, autrement que par les récits que leur en faisaient régulièrement leurs parents. Le voyage, chargé en émotions, avait été une réussite sur tous les plans et John et Lucie n'avaient qu'une envie, y retourner.

Virginie et Bertrand, un couple que Lucie a rencontré lors de leur procédure d'adoption à Bruxelles, seront à Addis-Abeba au même moment et leur proposent de les accompagner voir cette région du Danakil dont ils ont tant entendu parler depuis des années.

Les choses se mettent en place, Lucie organise des visites d'orphelinats avec Virginie, John planifie des retrouvailles avec des amis de Médecins Sans Frontières toujours sur place. Eden et Soumaya en pleine préparation de leurs examens de janvier resteront chez leurs grands-parents avec Maxime. Aysia, qui étudie en Angleterre et aura terminé ses examens pour les vacances propose de les accompagner.

Le lendemain de Noël, ils s'envolent tous les trois pour le Soudan du Sud.

Deux jours plus tard, John et Lucie sont dans le lobby de leur petit hôtel de Djouba, où les a déposés le taxi après leur visite à l'orphelinat. Ils attendent qu'Aysia descende les rejoindre.

— Incroyable ce que ces orphelinats ont changé. Tu te souviens de la saleté qui régnait dans les années quatre-vingt ?

— Tu me fais rire, c'est quand même très rudimentaire. Je ne suis pas sûr que les salles auxquelles les visiteurs n'ont pas accès soient aussi propres que celle qu'on vient de quitter, remarque John.

Lucie regarde son mari, appuyé près de la porte ouverte donnant sur la rue. La lumière l'éclaire de dos et découpe sa silhouette. Même ainsi, sans qu'elle puisse distinguer le moindre de ses traits, elle est sûre qu'elle pourrait redessiner à l'identique les angles de son visage, les pommettes saillantes, les yeux étirés, la grande bouche, la mâchoire douce, l'implantation de ses cheveux.

— J'ai rendez-vous avec la femme des services sociaux, pour un briefing de la situation des adoptions avec la Belgique et la Hollande. Et demain je vais visiter l'orphelinat du quartier Est de la ville. Qu'est-ce que tu veux faire ? Tu m'accompagnes ? demande-t-elle.

— Tu as besoin de moi ?

Elle sourit.

— Je n'ai jamais besoin de toi.

Il lui rend son sourire.

— Tu as toujours besoin de moi.

— J'ai toujours besoin de toi, dit-elle à mi-voix.

John se détache du contre-jour et vient se placer derrière elle, l'enlace en posant son menton sur son épaule.

— Je dois aller chercher des dossiers à l'ambassade. Je te rejoindrai après, à l'orphelinat. En revanche, demain, on ira peut-être se balader avec Aysia avant de te rejoindre. J'irais bien marcher sur les bords du Nil. Aysia a très envie de voir le Nil Blanc… Elle s'en fait tout un film.

— OK, ça vous fera une petite balade père-fille. Tout prend tellement de temps ici, que je ne pourrai sans doute pas vous rejoindre.

— Tu vas survivre quelques heures sans moi dans cet enfer ? sourit John

Lucie laisse errer son regard par la fenêtre ouverte.

— J'avoue que j'ai un peu de mal à apprécier ce pays. Il est tellement différent de l'Éthiopie.

Elle soupire puis continue :

— J'ai lu que le Soudan du Sud est un des endroits les plus arriérés de l'Afrique. Ces populations ont toujours été négligées. Elles n'ont reçu aucune éducation.

— Ce pays vient de naître et il a déjà tellement à faire. Je ne sais pas si c'est la même chose pour toi, mais tous mes capteurs sont au rouge ici. Tout me pousse à croire que ces luttes intestines et fratricides dégénèreront en guerre civile.

— Dis, on en a connu d'autres tous les deux…

— N'oublie pas que l'Éthiopie des années 1990 et le Soudan du Sud d'aujourd'hui n'ont rien à voir. Je sais que tu as un tempérament de feu. Tu ferais fuir une armée de rebelles déchaînés, mais…

Lucie lui lance un regard interrogateur. Elle se demande parfois si les remarques de John sont toujours aussi bien intentionnées qu'avant. Elle réalise qu'elle s'est endurcie. Bien que lucide, elle se fait souvent déborder par son caractère, et si autrefois elle essayait de se contenir, à présent elle n'a plus envie d'arrondir les angles. Elle n'en est pas toujours fière, mais finalement c'est sa façon à elle de parvenir à ses fins. Même avec ses enfants. Avec John pourtant, elle a encore des scrupules.

— Moque-toi, moque-toi… En attendant, heureusement que nous filons vers l'Éthiopie ensuite sinon Aysia changerait d'opinion sur l'Afrique.

— Tu sais à son âge, elle est capable de se rendre compte que le Soudan ne représente pas l'Afrique. N'empêche, comme toi, j'ai hâte de quitter Djouba et de retrouver l'Éthiopie.

— C'est paradoxal de se dire que son frère et sa sœur qui, eux, sont Éthiopiens sont restés à Bruxelles. Je n'arrive toujours pas à m'y faire.

Elle a parlé avec vivacité, le rouge aux joues. Elle a mal vécu que John ne l'ait pas suivie dans sa volonté d'emmener Eden et Soumaya. Elle prétendait qu'il était bien plus important pour eux de les accompagner dans le pays de leurs racines que de réussir leurs examens de janvier. Après de longues discussions avec Soumaya et Eden, John l'avait convaincue de les laisser à Bruxelles. Les deux adolescents ne s'étaient pas fait prier. Soumaya espérait voir un peu plus souvent son amoureux en trompant plus facilement la vigilance de ses grands-parents et Eden avait promis de passer autant de temps à étudier qu'à sortir avec ses potes. John la regarde, préoccupé.

— Je sais que tu n'as pas apprécié cette décision, mais tu continues à voir Eden et Soumaya comme des ados. On ne pouvait pas ne pas leur laisser le choix.

— Ils sont étudiants, ils sont encore des ados ! s'enflamme-t-elle.

John réprime un soupir, il n'a pas envie de s'engager dans un combat avec sa femme, il y en a eu assez ces derniers mois et Lucie peut se transformer en serpent venimeux. Il tend une main apaisante.

— Ce n'est peut-être pas un hasard s'ils ont préféré rester à Bruxelles. Ils veulent peut-être garder l'image idyllique qu'ils en ont eue il y a cinq ans. Le syndrome de l'abandon est sans doute le plus difficile à combattre. Quelquefois je me demande si on a réussi à leur insuffler assez de confiance en eux, en l'amour qu'on leur porte…

— Arrête de te faire du mal. C'est toi qui n'as pas assez confiance en toi, dans ce cas-ci. Tu es un père extraordinaire, quelquefois je me dis que sans toi, je n'y serais pas arrivée.

John regarde sa femme. Il est chaque fois étonné de la rapidité avec laquelle elle peut passer d'une humeur à l'autre. Toute animosité, toute rancœur ont disparu de sa voix où flotte à présent une écharpe de tendresse. De subtiles mèches blanches se mêlent à ses cheveux blonds, ses yeux très bleus sont entourés de petites rides et si ses joues ont perdu les rondeurs de la jeunesse, si ses traits se sont durcis avec l'âge et trahissent son caractère tranché, elle est toujours aussi belle.

Aysia les rejoint au moment où Lucie s'en va. John sourit quand il aperçoit sa fille en haut des escaliers. Il a toujours envie de sourire quand il la voit arriver. Avec ses cheveux lisses et très noirs, sa peau mate, ses yeux sombres en amande, elle a indéniablement le look asiatique, mais elle a la haute taille de sa mère et il retrouve dans ses traits la douceur de ceux de Lucie quand il l'a rencontrée.

Les deux femmes sont assises face à face de chaque côté d'un bureau en métal gris. L'air est irrespirable et Lucie soulève ses cheveux de sa nuque brûlante.

La directrice de l'orphelinat a le regard franc même si ses yeux sont bordés de rouge. Les orphelinats de la capitale sont débordés. Les enfants ne cessent d'arriver toujours plus nombreux, victimes de la folie humaine qui est en train de déchirer son pays. Cela fait longtemps qu'il n'y a plus un lit par personne et que les couloirs servent de dortoirs. Lucie peut presque palper le sentiment d'impuissance qui semble la déborder. Elle se demande comment elle réagirait à sa place. En Éthiopie, il y a de cela si longtemps, elle avait l'énergie de ses 20 ans, prête à renverser des montagnes, à refuser la défaite, à se battre jusqu'au bout.

Aujourd'hui, elle en a plus de quarante, le temps ne l'a pas adoucie, juste émoussé sa pugnacité peut-être. Elle tend la main pour effleurer le bras de la femme. Celle-ci lui adresse un sourire un peu mécanique.

— Il y a tellement à faire...

— Je suis impressionnée par ce que vous faites déjà.

— Je crois que vous ne vous rendez pas compte, dit la femme vivement. Excusez-moi, se reprend-elle plus doucement. Je suis un peu à bout. Et vous ne méritez pas ma colère. Je sais qui vous êtes, je sais ce que vous faites en Belgique pour l'Éthiopie, si vous pouviez nous aider ici au Soudan. L'Éthiopie est en paix depuis quelques années maintenant, alors que nous...

Elle déglutit. Lucie est déjà en train d'échafauder un projet pour le Soudan, qu'elle voudrait présenter à son conseil d'administration dès son retour à Bruxelles. Cette femme a raison, l'Éthiopie est plus calme, le programme d'aide à l'adoption est sur les rails et fonctionne. Il est temps de l'ouvrir aux pays qui en ont plus besoin. Elle imagine déjà quelle équipe assigner au projet soudanais, quelles sont les réticences qu'elle va devoir affronter. Elle se sent capable de galvaniser les indécis, convaincre ceux qui décident des budgets. Si elle peut travailler autant avec quatre enfants, il n'y a pas de raison que ces employés ne donnent pas un peu de leur temps pour des heures supplémentaires, le temps de trouver une solution. Elle se demande comment elle n'y a pas pensé plus tôt et se dit que l'Europe a endormi son énergie.

— Touraya, je vous promets que dès mon retour en Belgique, je soumets le cas de Djouba et que je me battrai contre vents et marées pour vous apporter le soutien nécessaire.

Touraya a un sourire fatigué et entraîne Lucie vers la porte qui donne sur le long couloir. Elles passent devant un petit bureau d'où sortent des pleurs saccadés. Lucie jette un œil dans la petite pièce et y voit un jeune homme accroupi devant un enfant qui sanglote, les bras le long du corps. À côté de lui, une petite fille un peu plus âgée pleure elle aussi, mais sans un bruit.

— Titoum, écoute-moi, dit Souleyman.

Le petit garçon continue à sangloter mais regarde Souleyman et son teeshirt Ronaldo avec une telle confiance que le jeune homme en a la parole coupée. Que dire à un enfant qui a perdu toute sa famille et qu'on s'apprête à son tour à abandonner ? Les recherches auprès du Bureau de la Croix Rouge n'ont rien donné. Les services sociaux débordés au Soudan ont dirigé Souleyman vers l'orphelinat. Il se maudit de s'être proposé de l'accompagner jusque-là. Il a 27 ans, il a envie d'être n'importe où, sauf ici. C'est d'abord lui et son regard désarmé que remarque Lucie. Elle se tourne vers Touraya qui hausse les épaules.

— Ils viennent d'arriver, je n'ai pas encore eu le temps de leur parler. On m'a prévenue qu'ils sont là pour laisser le petit. Son village a été attaqué, sa mère violée et assassinée. On ne retrouve pas ses frères et sœurs. Le père a disparu depuis plusieurs semaines. Ils sont passés à la Croix Rouge, mais il n'y a aucune trace des frères et sœurs ni du père.

Lucie entre dans la pièce, malgré la réticence de Touraya qui est pressée et aimerait en finir avec la visite dont elle espère qu'elle convaincra suffisamment l'Européenne pour que celle-ci tienne sa promesse. Lucie s'accroupit à côté de Souleyman qui s'empresse de se relever pour lui laisser sa place inconfortable. Il pose une grande main sur l'épaule frêle de sa cousine, mais celle-ci se dégage, sans cesser de pleurer.

— Comment t'appelles-tu ?

L'enfant est incapable de prononcer un mot. La morve lui coule du nez et Lucie sort son mouchoir pour lui essuyer la bouche. Elle lance un regard interrogatif à Souleyman.

— Trésor, dit-il

— Titoum, dit en même temps Divine.

Lucie fronce les sourcils perplexe. Touraya lève ses yeux de son carnet et soupire :

— Il s'appelle Trésor, je ne sais pas pourquoi cette petite s'évertue à...

— Bonjour Titoum, la coupe Lucie, un peu sèchement.

Tout à coup elle se demande pourquoi elle est entrée dans la pièce. Que peut-elle apporter de plus que ces personnes qui mettent tout en œuvre pour faire l'impossible pour ces hordes d'enfants abandonnés. Maladroitement, elle met le mouchoir dans la main du petit.

— Tiens garde-le. Je reviens.

Elle se lève et rejoint Touraya dans le couloir.

— Venez, continuons la visite.

— Attendez, je pense à quelque chose, dit Lucie.

Elle parle vite, les idées se bousculent dans sa tête.

— Nous partons demain à Addis-Abeba. Je travaille sur l'adoption de plusieurs enfants Éthiopiens en Belgique, j'ai une amie qui est même sur place et en quête d'adoption...

— Où voulez-vous en venir ?

Lucie hésite. Elle n'a pas grand-chose à proposer, mais tout à coup, elle ressent dans son ventre la même urgence que celle éprouvée lorsque la jeune Éthiopienne avait déposé Eden et Soumaya au dispensaire, il y a presque vingt ans. Si ce petit Titoum ou Trésor reste ici, il sera un des milliers d'enfants dépérissant dans ces orphelinats insalubres. Elle réfléchit vite. Elle ne sait pas pourquoi, mais elle sait qu'elle doit emmener le petit garçon.

— Touraya, laissez-moi emmener cet enfant, je me fais fort de le faire adopter tout de suite à partir de l'Éthiopie. Ici, le réseau n'est pas encore mis en place, vous êtes débordée, cela fera un cas de moins pour vous. Laissez-moi faire ça.

La femme est perplexe, elle jette un regard sur la secrétaire derrière le bureau branlant où s'empilent un tas de dossiers, des feuilles jonchent le sol, le téléphone est décroché... Elle regarde Lucie. Elle ne sait pas si elle peut avoir confiance en cette femme à la peau claire, à l'air assuré et à l'enthousiasme qui lui paraît un peu suspect. Des pas résonnent à l'autre bout du couloir. John arrive d'une démarche silencieuse. Instantanément, le visage de Lucie s'éclaire, et bizarrement, Touraya sent ses épaules se décontracter.

— Touraya, je vous présente mon mari, John Saraghi.

John serre la main de la directrice en lui adressant un regard à la fois direct et chaleureux.

— John, je proposais à Touraya d'emmener avec nous ce petit garçon pour le confier aux services d'adoption d'Addis-Abeba.

— Je me demande si c'est une bonne idée, dit la directrice avec une légère hésitation.

John regarde Lucie qui se lance dans une justification passionnée, pendant que par la porte entrebâillée, il étudie le tableau formé par les deux petits en larmes, le grand jeune homme embarrassé et la secrétaire revêche.

— Vous permettez ? dit-il en entrant dans le bureau.

Il interroge Souleyman qui entame le récit de l'histoire de Trésor. John lève la main et se tourne vers la fillette.

— J'ai vu qu'il y avait un robinet dans la cour au bout du couloir. Tu as l'air de prendre tellement bien soin de Titoum, tu pourrais l'y emmener et le débarbouiller un peu et lui faire boire un peu d'eau ?

Sans répondre, Divine regarde fixement cet homme ni noir, ni blanc, aux cheveux très sombres et pourtant lisses avant de hocher la tête et d'entraîner Trésor avec une douce autorité. Les deux enfants se retournent juste avant de franchir la porte pour fixer le drôle de couple et disparaissent dans le couloir. John va fermer doucement la porte derrière eux et se tourne vers Souleyman :

— Tu peux y aller maintenant, je t'écoute.

Souleyman raconte alors ce qu'il a pu apprendre sur les circonstances de l'attaque du village de Titoum, de la façon dont le petit garçon a échappé à la mort et au spectacle atroce de la fin de sa mère. John et Lucie écoutent le récit en échangeant quelques regards entendus, mais sans interrompre le récit légèrement haché de Souleyman. Lorsque celui-ci décrit l'état dans lequel le corps de Félicité a été retrouvé, John voit Lucie se tordre les mains et les larmes lui monter aux yeux.

John reste impassible. Le Soudan est en plein chaos. Si le père a disparu depuis plusieurs semaines, il y a de fortes probabilités que lui aussi soit décédé ou qu'il ait été enrôlé de force. Quant aux frères et sœurs, ils doivent être disséminés dans différents camps du pays s'ils ont eu la chance de les atteindre. Faut-il parler de chance ? John sait que ces camps sont la cible de nombreux raids et que les conditions d'hygiène y sont déplorables. D'un autre côté, si l'on veut retrouver la famille du petit, ce sera au Soudan que les informations se trouveront. John hésite. Il n'a pas dit à Lucie combien sont alarmants les rapports qui lui ont été lus pendant les réunions de la veille. La rivalité entre le président et son vice-président est encore montée d'un cran, lorsque ce dernier a annoncé son intention de se présenter aux prochaines élections présidentielles. Leurs ethnies respectives se sont dressées l'une contre l'autre, perpétrant massacres, pillages et viols. La guerre civile qui a éprouvé la région pendant des années est à deux doigts de se rallumer. Il voit la rougeur monter dans le cou de sa femme, comme à chaque fois qu'elle se retient de pleurer. Il fait quelques pas, lui tourne le dos. Il a besoin de se concentrer pour rester objectif. Il se plante devant la fenêtre qui donne sur le couloir sombre et reste silencieux de longues minutes. Même la secrétaire semble secouée par ce qu'elle vient d'entendre.

Il se retourne enfin vers la directrice dont il remarque les coups d'œil sur la grosse horloge du couloir. Il sent les yeux de Lucie rivés sur sa nuque mais il ne veut pas la regarder. Touraya l'écoute. En quelques instants, l'homme la convainc. Elle est fatiguée. Les sanglots du petit ont mis ses nerfs à vif, il y en a sans doute quinze autres qui attendent dans la rue devant la porte.

— D'accord, dit-elle d'une voix lasse. Mais, le garçon ne partira pas d'ici tant que vous ne m'aurez pas mise en contact avec les orphelinats qui l'accueilleraient. Je veux pouvoir choisir. Et recevoir une demande et un rapport officiel de leur part.

Elle se tourne vers John et Lucie, hoche la tête, et se hâte vers le couloir en les enjoignant de la rejoindre dans son bureau pour signer les papiers.

Souleyman les regarde, soulagé et demande :

— Bon, alors on fait comment ? Il part avec vous maintenant ?

— Je crois oui, le plus tôt sera le mieux, dès que la secrétaire aura rempli le formulaire que je vais signer, on l'emmènera avec nous.

Lucie va retrouver les petits pour leur annoncer la nouvelle.

Il ne fait pas moins chaud dans la cour, mais au moins il y a un peu d'air qui lui donne l'impression qu'elle peut à nouveau respirer.

Divine et Trésor sont assis par terre, à côté d'une plante épineuse. Lucie est frappée par la beauté de Trésor. L'enfant lui fait penser à Eden au même âge. Qui sait, peut-être Virginie pourra-t-elle l'emmener en Belgique ? Cela paraît peu probable, mais Lucie a besoin de se bercer d'illusions après le récit glaçant de Souleyman.

Quand elle annonce qu'ils vont pouvoir emmener Trésor avec eux en Éthiopie, les deux enfants la regardent, effarés. Trésor se remet à pleurer et s'accroche de toutes ses forces à la robe de son amie.

Sans lâcher Trésor, Divine se lève et du haut de sa petite taille relève la tête et dit calmement :

— Non.

— Comment non ? dit Lucie sans comprendre.

— Non, vous emmènerez pas Titoum en Éthiopie. Il va rester ici, sinon je ne pourrai plus le voir et il ne retrouvera jamais Gentil, Nahéma et Petite Fleur.

En entendant les prénoms de ses frères et sœurs, Trésor sanglote de plus belle. Lucie leur explique alors le plus doucement possible que c'est une chance pour Trésor, qu'ici l'orphelinat est complètement saturé, que la situation est dangereuse, qu'en Éthiopie où règne la paix, ils seront plus à même de trouver des informations sur les frères et sœurs de Trésor. Divine sent la morve de son ami mouiller son bras et n'ose pas le regarder de peur de se mettre à pleurer elle aussi. Elle sait qu'elle doit être forte pour les deux. Son cousin a l'air perdu et elle comprend qu'il est prêt à se laisser convaincre pour retrouver la tranquillité. Cette femme blanche ne lui dit rien qui vaille. D'un autre côté, elle sait que ses parents ne veulent pas garder Titoum avec eux. Le soir, dans son lit, Divine les entend parler tard dans la nuit, les voix s'élèvent parfois haut perchées, marquées par la panique, d'autres fois apaisantes… La peur a gagné la maison, le quartier, la ville. Et pas seulement à cause de la tragédie du village de Titoum, les rumeurs enflent.

Divine entrevoit que cette femme blanche et surtout le monsieur aux cheveux noirs et lisses sont peut-être la planche de salut du petit garçon. Soudain son visage se contracte, son menton se met à trembler et elle laisse échapper un sanglot de rage. Lucie sent sa gorge se serrer à son tour, elle s'avance pour toucher les petits, mais ils ont le même mouvement de recul. La chaleur est de plus en plus accablante, Lucie se sent impuissante à trouver les mots pour les convaincre, elle est épuisée soudain et sent la sueur couler dans son dos. Il faut qu'ils comprennent qu'elle est là pour leur bien. Elle saisit le bras de Trésor pour le séparer de son amie. Le petit garçon hurle et Lucie élève la voix en criant « Ça suffit ! ». À cet instant, John arrive dans la cour et se place à côté de Lucie qui tremble légèrement en laissant retomber le bras.

— On les emmène tous les deux alors, dit John calmement.

Lucie sursaute, Touraya qui suivait John de quelques pas, ouvre la bouche pour parler. Mais c'est Lucie qui parle :

— Qu'est-ce que tu racontes John, ce n'est vraiment pas malin ce que tu dis là.

Elle retire d'un geste nerveux le léger foulard de coton qui lui donne chaud et le fourre dans son sac en fusillant son mari du regard. Celui-ci la fixe un long moment sans un mot. Les enfants se sont arrêtés de pleurer et les regardent alternativement. Il se tourne vers Touraya.

— Souleyman m'a dit que sa sœur et son beau-frère pensaient quitter le Soudan, ils ont peur. Aidons-les, s'ils sont d'accord, on pourrait faire avancer leur projet. On peut emmener les deux enfants à Addis-Abeba. Et les parents de Divine la rejoindront un peu plus tard, le temps de fermer la maison ici. La coupure pour Trésor sera moins brutale, Divine pourra voir où sera installé son ami.

Un silence stupéfait tombe sur la petite cour surchauffée. Les deux enfants sont adossés au mur. John se dit que si le moment n'avait pas été si mal choisi, il aurait fait une photo magnifique de ces deux visages sombres, sillonnés de grandes rivières humides, les vêtements clairs de Divine et Trésor se juxtaposant sur le rose délavé de la cour de l'orphelinat. Il reprend la parole, regarde Touraya, se faisant plus persuasif :

— Vous êtes débordée Touraya, laissez-nous nous occuper de ce cas. Seul Trésor relève de votre responsabilité et comme on vient de le voir dans votre bureau, tout sera fait dans les clous. Pour Divine, je vais aller avec Souleyman voir ses parents.

Les épaules de Touraya descendent d'un cran. Elle est lasse et n'a plus qu'une envie : qu'ils partent, elle a passé trop de temps sur ce cas individuel. Elle soupire et déjà en partance, dit :

— OK, passez signer les papiers chez la secrétaire, elle doit avoir terminé et je compte sur vous pour respecter votre parole.

Lucie est restée sans bouger, ni parler. Dans ses yeux flotte une fumée grise que John connaît bien. Il se retourne vers les enfants :

— Divine, tu veux bien aller avec Titoum voir Souleyman et lui demander de ne pas s'en aller, on voudrait bien lui parler. On arrive dans quelques minutes avec Lucie.

Trésor et Divine s'éloignent à reculons vers le couloir, main dans la main. John prend sa femme par les épaules.

— Tu n'as pas l'air enthousiasmée par mon idée, dit-il doucement.

— C'est n'importe quoi, John, réfléchis un peu !

— Je crois au contraire que c'est très malin. Et arrête de lever les yeux au ciel, dit-il un peu agacé.

Lucie se raidit et élève la voix :

— Mais enfin John, réfléchis ! Tu vois l'état de ce môme ?

— Justement, ce sera d'autant plus facile pour lui et pour nous si Divine l'accompagne. Il sera rassuré, elle sera rassurée, il sera en confiance.

— Et après ? Qu'est-ce qu'on fait de la petite si ses parents ne sont pas encore arrivés en Éthiopie ?

— On la garde jusqu'à ce que sa famille arrive.

Lucie renverse la tête en arrière, et s'écrie :

— Mais John, tu n'es pas possible ! Et tous nos projets, tout est calé, tout est minuté, réservé, on va tout mettre en l'air à cause de....

— Tout n'est pas minuté Lucie. À part le voyage dans le Danakil, la dernière semaine, la première semaine est assez légère.

— C'est ce que tu veux bien croire ! J'ai prévu plein de choses !

— Comme ?

— Tous nos amis à revoir, des endroits à visiter, des... Merde John, j'ai passé des heures à tout organiser.

— On pourra s'arranger.

— Tu fais passer ça avant notre voyage ?

— Ça ?

Elle se mord la lèvre, essuie son front humide. Le visage de John est impassible, mais elle peut voir que ses traits se sont durcis. Il la quitte du regard.

— Je suppose que tu préfères que j'oublie ce que tu viens de dire, dit-il froidement.

Et elle le déteste pour cela.

Souleyman emmène John et Lucie chez sa sœur. À peine franchie la porte de la maison, il s'évanouit dans la ville, pressé de se soustraire à une situation qui lui pèse. Il est assez d'accord avec sa sœur, la conjoncture au Soudan ne lui inspire pas confiance, la peur est palpable. Pourtant, il n'arrive pas à imaginer que son pays, déchiré par tant de guerres civiles qui ont finalement mené à sa partition en 2011 dans l'euphorie générale se retrouve à nouveau au bord du chaos. Il hausse les épaules et se dirige vers le bar bleu du bout de la rue, tape dans la main de deux jeunes qui l'accueillent en riant. Avec eux, il va pouvoir oublier le drame de Trésor, le départ prochain en Éthiopie de sa sœur, son beau-frère et leurs enfants qu'il adore. Il sait que cette fuite est imminente. Zoulikha parviendra à convaincre son mari dont la famille a été décimée par les guerres fratricides.

Autour du feu, les parents de Divine discutent de longues heures avec John et Lucie. Ils finissent par décider, dans les larmes, que John et Lucie emmèneront les deux enfants avec eux à Addis-Abeba, pendant que Zoulikha et Armin prépareront leur départ. En fonction du moment où ils parviendront à quitter le Soudan, ils se retrouveront à Addis-Abeba ou à Mekele chez la sœur de Zoulikha.

Appuyée à la porte de sa petite maison, Zoulikha, partagée entre la gratitude et le chagrin, suit des yeux les Belges qui s'éloignent dans la nuit vers leur hôtel. Incapable d'arrêter ses pleurs, elle prend la main de son mari qui ne prononce pas un mot. Sans John et son discours constructif, Armin n'aurait pas pu arriver à cette décision qui va les jeter sur les chemins de l'exil, comme bientôt des millions d'autres. Son silence en dit long, même si, comme sa femme, il n'imagine pas exposer leurs enfants à la barbarie qu'il sent planer au-dessus de son pays.

Chapitre 11

Lyon, décembre 2012

Arnaud gare la voiture au fond de la cour. Une très fine couche de givre couvre les pavés inégaux et il fait attention à ne pas glisser. Il rassemble ce qui traîne dans le coffre pour pouvoir y ranger les bagages lorsqu'ils partiront pour l'aéroport. Il fait nuit déjà, des boucles blanches sortent de la cheminée et la maison a un air de fête avec toutes les chambres illuminées. Tout le monde est rentré. Seule la fenêtre de son bureau reste sombre. Un carré noir au milieu d'un damier lumineux. Un carré noir pour un cri muet. Il avait été décidé de lui installer un bureau dans la nouvelle maison. Mais Arnaud a toujours pensé que cette pièce aurait dû être la chambre de Julien. Il n'a jamais aimé y travailler, comme s'il usurpait la place de son fils, comme si son absence y était plus dense qu'ailleurs. Il aurait aimé que ce fût le contraire, que le fait d'y entrer, de s'y installer le rapproche de ce qui lui restait de Julien, comme c'était le cas quand il entrait dans sa chambre la nuit dans l'ancien appartement. Ici, c'est Julien sans être Julien, c'est la tristesse de lui, le manque de lui. Arnaud reste un instant immobile dans le froid qui durcit la terre sous ses pieds à regarder le damier coloré de la maison et à se demander ce que Julien aurait fait à cet instant précis, s'il avait encore été là.

La porte s'ouvre à la volée, Lili a entendu la voiture, Arnaud a reconnu son cri joyeux dans l'escalier qu'elle a dévalé à toute allure. Charlie, déjà à la porte et distrait comme à son habitude, se retourne pour l'attendre et laisse le chien s'échapper. En trois bonds, Hector atteint Arnaud qui se rattrape in extremis à la portière de la voiture pour ne pas tomber. Les dossiers atterrissent sur le sol.

— Merde !

Charlie se précipite vers son père, confus, et l'aide à ramasser les papiers éparpillés.

— Oh Pap, sorry, tu t'es fait mal ? J'ai pas réussi à l'attraper avant, dit-il en ramassant les documents mélangés sur les pavés.

— Merde, Charlie, il serait temps que tu fasses un peu attention aux autres. Tu sais bien que je rentre chargé, que ça glisse et tu laisses Hector me sauter dessus ! À quoi penses-tu ?

— Oui pardon, bafouille Charlie, penaud.

— Papa ! crie Lili en entourant les jambes de son père de ses petits bras.

— Doucement ma puce, doucement, j'ai déjà failli m'étaler une fois, j'aimerais être entier pour partir en vacances.

Elle glisse sa main dans celle de son père et il se sent fondre. Ce geste le bouleverse à chaque fois.

— Mais Lili, tu es en chaussons ! Depuis quand on sort en chaussons quand il neige ?

— Mais il neige pas ! J'aimerais bien qu'il neige !

— Il y a un peu de givre sur les pavés, regarde.

Elle se penche vers le sol.

— On dirait des diamants ! Tu crois qu'il y aura de la neige en Thiopie ?

— On dit Éthiopie, chérie, Éthiopie. Non, non, tu ne verras pas la neige en Éthiopie. Mais ne t'inquiète pas, tu vas adorer.

Ils sont arrivés à la porte d'entrée. Arnaud se retourne pour appeler Charlie. Il regrette de s'être emporté, mais la distraction de son fils va en empirant. Que ce soit à l'école, à la maison, ou au tennis, il est de plus en plus dans la lune. Beaucoup trouvent cela charmant, sa mère l'appelle Professeur Tournesol avec tendresse, mais au quotidien, Arnaud trouve cela difficile à gérer. Le pire, c'est qu'il sait qu'il ne s'agit pas de paresse. Il est sûr que Julien n'aurait.... Il se reprend, il ne veut pas penser ainsi. Il appelle Charlie dans la nuit. Sa voix lui parvient de derrière le saule, mais il ne distingue pas sa silhouette.

— Je reviens, je promène vite Hector avant le dîner.

À la maison, Charlie est celui qui promène le chien. Arnaud pensait qu'il en profitait pour visser ses écouteurs à ses oreilles et écouter sa musique à fond, mais il l'avait aperçu plusieurs fois en contrebas de la route, tête nue, sans écouteurs, parlant à Hector comme s'il menait une vraie conversation.

L'odeur du cake à l'orange de Violette flotte dans le couloir et il sourit malgré lui. Il pose les dossiers et ses clés sur le meuble à gauche de la porte. Les vacances peuvent commencer.

Arnaud ouvre le réfrigérateur pour voir ce qu'il peut y trouver pour leur faire à dîner. Il ne reste pas grand-chose, ils ont arrêté de faire des courses en prévision du départ.

— Y a plus rien, Papa, dit Lili, toujours à côté de lui.

— Tu as raison, petit chat, il n'y a plus grand-chose, mais Super Papa va trouver, t'inquiète pas, ton petit ventre sera rempli ce soir quand tu grimperas dans ton lit.

— Dis, Super Papa...

Il retient un sourire, il sait ce qui va suivre :

— On pourrait faire des coquillettes ?

— Haha, des coquillettes, voyez-vous ça !

Elle le regarde avec ses yeux implorants, presque inquiets. Il se frotte pensivement le menton et prend un air chagriné.

— Désolé, petite Lili, mais je pense qu'on a utilisé le dernier paquet le weekend dernier.

Lili s'exclame, rayonnante :

— Moi je sais, je sais où y'en a !

Elle part en courant dans le couloir vers la porte de la cave. Des escaliers, il l'entend crier, ravie :

— Y en a encore dans l'armoire à provisions de la cave. Des Lustucru.

Ils s'écrient d'une seule voix :

— Chapeau pointu !

Arnaud l'entend claquer la porte de l'armoire avant de remonter triomphante, les bras chargés de deux paquets de pâtes. Il se demande pour la millième fois ce qu'ils seraient devenus sans elle, après la mort de Julien.

Elle fronce les sourcils.

— Pourquoi t'es triste ?

— Je ne suis pas triste, petit chat, pas triste du tout. Tiens, pose les paquets sur le billot et aide Charlie à mettre la table quand il rentre tout à l'heure. Je monte dans la chambre voir où en est Maman et puis on descend. Regarde, je mets l'eau à bouillir, ça ne sera pas long.

— C'est bien, parce que j'ai faim, dit-elle en se tortillant.

Elle court à la fenêtre voir si elle aperçoit Charlie avec le chien.

— Rappelle à ton frère de ne pas laisser entrer Hector dans le salon s'il est tout mouillé.

— Dacodac !

Arnaud entre dans leur chambre. Violette est penchée sur sa commode. Elle a enfin repris un peu de poids. Elle avait tellement maigri après la disparition de Julien qu'il avait cru que plus jamais il ne pourrait poser ses mains sur ses hanches sans rencontrer le contact dur et saillant de ses os. Son visage et son corps ont perdu leurs angles aigus et repris leurs courbes douces. Sa nuque est toujours longue et fine, mais ses épaules se sont arrondies. Maigre, ronde ou juste bien comme elle l'est à présent, son corps ne s'est jamais départi de cette grâce innée qui l'avait séduit quand ils s'étaient rencontrés.

Violette se tourne vers lui en souriant, replaçant une mèche derrière son oreille.

— Ta valise n'est pas prête ?

Il se mord la lèvre, sentant que sa question ressemble à un reproche.

— J'ai perdu l'habitude de faire des bagages, moi, je ne m'en sors pas ! dit-elle en riant. Et je pense que je vais devoir aller vérifier la valise de Charlie si on ne veut pas avoir de surprises pour le trekking des Hauts-Plateaux.

Il sourit distraitement. Violette s'approche et lui caresse doucement la joue.

— Ça a été ? Tu as pu tout boucler ?

— Non, j'ai ramené des dossiers en me disant que je terminerais demain dès que ma valise serait terminée.

Il ne lui faudra qu'un quart d'heure à peine pour la faire. Contrairement à sa femme, il a un esprit de synthèse développé, et une efficacité redoutable qui la fait enrager.

— Tais-toi, soupire-t-elle, ça m'énerve de savoir que je vais mettre trois fois plus de temps que toi.

— Bah, tu as fait celle de Lili m'a-t-elle dit, c'est déjà ça. Et puis on est encore là demain.

— J'aurais aimé tout terminer ce soir. Demain, Charlie joue sa finale et on ne peut pas la rater. Ça le motiverait qu'on soit tous là, même s'il ne le demandera jamais. Tu sais, je crois qu'il faut qu'on l'entoure mieux. Il a du mal avec son rôle de fils unique.

Elle détourne les yeux. Ils ont du mal à parler de Julien, ce qui n'était pas le cas avant. Arnaud ne réussit pas à rebondir sur ce qu'elle a dit et se contente d'acquiescer. Violette reprend, l'air de rien :

— Nous avons tous les deux les dossiers de l'école à boucler, j'ai une navette à faire pour ramener Raphaëlle et ses copines de leur dernier cours de gym, je dois passer à la pharmacie. Bref, je ne voudrais pas avoir les bagages dans les pattes.

— Ne t'inquiète pas. Je descends préparer le dîner.

Il se dirige vers la porte et se ravise.

— Et puis pour Charlie, on...

Il s'interrompt. Violette le regarde comme si elle tentait de lire en lui.

— Rien, rien. Je t'appelle quand c'est prêt.

Elle continue à le regarder sans rien dire. Le fantôme de Julien est là.

En descendant l'escalier, l'idée le traverse de remonter les marches en courant, de prendre sa femme dans ses bras. Mais une chape de béton lui mange le dos et l'empêche de faire volte-face. Il se dit qu'en Éthiopie, ils auront tout le loisir de discuter, de mettre les choses à plat, d'évoquer le rôle de Charlie, sans avoir peur de nommer Julien. Il n'arrive pas à comprendre pourquoi il éprouve tant de difficultés. Il peut en parler avec d'autres, ses parents, ses amis en général. Il ne fuit pas le sujet. Mais il y a comme un écran entre lui et Violette qu'il n'ose pas crever. Sans doute a-t-il peur que le seul fait de prononcer son nom ramène sur le visage de sa femme le regard vide qui hante encore ses nuits. Arnaud ne se reconnaît pas. Son credo a toujours été de ne jamais laisser s'installer un malentendu. Son médecin avait peut-être raison en fin de compte quand il lui avait dit lors d'un contrôle cardiaque : « Je pense que vous faites une dépression. » Arnaud avait levé un sourcil et affiché un air indigné. Mais avec un instant de retard. Le mot avait été prononcé. Il venait recouvrir le déni de tous ces longs mois passés à éviter les sujets qui font mal, à fuir l'évidence. Sans rien dire, il avait pris la prescription des antidépresseurs et l'avait laissée dans la boîte à gants de sa voiture.

Arnaud a l'impression que Raphaëlle et Charlie semblent avoir la même difficulté à évoquer Julien. Est-ce simplement pour protéger leur mère qu'ils ne prononcent pas son nom ou pour construire une armure autour leur propre douleur ? Il se demande s'ils en parlent entre eux. Il faudra bien un jour percer l'abcès. Il espère que ces vacances les y aideront. Cela fait plus de deux ans que Julien a péri dans cette rivière indienne. Il veut passer à la suite de leur vie, sans avoir l'impression de trahir son fils.

Le paquet de coquillettes lui échappe des mains et il lâche un juron. Avant, il pensait et puis appliquait, il ne lui aurait pas fallu tant de temps pour réagir. À présent, il fait tout ce qu'il a critiqué chez les autres : savoir ce qu'il faut faire et ne pas le faire. Il entre dans la salle à manger et constate que Charlie et Lili ont dressé le couvert n'importe comment. Violette dirait que cette table aux couverts à l'envers et aux verres dépareillés est pleine de fantaisie. Arnaud s'en veut de ne pas y voir autre chose que de la négligence. Il a l'impression d'avoir perdu son humour et sa légèreté. Il est malheureux d'être devenu celui qu'il est aujourd'hui. S'il regarde les choses en face, c'est sans doute cette histoire avec Thelma qui lui pèse. Il a beau avoir rapidement mis un terme à ce qui les liait, quel qu'en soit le nom, il se sent coupable. Il ne se serait jamais pensé capable de cette faiblesse. Pour lui, un homme qui trompe sa femme, ce n'est pas une violation du contrat de mariage, c'est juste un manque sordide d'honnêteté et de courage. Et il était tombé dans le panneau. Peut-être était-ce un début d'explication de son état dépressif. Thelma n'avait été qu'une fuite. Pendant les mois de fantôme de Violette, Arnaud avait pris les rênes de leur couple, laissant les enfants prendre celles de la famille. Il rentrait du bureau pour trouver Violette assise dans le fauteuil devant le poêle éteint, le visage chaque jour un peu plus hâve, le corps un peu plus affaissé. Il regardait ses yeux. Qui n'étaient plus ses yeux. Vides d'images, vides de couleurs, de sa couleur à elle. Il s'était occupé d'elle comme on s'occupe d'un tout petit. Devant les enfants, elle parvenait à faire bonne figure, mais quand ils se retrouvaient seuls dans leur chambre, elle s'effondrait sur leur lit, se recroquevillait en chien de fusil sur le couvre-lit bleu, et il avait l'impression de voir la douleur se frayer un chemin sous sa peau. Il la voyait comme un serpent malveillant. Violette se tordait, concentrée sur ses entrailles. Il s'asseyait à côté d'elle, la serrait dans ses bras pour essayer de prendre une part de sa souffrance, mais c'était comme si une carapace épaisse empêchait le serpent de pénétrer son corps. Comme si celui-ci refusait de sentir, de souffrir, se fermait aux sensations. Il aurait tout donné pour que sa femme ait le même mécanisme de blocage. Le néant de l'absence de Julien lui emplissait la tête, mais c'est comme si le cerveau refusait aux informations de passer dans le reste de son corps. Les semaines se succédaient, Violette devenait transparente, parlait de moins en moins. La tête d'Arnaud était prête à exploser. C'est à ce moment que Thelma lui était tombée dessus. Blonde, vive, avec une trop grande bouche, mais un sourire perpétuel et des yeux dont s'échappait sans cesse un rire silencieux. Elle n'avait fait de lui qu'une bouchée. Pendant les réunions, ses regards ne le lâchaient pas. Dans son tailleur strict qui mettait ses jambes affolantes en valeur, alors qu'elle présentait un rapport sérieux et soporifique à une dizaine de collaborateurs, elle ne s'adressait qu'à lui. Il n'en est pas fier, mais il n'avait pas résisté longtemps. Dans ces semaines de brouillard, où il devait faire face à la douleur de sa femme et de ses enfants, alors que la sienne était cadenassée dans les méandres de son cerveau, Thelma fut son radeau sur une mer grise, plane et infinie.

Leur aventure ne fut que physique. Thelma ne s'était jamais leurrée. Quoi qu'il en soit, ce fut à ce moment-là qu'Arnaud avait pensé à créer l'école. Il est persuadé que s'il n'avait pas eu l'exutoire physique de leurs échanges érotiques, il n'aurait pas pu avoir cette idée. Quoiqu'elle date de bien des années plus tôt. C'était un peu leur rêve à Violette et lui, quand ils s'étaient rencontrés. Il repense à cette première fois où ils en avaient parlé, dans sa chambre quand elle avait joué ce prélude au violoncelle rien que pour lui. C'était la suite numéro 2 en ré majeur de Bach qu'elle avait présentée lors de l'examen au cours duquel ils s'étaient rencontrés. Et là, dans l'intimité de leur première nuit ensemble, Arnaud avait retenu sa respiration alors qu'elle accordait son instrument. Puis sans lever la tête, elle avait entamé la sonate.

Des années plus tard, Arnaud se souviendrait de cet instant comme celui où il était vraiment tombé amoureux, lorsqu'il avait découvert chez Violette un de ses traits de caractère les plus saillants, cette absence de minauderie et d'affectation, cette simplicité directe, cette assurance pleine de réserve.

Le violoncelle reposait au creux de ses longues cuisses nues et ce n'était qu'au moment où elle avait suspendu son geste dans un envol léger avant la fin du prélude, qu'elle avait levé le visage et lui avait tendu ce sourire énigmatique qu'il préférerait à tous les autres. Les notes précédentes s'étiraient de tout leur long entre les quatre murs de la chambre. Le corps comme en apesanteur, c'était juste avant que le silence devînt pesant qu'elle avait laissé retomber avec grâce son archet sur les cordes pour leur soutirer une note aussi légère qu'un souffle. Ce temps de silence habité recelait l'impression d'un secret sur le point d'être dévoilé, le sentiment délicieux d'approcher de quelque chose qui pourrait tout changer, secret et mystère retenus dans les dernières notes, comme une fenêtre ouverte sur le ciel.

Il s'ébroue en se disant que l'eau des coquillettes doit s'être complètement évaporée, mais il aime retrouver cette image qui n'existe que dans ses souvenirs, Violette n'ayant jamais accepté qu'il la prenne ainsi en photo.

Dès leurs premières nuits, ils avaient échafaudé ce projet d'une école de musique qui serait différente de celle où Violette commençait à donner cours. Ce fut leur rêve à eux, qui flotta pendant toute leur histoire, chaque année un peu plus haut, chaque année un peu plus inaccessible. Jusqu'à ce qu'il lui apparaisse comme la seule solution à leur malheur, leur rempart contre le gouffre qui menaçait de les engloutir.

Il avait jeté toutes ses forces dans ce projet, et petit à petit eut l'impression que Violette sortait de sa léthargie pour lui emboîter le pas. Comme si enfin, elle trouvait quelques aspérités auxquelles ses doigts pouvaient enfin s'accrocher, le long des parois lisses du puits. Une chose en avait entraîné une autre, Lili, l'école, puis la nouvelle maison. Il avait tant à faire que sa liaison avec

Thelma avait tourné court et la jeune femme s'était estompée dans le décor avec un sourire entendu. Il a beau détester l'idée d'avoir trompé sa femme, il reconnaît, s'il veut être cynique, que Thelma avait été la maîtresse idéale. Pas d'exigences, pas de comptes à rendre et elle s'était effacée quand elle avait compris que c'était le moment. Si elle avait voulu l'épater, c'était réussi. Le hic c'est qu'Arnaud n'est pas cynique.

Pendant ces mois de tractations, négociations, jongleries entre son emploi qu'il n'avait pas encore quitté et cette école à laquelle il voulait tout donner, il n'eut pas le temps de penser à son déni de souffrance, à ses scrupules. Il courait d'un bureau à une visite, rentrait à la maison aider les enfants à gérer les repas et à s'occuper de Lili, et guettait sur le visage de Violette le retour d'une première couleur de vie, à défaut du violet dans ses yeux.

Les mois succédèrent aux semaines, Violette et Arnaud donnèrent leur démission. La famille, la maison sortirent de leur engourdissement. Leurs ados après avoir été leurs adultes et leurs garde-fous purent redevenir des ados. Lili fut leur antidote au poison qui les rongeait. Sa façon de parler, ses rires, sa manière de veiller instinctivement sur eux les avaient sauvés de la chute. L'école était sur des rails, ils couraient beaucoup Violette et lui, mais l'un d'eux était toujours là pour Lili et si exceptionnellement, ils n'y parvenaient pas, un des ados se proposait spontanément de s'occuper d'elle.

Un soir, Arnaud proposa un voyage en Éthiopie. Le voyage de Julien. Il se reprochait tous les jours de ne pas avoir fait ce voyage avec son fils. Le silence fut fracassant jusqu'à ce que Lili les regarde de ses grands yeux, chacun à leur tour et dise : « C'est quoi la Thiopie ? ». Les dés étaient jetés. Pris de frénésie, Arnaud passa des semaines à tout organiser.

C'est là que la première fissure dans sa carapace fit surface. Et c'est à ce moment que son médecin lui parla de dépression. La douleur commença à s'infiltrer, élargissant progressivement la blessure. Arnaud avait l'impression que la mort le frappait une deuxième fois, plus machiavélique qu'avant. La première fois, elle lui avait pris son fils et faillit lui ravir sa femme. Maintenant que le manque était solidement attaché au poids qui alourdissait sa démarche depuis deux ans, la douleur physique lui vrillait les reins. Il se réveillait la nuit avec l'impression que son corps n'était qu'un bout de bois raide, que jamais plus il ne parviendrait à bouger. Il s'éveillait le matin avec un éléphant assis sur le sternum qui l'empêchait de respirer. Le brouillard qui l'avait enveloppé pendant deux ans, venait de se déchirer et une lumière violente l'aveuglait au point d'en pleurer. Ses nerfs étaient à nu, tout lui faisait mal.

Il dissimula son état à sa famille, craignant que Violette ne soit encore trop fragile. Raphaëlle commençait à s'adapter à son rôle d'aînée sans la protection de son grand frère, Charlie se débattait pour trouver sa nouvelle place, Lili avait tellement donné qu'il avait peur de la laisser tomber. Les yeux meurtris, le souffle court, le dos paralysé, il décida de passer outre. Violette s'en était sortie, les enfants aussi, il n'y avait pas de raison pour qu'il n'y arrive pas.

Sournoisement, le remords d'avoir trahi Violette vint s'ajouter à la douleur. Le fait de ne plus voir Thelma puisqu'ils ne travaillaient plus ensemble ne l'empêchait pas de revivre leurs escapades qui avaient maintenant perdu leur caractère érotique pour ne garder qu'un goût râpeux. Il n'arrivait plus à faire l'amour à Violette, non qu'il n'ait plus envie d'elle, mais parce qu'il avait peur d'ajouter à l'outrage de la trahison, celui de la souillure.

Violette range la pile de chemises à manches longues qu'elle a sorties puis décidé de ne pas emporter. Avant de descendre rejoindre Lili pour préparer le dîner, Arnaud s'est changé. Elle l'a regardé ôter son col roulé en tirant sur le col d'abord et en faisant remonter le pull le long de son dos pour finir par enlever les manches en dernier. Elle avait toujours trouvé très sensuelle cette façon qu'il avait de se déshabiller. Il a retenu une grimace en se redressant. Elle a eu envie de faire le tour du lit, de tendre une main apaisante vers son dos, mais s'est retenue. Les yeux d'Arnaud glissent sur elle sans s'y arrêter depuis quelque temps. Dans la folle course de leurs journées, elle n'a pas encore eu le temps d'analyser cette sensation récente qui prend de l'ampleur en elle. Elle ne sait pas comment lui en parler. Elle n'aimerait pas qu'il pense qu'elle lui fait des reproches. Arnaud avait été formidable. Violette lui est infiniment reconnaissante de l'avoir entourée comme il l'a fait juste après la mort de Julien. Il l'a fait passer avant lui pendant des mois, alors qu'elle imagine aujourd'hui sa douleur. Elle a des scrupules maintenant, d'avoir agi comme si elle était la seule à souffrir, sans se préoccuper de la douleur de ceux qu'elle aime. Tous avaient été d'une immense générosité avec elle. Longtemps, elle n'avait été qu'une mère en deuil. Elle avait négligé son rôle de mère d'enfants en vie et celui de femme amoureuse.

La douleur a fini par trouver sa place en elle, telle un chat malfaisant tapi dans un coin de ses entrailles. Il est là, il bouge parfois, bouscule ses organes, griffe son cœur. Il est si gros qu'il n'a pas beaucoup de place et qu'il entrave souvent sa respiration. Violette sait qu'elle va devoir s'accommoder de sa présence. Aujourd'hui qu'elle parvient à l'apprivoiser, elle se dit que recommencer à vivre n'est pas une trahison. Julien était la vie. Avec ses cheveux en bataille, ses yeux lumineux, sa crosse de hockey, ses grands rires et ses colères homériques, il était le contraire de la mort. Si celle-ci a décidé de le lui prendre, elle va lui résister en lui rendant la vie impossible. C'est ce que Julien aurait fait. Après ces mois où elle n'arrivait pas à se relever, après ces semaines de convalescence éprouvantes, elle retrouve depuis quelque temps l'envie de vivre et surtout celle de se battre.

Elle regarde la porte de sa chambre et a envie de ramener Arnaud dans leur chambre, de s'étendre sur lui, de mesurer la longueur de son corps à la longueur du sien. Mais il est déjà en bas et elle n'a pas bougé. Le bavardage de Lili et Arnaud lui parvient de la cuisine. Elle plie ses deux robes préférées qu'elle met dans sa valise.

Chapitre 12

Soudan du Sud, décembre 2012

Habillée d'une longue jupe qui lui bat les chevilles chaussées de jolis godillots qui paradoxalement la rendent encore plus féminine, et d'un simple teeshirt blanc aux manches courtes, Aysia s'avance vers son père qui se dit pour la millième fois qu'ils ont énormément de chance d'avoir une fille aînée comme elle. Sa façon d'avoir veillé sur Eden et Soumaya alors qu'ils avaient son âge les avait bluffés. Ils ont toujours pensé que cet instinct maternel chez elle était inné, mais récemment il s'est demandé si elle ne l'avait pas développé à l'époque où Lucie semblait perdre les pédales, au moment de l'adoption de leurs petits Éthiopiens et surtout de la naissance de Maxime. Quoi qu'il en soit, et quoi qu'en dise sa mère, sa fille est un colosse aux pieds d'argile et son sourire radieux, sa douceur cachent une fragilité qu'il voit parfois affleurer sous sa peau. Sa force se déploie dès qu'elle est au contact de sa sphère familiale comme si celle-ci l'enveloppait d'un mur de protection, mais il sait que quand elle est seule, cette force s'amenuise et qu'elle se sent fragile et démunie. C'est la raison pour laquelle la décision de sa fille de partir faire ses études à l'étranger l'émeut. Cette mise en danger qu'Aysia s'impose force son admiration. Il retrouve en elle un peu de la force de Lucie même si les deux femmes sont si opposées de caractère. Aysia reste secrète et veut leur cacher sa vulnérabilité, peut-être pour les protéger, mais aussi sans doute parce qu'elle veut être à la hauteur de leurs attentes, ou de ce qu'elle pense être leurs attentes. John aime chez elle cet orgueil mâtiné d'humilité, ce mélange hautement explosif en fin de compte. Il se demande comment cette dualité pourra s'exprimer sans la blesser. Une fois de plus, il se dit qu'ils n'ont pas été assez présents pour elle. Ils ont pris sa sagesse pour acquise, ne l'ont pas laissée vivre sa crise d'adolescence. Peut-être ne l'aurait-elle pas faite finalement.

— Pourquoi me regardes-tu comme ça ?

Il lui sourit et la prend dans ses bras.

— Parce que tu es magnifique ! Alors, prête pour une balade en amoureux avec ton vieux père ?

— Et comment ! Je rêve de ce Nil blanc depuis trop longtemps.

— Je sais et si nous avions été à Khartoum, j'aurais pu t'en offrir deux pour le prix d'un.

— Ah bon ?

— Aysia, dis-moi que tu n'as pas fait ton devoir avant de venir ?

— Oh Papa, Je sors de mes examens, plus envie de travailler pendant au moins deux semaines ! Je savais que tu allais me sermonner, je me suis dit que tu serais ravi de me faire un petit cours.

— Insinuerais-tu que je suis un peu assommant ?

— Non, juste que tu es mon professeur préféré !

Ses yeux pétillent et John rit.

— C'est vrai que tu as beaucoup travaillé pour tes examens, tu mérites des vacances. Je pense qu'Eden et Soumaya donneraient cher pour être à ta place. Tu as bien fait de choisir une école à Londres en fin de compte, tu peux partir en vacances à Noël alors que tous les pauvres étudiants belges planchent pour leurs examens de janvier.

— Oui, c'est bizarre, c'est la première fois que Soumaya et moi on est pas dans la même école. Elle me manque. En fait vous me manquez tous. Bon, dis-moi, alors.

— Il n'y a pas grand-chose à savoir en fait. Juste que le Nil est le plus grand fleuve du monde avec l'Amazone, qu'il est formé du Nil blanc qui prend sa source au lac Victoria, à cheval sur l'Ouganda, le Kenya et la Tanzanie, et du Nil bleu qui lui prend sa source en Éthiopie, dans un lac dont j'ai oublié le nom, mais que tu vas retrouver ce soir, j'en suis sûr...

— Si ce fichu wifi fonctionne.

Elle souffle sur sa longue frange.

— On est à Djouba, aussi, pas à Bruxelles.

— J'ai du mal à échanger avec mes potes de Bruxelles et de Londres.

— Avec tes potes ou ton amoureux ?

Elle tourne la tête pour éviter son regard, mais il a le temps de voir un air perdu passer sur ses traits. Il sourit et reprend rapidement :

— Je disais que le Nil bleu vient d'Éthiopie et qu'ils se rejoignent tous les deux à Khartoum au Soudan pour ne former plus qu'un seul fleuve qui va se jeter en Égypte, dans la Méditerranée.

— Pourquoi les appelle-t-on Nil bleu et Nil blanc ? Ils ont vraiment ces couleurs ?

— Ne te berce pas trop d'illusions, le Nil bleu est très chargé en limon et il est presque brun.

— Et le blanc ?

— Il est juste plus clair. Les rives des deux fleuves sont de toute beauté. On y va ?

Elle sourit et lui prend le bras en se serrant contre son père.

— Let's go !

Ils ne marchent pas longtemps sur les routes éventrées par endroits de la ville surchauffée. John ne connaît pas bien Djouba, mais le Nil l'attire, sa présence puissante et liquide agit comme un aimant. Ils parviennent assez rapidement sur les rives du fleuve, leurs sandales font un bruit de ventouses sur le sol limoneux. Aysia prend une inspiration.

— Dis Papa, j'ai un truc à te demander.

— Vas-y.

— Tu ne trouves pas que Maman est bizarre depuis quelque temps ?

— Bizarre ?

— Oui...

— Tu es sûre que c'est l'adjectif que tu veux utiliser ?

Elle rougit un peu, mais soutient son regard.

— Tu as raison, ce n'est pas bizarre que je veux utiliser.

John sent son estomac se contracter légèrement.

— Dis-moi.

— Je ne sais pas. Je la trouve tendue, dure même, comme si elle s'était forgé une carapace que je n'arrive plus à percer.

John ne dit rien. Sa fille s'est arrêtée et le fixe de ses yeux mobiles. Le silence s'installe. Au loin, le vieux pont de fer de Djouba se découpe dans la brume de chaleur.

Si l'on distingue à peine sa forme au loin, le vacarme métallique des camions chargés de marchandises en provenance du Kenya et d'Ouganda leur parvient clairement.

— Tu n'es pas d'accord, Papa ?

Il attend un instant comme si un sentiment de loyauté l'empêchait de parler. Aysia l'a précédé de quelques pas et il regarde sa silhouette de dos, l'image préfigurant ce qui lui a toujours fait peur : sa fille quittant le cocon familial, le quittant... Eden et Soumaya sont encore bien à la maison, mais il sent qu'Aysia est sur la pointe des pieds, prête à s'envoler. Elle se retourne vers lui, l'air interrogateur.

— Si.

Il ne voulait pas parler si fort.

— Si, tu as raison. J'ai ressenti la même chose que toi, mais tu sais, elle a des circonstances atténuantes...

— Ah non, Papa, on joue franc jeu, ou alors on ne discute pas.

Aysia a la voix qui gronde, une voix qu'il ne se souvient pas lui avoir déjà entendue.

— Il faut que tu arrêtes de protéger Maman tout le temps, c'est insupportable pour nous. Pour Eden et Soumaya aussi.

— Vraiment ?

Le visage de John s'assombrit. Il a toujours été le pilier sage de la famille. Il est surpris d'être mis sur la sellette par sa fille. Mais il a un profond respect pour sa personnalité. Il voit la détermination peinte sur son visage, une détermination teintée de déférence et de pudeur. Il sent qu'il ne peut pas s'en tirer avec une pirouette et que cette discussion va sans doute marquer le début d'une nouvelle relation entre eux.

— Dis-moi, dit-il simplement.

Et c'est lui qui à présent lui prend le bras. Ils recommencent à marcher le long du fleuve, leurs pas adoptant instinctivement la même allure.

Ils laissent errer leur regard sur le paysage. Le fleuve, colossal et puissant, se fraie sans difficulté un passage dans le pays et déploie ses flots lourds pour donner un long baiser chargé d'alluvions aux rives couvertes une végétation luxuriante. Derrière le rideau de verdure, on peut apercevoir les toits de maisons colorées et disloquées. La brise soulève les cheveux d'Aysia et la chaleur humide colle leurs vêtements légers à leurs corps moites.

Sans le regarder, elle reprend la parole :

— Maman est lourde. Pesante. Je ne sais pas comment t'expliquer. J'ai du mal avec elle. Je sais qu'elle a consacré sa vie aux autres, mais j'ai presque l'impression qu'elle nous sacrifierait sur l'autel de ses convictions quelquefois. Je sens que Soumaya et Eden lui sortent par les oreilles et qu'elle fuit de plus en plus la maison. Qu'elle nous laisse nous occuper de Petit Max.

Elle se tourne vers lui :

— Et toi et elle, comment ça va ?

— Ça va.

— Ça va ? dit-elle d'un ton un peu défiant. Allez Papa, c'est quoi cette réponse ?

C'est à son tour de ne pas la regarder. A quelques pas, des enfants nus rient en s'éclaboussant, de l'eau jusqu'au torse. Leurs dents très blanches font comme des éclats de soleil sur l'eau sombre. Les gouttes d'eau s'évaporent dans l'air épais. John se demande s'il peut tout partager avec sa fille de vingt ans. Ce qui les unit est plus que de l'amour filial, plus que de l'amour amoureux. Il a du mal à démêler l'écheveau de ses pensées.

— Je pense, ma chérie, que ta relation avec ta mère n'a pas forcément quelque chose à voir avec ma relation avec elle. Tout le monde sait que les relations mère-fille sont souvent en dents de scie.

— Je ne te parle pas de ça, Papa. Je suis d'accord que ce sont peut-être deux volets différents et que ma question sur votre relation à tous les deux était peut être indiscrète, mais ce que je veux vraiment te demander c'est si tu ne trouves pas que Maman a changé ?

Il est surpris de voir que ses yeux sont devenus humides. Elle reprend :

— Je me suis souvent demandé si Maman nous aimait vraiment. Si elle ne préférait pas son boulot à nous. Si le fait de s'occuper d'enfants bien plus malheureux que nous ne la détournait pas complètement de ses enfants à elle.

— Ne pleure pas, mon Aysia.

Elle hausse les épaules, une expression de colère passe sur son visage.

— Je peux te promettre que ta mère vous adore.

— Mais ce n'est pas ça que je veux dire !

— Qu'est-ce que c'est alors ?

Elle essaye de parler sans y parvenir. Il lui prend la main sans la regarder. Par pudeur, pour lui laisser l'espace et le temps de se reprendre et peut-être aussi parce qu'il a du mal à supporter son chagrin. Il se rappelle qu'il s'est engagé à ne pas fuir cette conversation.

— Je pense que je vois ce que tu veux dire. C'est vrai que j'ai rencontré d'autres personnes comme ça qui se donnent tellement à fond à une cause qu'ils peuvent donner l'impression de ne plus avoir de place pour autre chose.

— Ce n'est pas qu'une impression, Papa.

— Votre mère est une personne pour qui l'engagement est total. Elle est entière et…

— Toi aussi tu es engagé et intègre. Et tu ne m'as jamais donné l'impression de nous faire passer après.

— Parce que je ne l'ai jamais fait. Et ta mère non plus.

Il voit qu'elle est en colère. John se demande comment gérer cette conversation. Lucie lui a souvent dit qu'Aysia était amoureuse de lui ; il n'est pas d'accord, mais il voit ce qu'elle veut dire. Aysia l'aime comme peut aimer une jeune fille, pas très sûre d'elle, qui a peur d'être blessée et qui se réfugie dans l'amour d'un père en pensant qu'il est l'homme idéal. Aysia n'est peut-être pas consciente de ce sentiment, mais John sent depuis qu'elle est petite, à sa façon de le regarder, de se serrer contre lui, de rechercher les moments à deux, qu'elle a peur des hommes et que ce sentiment obscurcit son jugement sur sa mère.

— Dis-moi que tu ne trouves pas que Maman a changé.

Il essaye de gagner du temps.

— Depuis quand ?

— Je ne sais pas exactement, peut-être un peu après la naissance de Petit Max. J'ai l'impression que c'est toi qui as tout pris en main. Moi, Eden, Soumaya et

Petit Max. Et qu'elle, elle partait le nez au vent s'occuper des autres.

— Nous avons toujours fonctionné un peu comme ça en fait, Aysia. Ça ne veut pas dire que Maman ne vous aime pas.

— J'ai l'impression qu'elle est devenue plus dure, que nous l'énervons, que Petit Max est élevé par tout le monde, sauf elle. J'ai même l'impression qu'elle nous considère comme des boulets.

Il rit, mais son rire sonne un peu faux.

— Des boulets ! Comme tu y vas, ma chérie ! Et puis tu sais, c'est souvent le cas des petits derniers des familles nombreuses. Ils sont en réalité éduqués par toute la famille et ça en fait souvent des enfants plus zen…

— Tu vois ce que je veux dire, allez… Tu ne trouves pas qu'elle est devenue capricieuse, irritable ?

John fixe l'eau brune du Nil. Brusquement, il sent l'impatience lui monter le long de l'échine. Il a envie de planter là sa fille et de partir courir le long de la rive boueuse, courir jusqu'à perdre haleine, sentir le poids de ses 45 ans, le trop-plein de toutes ces années s'évacuer avec sa sueur, sentir le sang battre dans ses veines, ses pensées s'éclaircir, son cerveau se focaliser seulement sur ses sensations physiques. Il a envie de claquer la porte au nez de cette discussion, de s'éloigner du tableau auquel le confronte Aysia. Il ne veut pas la regarder, il ne veut pas qu'elle voie qu'elle a touché un point sensible, il ne veut pas la conforter dans sa défiance. Il ne veut pas qu'elle lise dans ses yeux son désarroi, sa rancœur. Cette rancœur qu'il ne se connaissait pas et qui lui explose à la figure.

Ils se sont arrêtés au bord du fleuve. Les gamins leur font signe de les rejoindre avec d'énormes sourires. Aysia ne peut s'empêcher de rire avec eux. Le son cristallin de son rire va droit au cœur de John, mais au lieu d'y apposer du baume, il y distille un venin qui le pollue. Il regarde sa fille et s'effraie de la colère qu'il sent monter contre elle. Il s'en veut et pourtant son irritation croît quand il la voit rire alors que ses questions ont agi comme une pierre projetée sur un pare-brise y laissant une fêlure en zigzag. Elle rit, comme si elle avait déjà oublié leur conversation tandis que le poison se répand sournoisement dans ses veines et atteint l'image de Lucie. Il se demande si Aysia a raison, si elle lui tend un tableau qu'il a refusé de voir.

C'est une question qu'il s'est souvent posée sur ceux qui comme eux ont décidé de travailler dans l'humanitaire. Il avait déjà remarqué – mais bien évidemment jamais chez eux – que les couples qui se donnaient corps et âme à leur cause, négligeaient ceux dont ils étaient pourtant responsables, pour ne pas dire ceux qu'ils aimaient. Il se souvient de ce couple d'Américains venu en Belgique pour une ONG travaillant sur la détection du cancer dans les pays en développement. Leur fils aîné ne leur parlait plus depuis l'adolescence, leur fille s'était suicidée. On aurait pu dire que c'était justement parce que leurs enfants étaient tellement difficiles, qu'ils s'étaient jetés la tête la première dans cette cause. Il savait que ce n'était pas le cas. Bien sûr, on ne sait jamais ce qu'il y a derrière l'image que projette une famille, mais il fallait reconnaître que dans ce cas précis, les enfants avaient été négligés. Au nom d'une cause remarquable.

— Tu penses aux Américains ?

Aysia lui fait face, les sourcils légèrement froncés. Il sursaute en se demandant comment elle arrivait à lire dans ses pensées. Ce sont les parents qui sont censés faire ça, pas leurs enfants. Elle éclate de rire devant l'air décontenancé de son père.

— Comment tu sais ça ?

Il ne peut pas s'empêcher de rire en voyant son air réjoui. Il s'émerveille de ce que sa fille arrive si vite à le sortir de ses sombres états d'âme.

— Peut-être que je suis un peu sorcière, finalement.

— Tu as trop lu Harry Potter ! J'ai toujours su que tu aurais aimé être Hermione Granger !

— Non, sérieusement Papa. Tu penses à Maggy et Peter, non ?

Et comme il acquiesce, elle continue.

— C'est tout à fait ce que je veux dire. Ils ont sacrifié leurs enfants sur l'autel de leur cause humanitaire.

Il réprime à peine un sourire.

— Quelle emphase, Aysia. Tu aimes bien cette expression ! Tu aurais été une très bonne avocate, je t'aurais écoutée plaider avec le plus grand des plaisirs.

— Arrête de plaisanter, dit-elle en lui donnant un coup de coude.

— Peut-être que « sacrifié » est un peu excessif, non ?

— Non ! Sacrifié, je confirme. Tu te rappelles que leur fille s'est suicidée quand même !

— Oui, je m'en souviens très bien ! Mais tu ne peux pas dire qu'elle s'est suicidée parce que ses parents ne s'en sont pas occupé.

— Si, je peux le dire, je te rappelle qu'à un moment, avant qu'il quitte la Belgique, j'ai pas mal échangé avec leur fils, Tim, et il affirmait que sa sœur s'était pendue parce qu'elle voulait attirer l'attention de ses parents.

— C'est effroyable !

Il a la gorge nouée. L'image de cette jeune fille se balançant au bout d'une corde lui fait mal. Comme lui fait mal d'imaginer les sentiments des parents. Il fait plus chaud, mais il sent ses poils se hérisser dans sa nuque.

— Tu ne peux pas faire de généralités, Aysia. Tous les parents qui se consacrent à une cause importante ou humanitaire ne négligent pas leur famille.

— Ah tu vois, tu reconnais qu'ils les ont négligés ! Tim a même réussi à quitter l'Europe pour entamer ses études universitaires aux États-Unis, loin, très loin de ses parents.

John ne répond pas. Elle a raison sans doute, et s'il n'est pas prêt à le reconnaître, il connaît d'autres couples immergés soit dans une cause humanitaire, soit dans une passion dévorante comme la mer ou la montagne, qui estiment que cette cause, cette passion sont plus grandes qu'eux. Peut-être estiment-ils dans le cas des causes humanitaires que sauver un grand nombre d'enfants est plus important que d'élever les leurs dans un cadre aimant. John est persuadé que ni lui ni Lucie n'ont jamais pensé ainsi, et il veut qu'Aysia le sache. Il s'indigne qu'elle puisse même l'envisager. Pour eux, élever leurs enfants dans le respect de leurs valeurs était une réelle mission.

Ils sont maintenant entourés d'une foule de gamins presque nus qui leur tendent leurs mains mouillées. Aysia s'accroupit et les mains des gamins font des traces sombres sur son teeshirt blanc. Elle laisse une petite fille lui caresser ses cheveux, en fouillant son sac en bandoulière pour en sortir un bouquet de Bics qu'elle distribue en se lamentant de ne pas avoir autre chose à leur donner. Gentiment mais fermement, John la tire par le coude et après avoir agité la main ils s'éloignent de la rive, la boue collant à leurs semelles.

Il n'a pas envie de reprendre leur conversation et jette un coup d'œil à sa fille qui s'est retournée vers l'essaim d'enfants mouillés. Pourtant, il sait qu'il doit crever l'abcès maintenant qu'ils ont évoqué le sujet et reprend en soupirant :

— Aysia, ta mère ne vous a jamais laissés pour compte, je peux te l'assurer. Si tu as l'impression que j'étais plus présent qu'elle, c'est parce que j'ai toujours adoré ce rôle de papa gâteau, pas parce qu'elle ne voulait pas assumer son rôle de mère.

Elle fait une moue peu convaincue. Il se sent tenu d'insister par il ne sait quelle loyauté.

— Je t'assure, tu te fais des idées. Votre mère ne vous a jamais négligés.

Elle hausse les épaules.

— Peut-être qu'elle a juste un instinct maternel atrophié alors.

Son père continue à fixer le ruban de route qui s'étire devant eux. Sous la chaleur, fondent les restes d'asphalte qui font surface çà et là. Il ne veut pas mordre à l'hameçon, persuadé que Lucie n'a jamais délaissé les enfants. C'est leur façon de répartir les rôles dans la famille qui donne sans doute cette impression à Aysia. Lucie a toujours été exaltée par son travail, par l'envie de guérir le monde de tous ses maux, mais elle voulait des enfants autant que lui. John s'est révélé, à son propre étonnement, un père né. C'est ainsi, cette répartition s'est faite naturellement, même si, en fait, elle arrangeait peut-être bien Lucie. Aysia interrompt le cours de ses pensées :

— Quoi qu'il en soit, Maman a changé et pas en bien et pas un peu.

À nouveau, sa voix n'a pas le même son que d'habitude. Il sent qu'elle essaye de la maîtriser, il n'arrive pas à déceler si c'est la colère ou le chagrin qui l'altère ainsi.

Soudain, elle s'exclame :

— Et puis Papa, réagis quoi ! On dirait qu'elle te mène à la baguette.

Il tressaille en fronçant les sourcils. Son exclamation lui fait l'effet un coup à l'estomac. Aysia prend une longue inspiration et le regarde avec attendrissement.

— Désolée, Papa, mais c'est vrai. Regarde cette histoire de ces deux gamins qu'on doit emmener en Éthiopie. Jamais tu n'aurais eu cette idée loufoque !

— Eh bien, détrompe-toi, c'est moi qui ai proposé d'emmener la petite Divine.

Elle le regarde avec surprise mais ne s'avoue pas vaincue :

— Oui, mais tu n'aurais jamais eu l'idée d'emmener ce gamin en Éthiopie. C'est encore les lubies de maman, et toi tu suis.

— Holà, Aysia, tu exagères là. Je ne te permets pas de dire ça.

La voix de John s'est durcie. Mais, le front buté, Aysia ne veut pas lâcher. Elle souffre de s'opposer à son père comme elle ne l'a jamais fait, mais elle sait que jamais elle n'aura le courage de recommencer une conversation comme celle-ci. Il faut qu'elle aille au bout. John a trop chaud, et à nouveau l'envie de s'éloigner, mais il s'est promis d'être à la hauteur de son rôle de père, de son rôle de mari. Au moment où il y pense, il se demande à quel rôle il veut vraiment être fidèle ? Aysia n'a-t-elle pas raison quand elle dit que Lucie a beaucoup changé et pas en bien ?

— Désolée Papa, mais tu l'as beaucoup trop gâtée.

Il entend les larmes dans sa voix, il voit ses yeux de noyée. Il réalise qu'elle aussi est en train de se débattre dans ses loyautés. Sa loyauté envers ses frères et sœurs, dont elle se fait l'ambassadrice, sa loyauté envers son amour pour son père et sa loyauté, quoi qu'elle en pense, envers sa mère qu'elle a, à sa façon, toujours protégée en jouant la maman avec Eden, Soumaya et Petit Max.

— Elle devient ingérable. Elle dit des choses et fait le contraire, elle est pétrie de principes et les transgresse sans cesse, elle est incohérente et…

Elle se tait, essoufflée. Il voudrait la prendre dans ses bras pour lui faire comprendre tout ce qu'il n'arrive pas lui dire. Mais une chape de plomb le cloue au sol, l'empêche de tendre le bras vers elle. Sans un mot, ils reviennent sur leurs pas. La promenade en amoureux s'est muée en promenade de pantins muets, enfermés chacun dans son ressentiment. Elle, se disant sans doute que finalement, elle s'est peut-être trompée sur son père ; lui se disant qu'elle a raison et qu'il est un lâche de ne pas vouloir affronter sa vérité.

Le pare-brise se fissure de plus en plus.

Le lendemain, ils montent dans l'avion pour Addis-Abeba. Aysia fait un puzzle avec Divine et Trésor. John est assis à côté de Lucie qui dort sur son épaule. La tête de Lucie est lourde, il n'ose pas bouger, il a trop chaud.

Par le hublot, le Soudan s'amenuise. Un an plus tard, John verra son pressentiment confirmé. Le Soudan du Sud allait s'enfoncer dans une guerre civile d'une violence rarement atteinte jusque-là, qui conjuguerait massacres ethniques, crimes contre l'humanité, famines, enfants soldats, centaines de milliers de victimes et millions de réfugiés.

Chapitre 13

Lyon, décembre 2012

Le lendemain, quand Charlie arrive sur le palier, il bute sur les valises dans le vestibule.

Dans la cuisine, sa mère lui tend un sourire derrière son gros bol de thé fumant.

— Tu es prêt ?

Il hoche la tête et ouvre la porte du frigidaire.

— Tu veux une crêpe ?

— Oh, bonne idée !

— Assieds-toi, le sucre et le citron sont là.

— Merci Mam.

— Charlie ?

— Mmmmh...

— Tu fais quoi là devant le frigidaire ouvert ? Besoin de te rafraîchir ? On est en décembre, tu sais.

Elle rit et il rit avec elle, sans savoir vraiment pourquoi. Sans doute juste pour le plaisir d'entendre son rire.

— Allez, ferme cette porte et assieds-toi, tu dois prendre des forces pour ton match.

Arnaud entre dans la cuisine, l'air fatigué et préoccupé, mais il donne à son fils une légère bourrade :

— Alors Charlie, prêt pour la victoire ?

Une ombre passe sur le visage de l'adolescent. Son adversaire est bien plus fort que lui. Ils sont d'un club différent, mais ils ont déjà joué l'un contre l'autre, en double et en simple et à chaque fois Boris l'a battu. Charlie s'étonne un peu de ne pas être plus stressé. D'autant que ses parents et ses sœurs ont décidé de venir le supporter pour la finale. Pendant l'année, personne n'avait vraiment le temps de venir le voir. Raphaëlle disait que ses cours de gym, ses travaux de terminale lui prenaient un temps fou alors qu'elle passait son temps au hockey, quand Julien y était. Avant. Quant à ses parents, ils étaient souvent débordés le weekend par les nombreux cours de musique qu'ils donnaient soit à la maison, soit à l'école. En fait, ça l'arrangeait. Charlie ne sait pas très bien pourquoi il joue au tennis. Dans la famille, tout le monde pratique un sport. Violette et Arnaud vont régulièrement échanger des balles au club. Arnaud jouait au hockey, adolescent, et il y avait donc inscrit Julien, enfant. Au fil des années, leur fils était devenu le meilleur joueur de son club, puis avait été nommé capitaine de son équipe. Raphaëlle fait de la gymnastique.

Lili ne cesse de lui demander quand elle pourrait venir le voir au club. Charlie élude le sujet. Il n'a pas l'esprit de compétition, tout simplement. Il aime jouer au tennis, il aime s'arracher pour courir sur toutes les balles, même celles qui paraissent perdues d'avance, il aime réussir un passing juste sur le bord de la ligne, long et puissant, mais Richard, le coach du Club, lui répète que sans le mental, il ne gagnera jamais un tournoi. Julien était galvanisé par les matchs. Charlie, lui, s'en fiche un peu. Et aujourd'hui, il ne se sent pas à l'aise à l'idée de disputer cette finale. Il a pourtant bien dit à ses parents qu'il n'avait gagné la demi-finale que parce que son adversaire avait dû abandonner au début du troisième set, blessé au genou. Charlie n'avait pas réalisé tout de suite que ça signifiait son accession en finale. Ce n'est que lorsque Tony lui avait sauté dessus en criant : « Champion, mec, champion ! » que Charlie avait compris. Il éprouvait quelques remords pour son adversaire qui avait été plutôt fairplay, et il n'était pas sûr qu'il aurait remporté le match s'il était allé à son terme. Mais Charlie n'avait pas boudé son plaisir et avait rejoint Tony pour fêter sa victoire. Assis au bar devant une bière, ils avaient fait semblant de ne pas voir la table du fond à gauche, où Delphine et deux autres filles attendaient leur tour de monter sur le court. Tony lui avait donné un coup de pied pas très discret sous la table.

— Allez vas-y mec, va lui proposer d'être ta partenaire pour le tournoi de double du club. Si tu ne lui proposes pas, c'est moi qui lui demande d'être ma partenaire. Ou pire, tu risques que ce soit Félix.

— Ah non, pas Félix !

— Ça mon vieux, ça te pend au nez…

Charlie avait soupiré. Voir Delphine disputer le tournoi avec Félix était bien la dernière chose qu'il voulait. Tout réussissait à Félix, il n'allait pas en plus lui voler Delphine. Il avait glissé un regard vers la gauche. Delphine était de profil, craquante avec ses cheveux bouclés, couleur de miel, son nez en trompette, son grand front et ses dents un petit peu irrégulières. Les filles s'étaient levées bruyamment et étaient passées devant eux en gloussant. Delphine avait fait un petit signe de la main.

— T'as vu ? dit Tony tout excité, elle t'a fait un signe !

— C'était à nous deux Tony, pas qu'à moi.

— Nan, je t'assure c'était qu'à toi, elle ne m'a même pas regardé.

Ils avaient suivi les filles des yeux, leur jupe courte battait leurs cuisses nues. Charlie s'était dit qu'ils devaient avoir l'air de deux abrutis, à les fixer bêtement.

Alors ce matin, il se demande juste si Delphine sera là. Si elle ne vient pas, il ne la verra plus avant le retour des vacances et dans ce cas, Félix aura tout le temps de lui proposer d'être son partenaire. Il n'avait pas osé la veille. Charlie réalise qu'il est plus préoccupé par Delphine que par l'issue du match et que ce n'est pas plus mal. Il sera plus relâché, et pour lui, c'est la meilleure façon de jouer. Il soupire : le fait que ses parents, Raphaëlle et Lili viennent ne l'aidera pas vraiment à être relâché.

— Faut pas vous sentir obligés de venir, dit-il en badigeonnant sa crêpe de miel.

— On ne se sent pas obligés Charlie, dit Arnaud, un peu sur la défensive. C'est juste que pour une fois, on a le temps, l'école est fermée, Maman ne donne pas de cours...

— Oui, mais il y a les valises et...

Violette l'interrompt :

— D'ailleurs, Charlie, tes affaires sont prêtes ?

— Oui, oui. Prenez votre temps... C'est pas obligé de venir.

Arnaud jette un regard perplexe à Violette. Elle sourit et Charlie la voit poser le doigt sur ses lèvres. Puis, elle verse un bol de thé à son fils.

— C'est qui qui me conduit ?

— C'est moi, dit Arnaud. Je te déposerai sur le chemin de l'école où je dois aller remettre les dossiers sur lesquels j'ai travaillé cette nuit. Ta mère va emmener Raphaëlle à la gym et passera à la pharmacie en rentrant. Et cet après-midi, on va tous au club.

Comme Charlie allait dire quelque chose, Violette regarde l'heure.

— Allez filez, ce n'est pas la peine d'ajouter du stress en risquant de louper le début de l'entraînement.

Elle sort du réfrigérateur une bouteille remplie de grenadine et d'eau pétillante. Le visage de Charlie s'éclaire.

— Violette, il n'a plus dix ans, ce môme, dit Arnaud en riant.

— Je préfère qu'il boive ça que les horribles sodas du club.

Ils enfilent leur veste et sortent. Alors que Charlie s'installe dans la voiture, sa mère arrive en courant avec sa raquette dans la main.

— J'ai pris l'autre, Mam's, c'est bon.

— Tu seras bien content de l'avoir si tu casses une corde comme l'autre fois !

Charlie l'embrasse rapidement sur la main et Arnaud dit :

— Allez, en route, mauvaise troupe.

Il regarde son fils un peu penaud.

— Ouais, bon c'est vrai, t'as plus vraiment l'âge. OK, je me tais.

Charlie rit quand même, un peu pour faire plaisir à son père. C'est vrai qu'il le trouve parfois vieux jeu quand il veut faire jeune, mais en général, il faut reconnaître qu'il est assez drôle.

Il entre dans sur le court à regret. Le ciel dehors est d'un bleu métallique, rayé par les branches noires des arbres. Il aurait préféré rester avec Hector, respirer l'air vif de cette journée d'hiver. Il n'a plus du tout envie de jouer cette finale. Il voit bien que ses amis sont aussi étonnés que lui. L'idée de représenter son équipe et de risquer de lui faire perdre le tournoi lui donne mal au ventre.

Le coach l'accueille avec un air enjoué.

— Salut Charlie ! Alors c'est le grand jour ?

Sa voix sonne faux. Il fait froid, les gradins sont vides et les terrains sont déserts. Charlie se dirige vers le fond du court et commence à s'échauffer avec Richard. Le bruit des balles résonne fort. Il n'a pas l'habitude de jouer seul ici. Ses jambes sont lourdes, ses bras crispés.

— Relâché ! lui crie Richard.

Au bout de quelques minutes, il fait signe à Charlie de venir le rejoindre au filet.

— Qu'est-ce qui cloche ?

— Rien.

— Allez Charlie, tu n'as pas ta tête normale. Je sais que tu as la pression, que tu penses que tu as usurpé ta place parce que tu as gagné par abandon jeudi, mais dis-toi que si tu es là et pas un autre, c'est que tu as été meilleur. Tu sais bien que ton point faible, c'est le moral. Et il y en a qui ne l'emportent qu'au moral. Maintenant, fais ce qu'il faut pour gagner et faire gagner le club. Go !

Si son but est d'encourager Charlie, c'est raté. L'adolescent envoie sa première balle, le cœur lourd.

Après une heure, Richard arrête l'entraînement pour ne pas entamer les forces de Charlie.

— Il faut garder ton moral intact, Charlie. Ne mange pas trop, mais assez pour ne pas me faire une hypothermie sur le terrain.

L'adolescent se dirige vers les vestiaires, la tête basse. Il n'a pas envie de rester seul et de gamberger. Il regarde l'heure et s'étonne de penser soudain à Lili. Pas à Delphine, Tony ou à sa mère, non, il pense à sa petite sœur de quatre ans. Son téléphone sonne. C'est Lili.

— Il est où Papa ?

— Mais, Lili pourquoi tu m'appelles, maintenant là ?

— Ben parce que j'ai envie de te voir.

— C'est dingue !

Il pense à elle et elle l'appelle. Charlie adore ce genre de coïncidences.

— Il est où Papa ?

— Je sais pas. Tu m'appelles avec le téléphone de la maison ?

— Ben oui, je voudrais que Papa m'emmène te voir au club. Il a promis et il est pas là.

— Tu es toute seule ?

Il entend son rire qui ressemble à un carillon.

— Non *Cha-lie*. Mais, je m'ennuie.

— Il va venir, Lili. Il a promis. Tu sais, c'est pas tout de suite le match.

— C'est quand ?

— Va voir dans la cuisine, c'est quand la petite aiguille sera sur le 4.

Il l'entend marcher jusqu'à la cuisine et soupirer.

— Mais elle est que sur le 1…

— Presque sur le 2, ma puce. Tu vas voir, ça ira vite.

— Tu vas gagner ?

— Je sais pas, ma puce.

— Moi je sais.

C'est bête mais cette conversation l'a ragaillardi.

Tony est venu le rejoindre et ils ont dévoré leur sandwich dehors sous le soleil d'hiver avant de revenir vers les terrains. Dans le stade règne un vacarme formé par les bavardages du public et le bruit des balles de tennis frappées avec force. Personne ne fait attention quand Charlie entre sur le court avec Tony. Richard discute avec l'arbitre et Boris n'est pas encore là. Sur les gradins, Charlie voit ses parents, Raphaëlle, venue avec sa meilleure amie qui lui fait un grand sourire, Lili qui, quand elle le voit, crie « *Cha-lie, Cha-lie* ! » et ses co-équipiers. Il a beau chercher, il n'aperçoit pas Delphine et il sent un pincement pas loin de son estomac. Tony lui fait un clin d'œil.

Pendant l'échauffement, Charlie est nerveux. Ses balles sortent presque toutes des limites du terrain. Il rate trois services d'affilée juste avant que l'arbitre annonce le début du match.

Charlie jette un coup d'œil vers ses parents qu'il sent tendus. Violette lui adresse un petit sourire, Arnaud a les sourcils froncés. Sans savoir pourquoi, il pense à Julien et sent ses jambes devenir faibles.

— *Cha-lie* ! crie Lili avec ses petits cheveux blonds dans les yeux.

Le silence se fait. Son cœur bat dans ses oreilles. Il faut qu'il retrouve la force de ses jambes. « Je ne suis pas Julien, moi, c'est Charlie ».

Il sert. Sa première balle passe sans encombre. À deux jeux partout, il croit voir Delphine arriver dans les gradins.

Charlie remporte le premier set 7/5. Il est content et surpris de l'être. Assis sur son banc, il se tourne vers le public. Ses parents lui envoient des signes d'encouragement. Lili sautille sur place. Sa mère a les yeux brillants et une légère rougeur sur le haut des pommettes qui lui donne l'air plus jeune. Il y a du monde jusqu'en haut des gradins maintenant, et pourtant Charlie ne peut se défaire de l'impression que tous ces gens ne sont pas là pour lui. Il y a d'ailleurs beaucoup de monde venu soutenir Boris. Il tente d'apercevoir Delphine, mais ne voit qu'un sweat-shirt rouge qu'il lui semble reconnaître, sans en être tout à fait sûr. Richard vient s'accroupir devant lui pour le conseiller sur la stratégie à adopter et sans doute pour qu'il reste concentré. De le voir comme ça à ses genoux, comme pendant les matchs qu'il regarde à la télé, Charlie a presque envie de rire. Il a envie de dire à son entraîneur « Hé ! C'est moi, Charlie, c'est juste moi ». Boris est déjà sur le terrain, Charlie se lève et rejoint son côté du court, optimiste. Lili crie à nouveau son nom.

Boris attaque sur toutes les balles, avide de prendre sa revanche. Boris mène 5/2, les joueurs changent de côté. À 40/15, Charlie réalise qu'il vient d'enchaîner une dizaine de fautes et sent les larmes lui monter aux yeux. À chaque point, il essaye de se remotiver. À chaque fois, il perd le point. Il se sent gagné par l'accablement. Il n'aurait pas dû être là, ce n'est pas sa place, ce n'est pas son rôle, il n'est pas fait pour gagner. Il parvient à sauver la première balle de set, pas la seconde. « Boris Legrand remporte le deuxième set six jeux à deux », annonce l'arbitre dans le micro.

Charlie voit la mine désolée de Tony qui articule des mots qu'il ne comprend pas. Son père le fixe intensément comme s'il voulait lui dire quelque chose, lui aussi. Charlie est sûr que dans son indécrottable optimisme, Arnaud veut lui dire : « Même pas peur, on s'en fout de Boris, joue, fais-toi plaisir, c'est pas le résultat qui compte. » Mais Charlie n'a pas envie de le regarder, il sent son père déçu. Lili est assise sur les genoux de sa mère, comme si elle voulait la consoler, à défaut de le consoler, lui. Elle lui fait des grimaces pour le faire rire et ça lui donne encore plus envie de pleurer. Il détourne la tête. Il ne veut pas que Violette le voie comme ça.

Richard s'accroupit devant lui encore une fois. Charlie met sa serviette sur sa tête, ses coudes sur ses genoux et fixe la terre battue, ses chaussettes tachées de rouge. Il n'a envie de voir personne. Richard lui demande de le regarder et lui fait un sermon que Charlie n'écoute pas vraiment. Les sons se télescopent dans sa tête, le brouhaha du public, la voix de Richard dans son oreille, les vivats de l'équipe de Boris de l'autre côté de la chaise d'arbitre, tout ça forme une bouillie sonore qui lui donne envie de fuir. Il regarde son adversaire qui a l'air concentré, bien plus concentré que lui. Quand l'arbitre remonte sur sa chaise, Charlie se lève avant Boris et entre sur le terrain, la mort dans l'âme, comme on va à l'échafaud.

Charlie perd son service d'entrée de jeu. Une vague de chaleur et d'impuissance monte en lui. Ce n'est pas possible, il faut qu'il se ressaisisse, ça fait depuis le début du deuxième set qu'il se le dit, il y croit et puis il lâche. Il sent avec effroi les larmes lui monter aux yeux une nouvelle fois. Il ne veut pas pleurer, il ne peut pas pleurer. Pas ici.

Lili crie son nom et sa petite voix résonne. Pauvre Lili, pense Charlie, elle doit être déçue. À cet instant précis, juste derrière elle, il voit un halo de cheveux blonds et bouclés. Et un sweat-shirt rouge. Figé, il regarde Delphine qui descend les marches de la travée et ne le quitte pas des yeux. C'est comme dans un de ces films ringards des années soixante-dix que ses parents affectionnent particulièrement, quand la fille arrive dans sa belle robe qui flotte au ralenti autour d'elle et qu'une musique pleine de violons baigne la scène. Il est debout dans son short trop long, son teeshirt de tennis trempé de sueur, ses cheveux en épi et elle, elle descend les gradins, droite, le visage comme un soleil, son sourire planté dans ses yeux à lui, si radieux qu'il s'arrête un instant de respirer. Richard l'appelle, mais Charlie reste hameçonné. Ce n'est que quand il sent la poigne de son entraîneur sur son épaule qu'il se met à marcher vers le terrain, la tête encore tournée vers les gradins. Delphine s'écrie : « Go, Charlie, Go ! ». Et elle s'assied au premier rang devant Tony.

Boris sert. La balle arrive comme un boulet de canon sur Charlie qui parvient juste à l'effleurer. Au lieu de l'accabler, cet ace lui donne un coup de fouet. Il passe de l'autre côté du terrain tout de suite. Quand l'arbitre annonce 15/0, il est déjà prêt. Boris sert fort de nouveau, mais cette fois, Charlie ne se laisse pas surprendre. Il retourne la balle de toutes ses forces et la place le long de la ligne, juste dans le coin. 15/15. Charlie prend le service de Boris. À partir de ce moment, le match prend un autre tour. Charlie s'acharne sur toutes les balles, gagne son service et mène 2 à 1. Pourtant, Boris ne se laisse pas démonter. Ils sont assis tous les deux sur leur banc, leurs coachs à leurs pieds. Cette fois, Charlie ne se sent plus ridicule. Les yeux fermés, il écoute Richard et chacun de ses mots est une petite marche sur laquelle il grimpe. Il mène 5/4. Encore quatre coups gagnants et il remportera le match. La tension monte dans les gradins. Du côté des supporters de l'autre club jaillit une clameur. Boris sourit et regarde son adversaire avec défi. Charlie aurait dû baisser les yeux, c'est ce qu'il fait d'habitude. Mais cette fois, il soutient le regard et sent un sourire se poser sur ses lèvres. Un agréable frisson lui parcourt le ventre et à nouveau, une envie incongrue de rire le saisit.

Ses parents sont debout et crient. Il ne les avait pas entendus parce que les supporters de Boris faisaient trop de bruit. Il voit Tony et Delphine se taper dans la main. Et son sourire ne flanche pas.

Boris fait une double faute. Mais il ne montre aucun signe d'irritation, toujours enfermé dans sa bulle de concentration. Il sert à nouveau et Charlie met son retour dans le filet. Il n'ose pas regarder son coach qui a sûrement envie de le tuer. Il lui dirait qu'il a à nouveau peur de gagner. Qu'il n'a pas l'esprit d'un gagnant. Boris sert, l'échange n'en finit pas. Charlie a l'impression d'être débordé et que Boris fait de lui ce qu'il veut. Il finit par commettre une faute, sort la balle du terrain et s'arrête à bout de souffle. Du coin de l'œil, il voit Delphine, les deux mains plaquées sur la bouche.

30/15. Un mouvement dans la travée attire son regard et il reconnaît Félix qui descend vers le banc de Delphine. Son sang ne fait qu'un tour. Félix et ses baskets rutilantes. Félix et son sourire lent.

Boris sert et Charlie se rue sur la balle. Après, ce n'est plus Charlie sur le terrain, comme si quelqu'un était entré dans son corps. Le jeu s'éternise, ils n'arrivent, ni l'un ni l'autre, à conclure. Boris est sur tous les coups, Charlie attaque sur toutes les balles. Il y a sept balles de match. Le public est debout, l'arbitre ne cesse de réclamer le silence. Charlie ne voit plus personne, juste cette petite balle jaune dont il s'est juré de se faire une amie.

Boris fait une amortie fabuleuse, mais Charlie s'arrache et la cueille du bout de sa raquette comme si c'était un œuf qu'il ne doit surtout pas tomber. C'est la bonne balle. Elle est devenue son amie, roule sur la bande du filet et tombe du côté de Boris à sa stupéfaction. Et à celle de Charlie qui a besoin de quelques secondes pour réaliser qu'il a gagné. Il se tourne vers le public, interdit. Richard lance le poing en avant et Charlie crie « Yes ! ». Il hurle même, les bras au ciel. C'est sans doute un mouvement qu'il n'a jamais fait, mais il lui est venu instinctivement, avec une force qui le propulse en l'air. Puis il court vers le filet pour serrer la main de son adversaire. Il essaye d'être sympa, mais n'a qu'une envie, c'est de courir vers les gradins.

Richard lui donne une accolade qui lui coupe le souffle. En quelques instants, la foule du Club l'entoure. Lili déboule dans ses jambes, les yeux pétillants, le rire gouleyant. Il la prend dans ses bras et la juche sur ses épaules. Le public applaudit toujours, Charlie est hilare.

Ses parents et Raphaëlle descendent vers lui. Son père le bourre de petits coups sur les épaules et Charlie boit son bonheur, même Raphaëlle lui saute au cou. Puis c'est au tour de Violette de le prendre dans ses bras. L'odeur de ses cheveux et la douceur de son étreinte calment un peu son excitation. Il ferme les yeux un bref instant et quand il les rouvre, il est toujours dans les bras de sa mère, mais face au visage de Delphine qui le regarde d'un air qu'il ne saurait décrire. Charlie la voit baignée dans une lumière irréelle. Il sourit et derrière elle, Tony lève les deux pouces en l'air, un sourire accroché aux oreilles.

Arnaud case le dernier sac dans le coffre pendant que Violette ferme la maison. Lili s'installe à l'arrière entre son frère et sa sœur qui ont encore les yeux embrumés de sommeil.

Le soleil n'est pas encore levé, le petit jour est illuminé par la clarté neigeuse. Entre les branches nues luit un très fin croissant d'une luminosité glacée. La voiture fait une marche arrière silencieuse. Raphaëlle et Charlie sont affalés chacun contre leur fenêtre, les yeux déjà fermés. Un drôle de silence, qui n'est pas seulement dû au manque de sommeil, pèse dans la voiture. Le fantôme de Julien est à nouveau au-dessus d'eux. Les visages de Violette et Arnaud se découpent en ombres sur la nuit bleue. Lili détache sa ceinture, se met debout entre les deux sièges de ses parents et entoure leur cou de ses petits bras. Raphaëlle qui s'insurge toujours quand Lili n'attache pas sa ceinture et traite Arnaud et Violette de parents indignes s'ils la laissent faire, ouvre les yeux et la bouche pour réagir. Puis, avale sa salive sans un mot et se contente de glisser sa main dans le pantalon de sa sœur pour la retenir. Le fantôme perd ses contours acérés.

C'est la première fois que la petite fille prend l'avion et mille questions fusent. Lorsque le coton des nuages se dessine derrière le hublot, elle se tait enfin. Un steward leur récite les consignes de sécurité et Charlie montre à sa petite sœur le document qu'il a pris dans la pochette du siège devant lui sur lequel sont dessinés un avion qui sombre dans la mer, ainsi qu'un toboggan attaché à la porte. « On sort avec le toboggan ? » demande-t-elle les yeux ronds. Charlie rit : « Mais non Lili, c'est juste si l'avion tombe dans la mer ». « Si l'avion tombe dans la mer » répète-t-elle sérieusement. Puis, elle commence à fredonner : « Si l'avion tombe dans la mer ». Ça lui rappelle une chanson dont elle ne retrouve pas les paroles. Elle se contente de chantonner en boucle : « Si l'avion tombe dans la mer, si l'avion tombe dans la mer ». À côté de Raphaëlle, une femme est assise toute droite dans son fauteuil, les mains cramponnées aux accoudoirs.

— Excusez-moi, vous pouvez dire à votre petite sœur de se taire s'il vous plaît ?

Sa voix est blanche, et Raphaëlle est sûre qu'elle mettrait ses mains sur ses oreilles si elle osait lâcher les accoudoirs. Elle se penche vers Lili et croise les yeux de son frère qui a toutes les peines du monde à ne pas rire :

— Chut Lili, tu ne dois pas chanter, tu fais peur à la dame.

Les yeux de Lili s'illuminent. Ses parents, de l'autre côté de la travée, n'ont pas perdu une miette de la scène et retiennent également leur sourire.

Raphaëlle tente une nouvelle fois de faire taire sa petite sœur, mais laisse exploser son hilarité avant d'avoir terminé sa phrase et Charlie cache son visage pour rire tout son saoul.

D'une voix claire, Lili reprend son chant en lançant un regard ravi autour d'elle. Ça fait longtemps qu'ils n'ont pas ri comme ça tous les cinq.

Chapitre 14

Éthiopie - Hauts-Plateaux, décembre 2012

Raphaëlle donne un coup de coude à son frère et lui montre d'un regard entendu leurs parents qui marchent devant eux dans la poussière du chemin, main dans la main.

Raphaëlle et Charlie échangent un sourire. Lili gambade à côté d'eux, Mina pendue la tête en bas au bout de son bras.

— Charlie ?

— Mmh.

— Tu sais pourquoi je viens de te donner un coup de coude ?

Raphaëlle regarde son frère, les sourcils froncés. Charlie a son air de gamin tombé de la lune, avec ses cheveux blonds dressés en épis sur la tête. En général, ça l'horripile, mais là, elle sourit et s'en étonne elle-même.

Cela fait presque une semaine qu'ils marchent sur les Hauts-Plateaux éthiopiens et elle se sent étrangement bien. Elle avait redouté ces vacances craignant de reprendre de plein fouet la mort de Julien qu'ils avaient chacun à leur manière domptée depuis deux ans. Dès le début du voyage, Raphaëlle avait eu plusieurs fois le cœur près de déborder. Quand à l'aéroport de Paris, elle avait cru reconnaître le profil de Julien et cette façon qu'il avait de passer la main dans ses longs cheveux noirs qui lui tombaient sans cesse sur l'œil. Le souffle suspendu, elle avait suivi cette nuque qu'elle connaissait si bien. Mais le garçon s'était retourné et le rêve s'était évanoui, laissant un douloureux chemin entre sa gorge et son cœur. Elle avait alors enfoui son nez dans la manche du sweat-shirt trop grand qu'elle portait, celui qu'elle avait extirpé des caisses contenant les affaires de Julien avant qu'ils ne les donnent à Emmaüs. Pendant ces deux dernières années, il lui était souvent arrivé de sortir le vêtement bleu-gris de son tiroir pour essayer de reconstituer l'odeur de son frère, ce mélange d'eau de Cologne, de savon et de salle de sport. Juste avant de partir pour l'aéroport, elle avait enfilé le vêtement, comme on enfile un talisman.

À dix-huit ans, elle aurait préféré partir skier avec des copains. Passer les vacances avec ses parents, son frère cadet – qui plus est, amoureux – et sa petite sœur, aussi irrésistible soit-elle, n'était pas la perspective la plus excitante qui soit. L'Éthiopie, malgré l'enthousiasme qu'elle avait voulu afficher en préparant le voyage, ravie d'aller dans un pays que Julien avait choisi et que si peu de leurs copains connaissaient, ne lui inspirait qu'une curiosité modérée. Flattée de lire la perplexité et le brin d'admiration sur le visage de ses interlocuteurs quand elle parlait de sa destination de voyage, elle avait vite déchanté en surfant sur Google. Si elle avait été subjuguée par les paysages, elle avait réalisé que le revers de la médaille de cette destination si peu courue était le côté très rustique du voyage. Oubliés les petits hôtels de charme dont ses parents étaient si friands. Toujours en pensant à Julien, Dawit et Selina,

Arnaud n'a pas voulu travailler avec les agences de voyages françaises et a choisi une agence d'Addis-Abeba engagée dans l'aide aux populations locales. Après chaque journée de marche, ils passent la nuit dans une maison différente. De petites maisons carrées, de pierre rouge, construites en équilibre au bord de la falaise, solitaires face au vide vertigineux et ce sont les villageoises qui viennent cuisiner les injera, sur un petit brasero dans la cour. Pas d'électricité, pas d'eau courante. Il y a bien ce que leur guide Hailé appelle fièrement la « traditional shower », qui n'est en fait qu'une pièce sans fenêtre avec un trou dans le sol de terre argileuse pour l'écoulement de l'eau. Sans eau. Ils ont passé la semaine en se lavant les mains et la figure dans une petite bassine de plastique coloré, dans laquelle une jeune femme leur verse un peu d'eau claire. Quelquefois même sans savon, les aigles du coin appréciant particulièrement cette denrée qu'ils viennent chaparder sous leurs yeux. Les chambres spartiates, elles aussi sans fenêtre, donnent sur une jolie cour intérieure ensoleillée et égayée par les contours de portes et fenêtres peints de couleurs vives. Arnaud et Violette ont longuement chapitré Lili en lui intimant l'ordre de ne jamais sortir seule de la maison, même si elle voulait faire pipi la nuit, terrorisés à l'idée qu'elle puisse tomber dans le vide en sortant. Ils ont d'ailleurs voulu que Lili dorme avec eux dans leur chambre, mais il est arrivé à Raphaëlle de se réveiller en sursaut pendant la nuit croyant avoir entendu sa petite sœur se lever. Elle se précipite alors dans la cour, le cœur battant, et ce n'est qu'une fois qu'elle a fait le tour du petit muret surplombant le vide qu'elle retrouve une respiration normale.

Elle lève alors les yeux vers la voûte stellaire. Au-dessus d'elle, des milliers d'étoiles palpitent doucement. Elle lève la main, le regard planté dans le noir pailleté d'éclats d'or et cherche entre ses doigts l'image d'elle ne sait qui.

Les Hauts-Plateaux éthiopiens sont grandioses, ils offrent un paysage vertigineux sculpté par des siècles d'érosion : canyons, cols, gorges profondes, vertes vallées, forêts d'acacias s'étalent à l'infini. Raphaëlle et Charlie ont l'impression d'être au Far West. Ils cherchent du regard, de l'autre côté du canyon, la silhouette massive d'un chef indien, calé sur sa monture, fixant de ses yeux perçants la vallée en terrasses qui s'étale sous ses pieds. Le matin, ils partent tôt. La théière cabossée fume sur le muret de pierres, derrière lequel sont assis les muletiers enveloppés dans leur gandura blanche, dans une telle immobilité qu'ils ressemblent à des statues de pierre. Pour compenser l'absence de douche, ils se lavent longuement les dents, debout au bord du précipice, les yeux posés sur le décor immuable et les écharpes de fumée qui s'échappent des maisons de terre surmontées de meules de foin rondes et dorées. Les ânes chargés de leurs sacs de voyage, partent directement vers la maison où ils logeront la nuit suivante, tandis qu'ils descendent dans la vallée dans l'après-midi. Contrairement aux Hauts-Plateaux vierges et infinis où seuls se découpent sur le ciel le profil noir des acacias africains et celui des petites maisons solitaires, la vallée vibre de vies. Des bergers conduisent des chèvres agiles, des vaches placides, aux yeux de biche et aux cornes longues et gracieuses. Des femmes longues et réservées, habillées de couleurs chatoyantes et coiffées de minuscules tresses plaquées sur le front, s'acquittent de leur tâche de porteuse d'eau. Souriantes, malgré le poids de gros jerricans qu'elles apportent jusqu'au village, elles sont accompagnées de leurs filles qui les aident dès leur plus jeune âge. Les hommes quant à eux, habillés de chemise à carreaux sur leur pantalon sombre se promènent souvent avec une canne posée sur leurs épaules au bout de laquelle se balancent des sacs de toile. En fin d'après-midi, ce sont des écoliers qui accourent dès qu'ils aperçoivent l'ombre des étrangers approcher. Un peu effarouchés et très rieurs, ils rivalisent de pitreries et d'acrobaties pour les saluer et longtemps leurs « bye-bye » les poursuivent dans la poussière des chemins.

Lili provoque toujours beaucoup d'émoi, ses cheveux blonds devenus presque blancs avec le soleil agissent comme un aimant et son rire cristallin attire les caresses des mères et la curiosité des enfants.

Tout est nouveau et source d'émerveillement. Raphaëlle s'étonne elle-même d'apprécier le rythme lent de la marche, le silence des Hauts-Plateaux, le bourdonnement de la vie des vallées. Elle réalise avec surprise que ni Charlie, ni elle n'ont vissé leurs écouteurs dans leurs oreilles, sans même se concerter.

Tout au long de ces longues heures de marche, des groupes se forment et se défont au gré des conversations. Un vrai ballet, qui suit la course du soleil dans le ciel sans nuages.

— Tu ne trouves pas que Papa et Maman ont l'air plus cool ?

Charlie marche à côté d'elle mais ne répond pas. Raphaëlle répète sa question en haussant la voix.

— Mmmh, je me disais la même chose en fait. Ça fait super longtemps que je ne les ai pas vus main dans la main.

— Papa a l'air plus gai. On a l'impression qu'il est vraiment là.

— En attendant, difficile pour lui de ne pas y être. On est en Éthiopie, je te rappelle. Je vois pas où il peut être ailleurs qu'avec nous, c'est lui qui a organisé ce voyage.

— Oh Charlie, tu sais bien ce que je veux dire. On a eu toutes les peines du monde à sortir Maman de son désespoir et au moment où elle a commencé à reprendre du poil de la bête, c'est Papa qui a commencé à sombrer. J'ai cru qu'on n'en sortirait jamais.

— Oui c'est vrai. C'était une drôle d'ambiance.

Il se tait un instant, sourit en voyant Lili qui sautille devant. Cette petite ne peut pas marcher normalement, elle gambade sans cesse. Ou alors d'un coup, elle s'assied par terre et dit qu'elle n'en peut plus. Il se tourne vers Raphaëlle.

— Et toi ?

— Quoi moi ?

Ils se regardent les yeux dans les yeux. Entre eux flotte le visage de Julien.

— Raphaëlle, tu m'as fait promettre…

— Oui, c'est vrai.

Elle quitte le regard de son frère, puis murmure :

— C'est dur. Il me manque. J'avais l'impression qu'on était si proches. Mais toi aussi j'imagine.

Charlie fixe l'horizon, il n'aime pas quand Raphaëlle souligne la proximité qu'elle ressentait avec Julien.

— Oui et non.

Charlie ne sait pas comment parler de Julien. Il hésite à se dévoiler devant Raphaëlle, maintenant que son attitude envers lui semble avoir changé. Il craint qu'elle ne comprenne pas l'ambivalence de ses sentiments pour leur frère : une admiration teintée d'envie, de jalousie. Julien était celui qui faisait tout en premier, celui qui gagnait les matchs, celui qui était élu capitaine de son équipe, celui qui avait les mêmes yeux que leur mère, celui que les filles contemplaient avec des yeux de grenouille, celui qui s'occupait de Raphaëlle, celui qui se moquait de lui.

— Explique, dit Raphaëlle.

Elle regarde son frère et le trouve beau. Avec ses épis clairs, son visage hâlé, ses dents un peu écartées et ses yeux rêveurs, il l'attendrit presque. Mais il y a quelque chose de plus. Sous ce regard qu'il ne lui connaît pas, Charlie commence à rire. Elle lui prend légèrement le coude et appuie sa tête sur son épaule. Charlie, ravi d'éluder sa question, rit :

— C'est confortable une carrure de tennisman hein ?

— Assez, tu as vachement bien joué. Je suis contente que tu aies gagné ce tournoi, tu peux pas savoir.

Charlie ne dit rien, Raphaëlle ne peut pas voir le sourire qui s'élargit sur son visage.

— En plus, tu as battu Boris, trop bien !

— Ah bon ? Je croyais que tu le trouvais pas mal.

— C'est lui qui se trouve très beau ! C'est toute la différence, ça lui enlève tout son charme.

— Quand est-ce que tu vas tomber amoureuse ?

Raphaëlle soupire.

— Je ne sais pas. C'est bon maintenant, je suis prête.

— Je comprends pas, tu as plein de mecs qui font la queue devant ta porte.

— Ce ne sont pas les bons.

— Raphaëlle, tu devrais ouvrir les yeux, arrêter d'attendre quelqu'un qui ressemblerait...

Il s'interrompt.

— Qui ressemblerait à qui ?

La voix de Raphaëlle est tendue.

— Bah, je ne sais pas. Ouvre les yeux. Et à propos d'yeux, je reviens à ce que tu disais de Papa. Qu'est-ce que tu voulais dire par regard fixe ?

— Son regard est plus fixe qu'avant.

— Qu'est-ce que tu veux dire plus fixe ? Ses yeux s'envolaient avant ?

— Mais non ! Je veux dire qu'on avait toujours l'impression qu'ils étaient dans le vague, qu'ils ne nous voyaient pas. Là, ils sont plus fixes. Tu comprends, gros plouc ?

— Hé ! Je ne te permets pas. C'est pas parce que tu as un an de plus que moi...

— Un an et demi, mec ! C'est toute une vie, surtout que t'es un garçon, c'est au moins comme si j'avais trois ans de plus que toi !

— N'importe quoi !

Il éclate de rire, il se sent libre, léger, il a envie de courir. Il arrache le bandana que Raphaëlle porte dans ses cheveux et part en courant. Sa sœur pousse un cri, moitié rire moitié colère et se lance à sa poursuite.

— Pour moi, Charlie, pour moi ! s'écrie Lili qui revient en courant vers eux.

Ils sont assis tous les cinq dans la pièce de la petite maison de pierres au bord de la falaise. La porte de bois est ouverte sur la nuit criblée de pépites d'argent. Hailé discute avec la femme du village qui vient de leur apporter un plateau de maïs soufflé pour accompagner leur café. Ils sont habillés de leur doudoune mais l'air froid et sec du dehors fait frissonner Lili qui se colle à Charlie. Raphaëlle se lève sans un mot, fixe sa lampe frontale sur le sommet de sa tête et va dans la chambre pour revenir avec le grand sweat-shirt bleu-gris. Avec un sourire qui met les larmes aux yeux de Violette, Raphaëlle enfile l'immense pull de Julien à sa petite sœur.

— C'est comme une robe !

— Exactement. Viens ici que je te roule les manches, sinon tu vas marcher dessus.

— On dirait plutôt un fantôme, ou même Dobby, la taquine Charlie.

— Tu fais attention à ne pas l'abîmer, ma Lili, s'il te plaît, tu sais que j'y tiens beaucoup.

— Oui, je sais c'est le pull de Julien, dit la petite en serrant les bras contre elle.

Un silence s'installe, léger et chargé à la fois. Violette réussit à ne pas pleurer quand Arnaud lui passe la main dans le cou. Lili les regarde tous les quatre, l'air grave.

— J'ose pas le dire, murmure-t-elle.

Le silence persiste, comme si la nuit venait d'entrer dans la pièce. Pour une fois, c'est en regardant sa sœur que la petite puise son courage.

— Je me souviens pas de Juju.

La nuit étire les pans de ses draps sombres au-dessus d'eux. Lili regarde sa maman et ses yeux pleins de larmes et d'une petite voix cassée, dit :

— Le soir dans mon lit avant de dormir, je revois que son visage des photos, j'entends pas sa voix. Quand je pense à Maminou et à Papinou, j'entends leurs voix, quand je pense à Maman et Papa quand ils sont sortis le soir, j'entends leurs voix dans ma tête. Mais j'arrive pas à entendre celle de Julien, je la connais pas.

Elle remonte ses genoux sous le grand sweat-shirt et elle fond en larmes. Arnaud prend sa fille sur les genoux :

— Viens ici, ma Lili. J'ai une idée, on va te raconter chacun à notre tour notre meilleur souvenir de Julien. Et puis, pour te prouver que Julien était vraiment ton frère et notre fils, et pas seulement un personnage de livre dont tu entendrais parler qu'en bien, on va chacun raconter une anecdote où Julien n'était pas forcément un saint. D'accord ?

Déjà, la petite fille s'est redressée, impatiente. Son frère et sa sœur, décontenancés, restent sans voix et c'est Violette qui, à la surprise générale, prend la parole. La voix un peu tremblante au début, elle se fait violence pour raconter la deuxième anecdote, celle où Julien a claqué un jour la porte plutôt que d'oser reconnaître une vérité. Elle sait qu'Arnaud a raison, qu'il faut que leur petite dernière ait un vrai frère, même mort, il faut qu'il soit de chair, de sang, de joie, de méchanceté, pas une icône sur un album-photos.

C'est Raphaëlle qui prend la parole ensuite. Après un vibrant hommage au grand frère protecteur, elle respire un grand coup et raconte une défaite cuisante vécue par son frère lors d'un match de hockey et la colère homérique qui avait suivi. Elle a du mal à terminer tellement elle rit et son rire contamine les quatre autres et les entraîne dans une farandole de souvenirs cocasses ou tendres. À présent, chacun y va de son souvenir et si Charlie se met à nu en avouant sa jalousie pour un frère dont l'ombre était trop grande pour lui, c'est lui aussi qui raconte à Lili combien Julien l'avait adorée, les longues balades qu'il l'emmenait faire, à cheval sur ses épaules, comment il avait même hésité à partir en fac à Grenoble pour ne pas trop s'éloigner de ce bébé qui le faisait fondre.

Violette regarde son fils et une fois de plus s'attendrit de ce mélange de fragilité et d'intensité. Lili, ravie, boit les paroles qui lui rendent les contours de ce frère dont elle ne se souvient pas, mais qui vit dans les yeux des siens et dont elle veut garder la trace.

Est-ce le poids de la nuit africaine, ce sentiment d'être déconnecté de tout, cette impression d'étrangeté ? La nuit se prolonge et voit cinq personnages s'animer, se lever. L'évocation se transforme en pantomime, en imitation où trône Julien, ni fantôme, ni spectre, mais Julien-présence, Julien-fils, Julien-frère avec ses rires et ses mauvaises humeurs, ses blagues pourries, sa mauvaise foi et sa générosité. Hailé s'est éclipsé et a tiré discrètement la porte de bois bleu sur la famille qui ce soir est à nouveau composée de six personnes.

C'est leur dernier jour de trekking. Violette s'essuie le front avec un bout de son foulard. Elle préfère ne pas regarder la trace laissée sur le coton clair. Elle a presque l'impression de voir un fumet malodorant s'élever au-dessus de leur petit groupe. Une semaine qu'ils ne se sont pas lavés. Elle frotte de ses doigts ses joues cuivrées par le soleil d'altitude et sent de petits duvets de saleté rouler sous ses doigts. Lili a bien marché cette semaine même si de temps en temps elle a demandé à monter sur l'âne qui les accompagnait. Elle asseyait la poupée contre son ventre et les regardait victorieuse marcher sous le soleil haut dans le ciel. « C'est juste parce que j'ai des jambes plus petites que vous », disait-elle quand Raphaëlle et Charlie se moquaient d'elle.

Violette sent son cœur se gonfler de gratitude. Devant elle, ses trois enfants courent dans la lumière rasante de la fin d'après-midi. Raphaëlle et Charlie se poursuivent pendant que Lili virevolte autour d'eux, sous un immense arbre aux ramifications complexes dont le feuillage laisse passer de longs rais lumineux. Les grains de poussière ambrés volent autour de leurs pieds dansants. Cette image idyllique et à ce moment-là, la pression de la main d'Arnaud dans la sienne, lui font monter des larmes de bonheur aux yeux. Depuis combien de temps n'a-t-elle pas versé des larmes de joie ? Même l'image de Julien, qui tous les soirs apparaît derrière ses paupières quand elle les ferme, devient plus floue, ce sourire charmeur qu'il avait avec cette dent au petit bout cassé, ne lui tord plus l'estomac, ne lui vrille plus le cœur. Les longues heures de marche dans le cadre grandiose des Hauts-Plateaux lui ont permis de faire le tri dans ses sentiments. De ne plus s'en vouloir d'être en vie alors que son fils est mort. De ne plus en vouloir à Arnaud de ne pas ressentir toujours la même chose qu'elle au même moment, de ne plus en vouloir aux autres d'être heureux alors qu'elle avait envie de mourir, de ne plus en vouloir à ses enfants de la forcer par leur seule présence à tenir debout. Et elle n'a plus honte non plus de recommencer à sourire et à rire. Elle a l'impression que Julien a perdu ses contours tragiques, qu'il flotte juste au-dessus d'elle et qu'elle entend son rire.

Sans même bouger, Violette sent la présence d'Arnaud à ses côtés. Cette présence lui était devenue indispensable dans les mois qui avaient suivi la mort de leur fils. Il n'était plus que sa planche de salut, le morceau de bois qui la maintenait à flot. Pourtant, ces derniers temps, son empreinte s'était comme estompée. Il était là, mais il n'était plus là. Elle avait l'impression de le voir dériver dans une barque qui restait à portée de vue, de voix, mais qui jamais ne se rapprochait d'elle. Elle en était désemparée, mais n'avait pas eu le cran de se pencher sur cet écheveau emmêlé d'impressions fugitives et désagréables. Sa force retrouvée l'avait été au prix d'un effort surhumain et elle ne se sentait pas encore suffisamment solide pour tâcher de comprendre ce qui avait éloigné Arnaud. Ces longues marches éthiopiennes l'aident à dissiper les brouillards et même si elle refuse de se pencher sur le pourquoi de la distance qui s'était installée entre elle et son mari à Lyon, elle sent qu'Arnaud reprend consistance à ses côtés.

Elle regarde ses enfants : Raphaëlle rit aux éclats. Ses membres grêles ont acquis une longueur musclée, ses joues ont conservé un peu des rondeurs de l'enfance, elle semble bien dans sa peau, libérée d'un poids qui était simplement celui de l'absence de son frère, comme si elle avait appris à l'apprivoiser.

Charlie rayonne. L'absence de connexion et donc de nouvelles de Delphine ne semble pas affecter sa bonne humeur. Comme son fils, Violette est consciente des liens particuliers qui les unissent tous les deux. Ils n'ont pas à s'exprimer pour se comprendre. Elle a deviné, comme palpé la culpabilité ressentie par Charlie, déstabilisé par la souffrance de sa sœur et de ses parents, souffrance qu'il n'arrivait sans doute pas à ressentir lui-même. Lili avait été sa bouée à lui. Lili, qui du haut de ses deux ans, ne pouvait absolument pas appréhender le concept de la mort.

Violette regarde sa petite dernière danser sous l'arbre à palabres. Elle a la tête renversée en arrière et les bras levés. Les rayons du soleil viennent frapper sa blondeur ébouriffée. Elle regrette seulement que Julien ait si peu connu sa petite sœur et que Lili ne se souvienne pas de ce frère aîné. Involontairement, elle frissonne. À ce moment, Arnaud lui pose le bras sur les épaules. Le bras de son mari a à nouveau un poids.

Deux jours plus tard, après avoir fêté le Nouvel An et passé la seule nuit de tout leur séjour dans un hôtel, sentant le savon et les cheveux propres, la famille Grimaud prend place dans deux grosses jeeps, en route pour la deuxième partie de leur voyage.

Chapitre 15

Éthiopie, vers la dépression du Dallol, janvier 2013

À l'intimité et l'exclusivité de leur petit groupe familial, succède soudain une effervescence touristique qui les prend par surprise.

Arnaud est furieux contre lui-même. Ces derniers mois l'avaient plongé dans un tel brouillard qu'il ne se souvenait absolument pas s'être engagé dans ce type de voyage. Autant la première partie dans les Hauts-Plateaux était en tout point conforme à ce qu'il avait attendu, riant sous cape avec Violette de voir leurs enfants précieux confrontés à des vacances rudimentaires, autant il n'avait aucun souvenir d'avoir lu que la deuxième partie de ce voyage en Éthiopie se déroulerait au sein d'un groupe de vingt touristes qu'ils ne connaîtraient ni d'Eve ni d'Adam. Il croit se souvenir maintenant avec un brin de culpabilité des mises en garde des guides, rappelant que les tensions territoriales avec l'Érythrée, le climat extrême de la région et l'incertitude de la couverture téléphonique rendaient le Danakil dangereux. Mais, cette partie du pays est sans doute aussi une des régions les plus spectaculaires d'Afrique de l'Est. Il avait sans doute lu trop rapidement que ceux qui décidaient de s'y rendre devaient accepter de voyager en groupe et sous escorte armée. Aurait-il choisi une agence française, les recommandations auraient été sans doute plus sévères, mais l'agence locale l'avait rassuré, le pays n'était plus en guerre depuis des années. Comme souvent une fois dans le pays, les rumeurs se taisent. Au moment où il avait réservé ce voyage, sa seule préoccupation était de faire en famille le voyage de Julien. Leur hommage à Julien. Il était dans une telle brume émotionnelle que ces réserves lui étaient complètement sorties de la tête et ce n'est qu'aujourd'hui qu'il retrouve la mémoire.

Après plusieurs heures de route, ils ont laissé derrière eux la majesté des Hauts-Plateaux pour traverser la grande ville de la région, Mekele. Charlie rêvasse, les yeux au-dessus de son livre, Raphaëlle écoute sa musique et Lili chante les chansons des Aristochats à tue-tête faisant rire doucement Hailé, leur guide qui les a accompagnés dans les Hauts-Plateaux et qui maintenant est également leur chauffeur pour le reste du voyage. Raphaëlle sourit dans le rétroviseur aux yeux plissés de rire et aux cheveux tire-bouchonnés. Les jeeps s'arrêtent dans le centre de la ville où elles sont rejointes par d'autres véhicules identiques sur lesquels un Éthiopien qui a l'air d'être le meneur de l'équipe, colle un chiffre visible de loin. D'autres touristes s'installent dans leur voiture. Les chauffeurs mettent des paquets d'eau en bouteille dans tous les coffres et ligotent des matelas de mousse sur les toits qu'ils coincent avec des jerricans d'essence. Un homme vient se présenter comme leur nouveau guide pour cette partie du voyage. Tesfa est grand, dégingandé et Arnaud s'étonne de voir les lacets de ses grosses chaussures de marche traîner par terre. Une fois la ville derrière eux, les voitures rouleront en convoi, dans l'ordre de leur numéro. À chaque check-point, on vérifiera le nombre de jeeps, de chauffeurs et de touristes qui vont voyager toute la semaine ensemble. Violette ne peut réprimer un sourire lorsqu'elle croise le regard contrarié d'Arnaud par-dessus la tête du couple d'Américains qui les a rejoints dans la jeep.

Les voitures s'ébranlent pour gagner le paysage désertique du pays Afar, une des régions les plus pauvres du monde. La région Afar abrite une zone de dépression qui se situe à cent soixante-dix mètres au-dessous du niveau de la mer, ce qui explique les températures les plus chaudes du globe et l'aridité des paysages, mais aussi les panoramas les plus insensés qu'ils vont pouvoir admirer toute la semaine. Les 4X4 roulent sur de longs rubans d'asphalte, taillant la route dans un paysage désolé et d'une étrange beauté. Au loin se profilent les montagnes des Hauts-Plateaux qu'ils viennent de quitter. L'air est brûlant, et ils doivent se protéger les yeux de la luminosité orange du sol.

Les voitures s'arrêtent pour le déjeuner. La vingtaine de touristes descend en s'ébrouant et se dirige vers une tente sombre où ils s'installent pour grignoter un en-cas qui leur permettra de tenir pendant les heures de route qui les attendent avant d'atteindre leur première étape, les rives d'un lac salé. Arnaud n'arrive pas à se défaire de sa mauvaise humeur et détaille les membres du groupe, les sourcils froncés. Trois Chinois qui ne semblent pas connaître un traître mot d'anglais, sont équipés d'un matériel photographique professionnel qui capte toute leur attention. Leurs compagnons de route ne semblent guère les intéresser, contrairement aux deux jeunes Américains, Jody et Bill, visages ouverts et regards rieurs, qui sont déjà en train d'approcher Charlie et Raphaëlle. Deux jeunes retraités bretons qui ne parlent qu'un ou deux mots d'anglais, ont l'air perdus et maussades. Arnaud repère un couple mixte, lui asiatique, elle belge, accompagné d'une jeune fille qui doit avoir le même âge que Raphaëlle. Ils sont en grande conversation avec un autre couple, mixte lui aussi, puisque la femme est éthiopienne et le mari belge. Autour d'eux gambadent deux enfants noirs dont Arnaud a du mal à savoir s'ils sont adoptés par un des deux couples ou s'ils sont juste du village. Le gamin qu'on appelle tantôt Titoum, tantôt Trésor ne quitte pas d'une semelle une fillette, un peu plus âgée que lui, qui exhibe ses dents écartées dans une grimace désarmante. Chacun se présente avant de manger une assiette de riz insipide sur lequel repose un morceau de viande dont Arnaud se demande si c'est de la chèvre ou du poisson. Il soupire, se maudissant intérieurement de ne pas s'adapter aussi facilement que Violette qui discute avec sa voisine belge, Lucie, qui sourit de toutes ses dents en s'amusant du fait que tant de nationalités différentes soient représentées dans leur groupe. Morose, Arnaud, se dit qu'à elle seule cette famille aurait suffi à faire la publicité de Benetton des années 80 : le mari tout à fait asiatique, la femme blonde, leur fille métisse et ces deux petits Africains, qu'ils soient leurs enfants ou pas. Les deux gamins déambulent près des jeeps garées le long d'une route de terre bordée de toiles tendues sur des mâts de bois. Mekele est déjà loin. Le village ressemble plus à une garnison, route défoncée flanquée de constructions branlantes. Arnaud regarde ses enfants qui restent encore centrés sur leur cellule familiale, mais dont les regards sont curieux et avenants. Lili louche sur les petites tresses de Divine. Charlie et Raphaëlle discutent déjà avec les Américains. Violette regarde son mari du coin de l'œil, amusée. Il ne résiste pas au sourire de connivence qu'elle lui adresse et sent la tension de ses épaules se relâcher légèrement. Enfin, ils remontent tous en voiture. Arnaud soupire d'aise.

Lorsqu'ils arrivent sur les rives du lac salé, plusieurs convois de voitures les y attendent déjà. Charlie et Raphaëlle pouffent en voyant la grimace courroucée de leur père lorsque, sortant tout courbatu de la jeep, il réalise qu'ils ne sont plus seulement vingt, mais bien deux cents touristes amassés sur les rives de l'immense lac. La plupart d'entre eux arrivés bien plus tôt ont déjà profité des eaux salées et de la vue imprenable sur les montagnes veloutées de l'autre côté de la surface liquide d'un turquoise opaque. Des dizaines de bouteilles en plastique vides et des papiers gras jonchent le sol, les voitures forment un fouillis de tôle blanche et cliquetante dans la chaleur. Raphaëlle cherche leurs sacs de voyage pour trouver son maillot de bain. Charlie prend discrètement en photo la mine renfrognée de son père.

— Le temps que tu trouves ton maillot, le soleil aura disparu, il fera tout noir et tu n'auras plus aucune envie de nager dans cette eau qui recèle on ne sait trop quels animaux. Trouillarde comme tu es, tu vas pleurnicher pour que je vienne avec toi.

— N'importe quoi ! répond sa sœur en bataillant avec la fermeture Éclair de son sac. Mais ces ploucs n'ont pas sorti les bons sacs du coffre et mon maillot est dans celui qui est resté dans la jeep qui est partie, je ne sais où. C'est la faute de cette Lucie, la Belge qui nous a fait tout ce cirque pour les chèvres écrasées. À cause d'elle, on a perdu trois heures en plein cagnard et maintenant on est les derniers et on n'a même plus le temps de se baigner !

Charlie lance à sa sœur son maillot de bain. Ils s'élancent tous les deux vers la nappe bleutée, désertée à présent par les touristes.

Malgré la foule et les cadavres de bouteilles vides partout autour d'eux, Raphaëlle et Charlie ne sont pas mécontents de retrouver un semblant de vie en société même si le confort n'a toujours pas l'air d'être au programme. Cette semaine durant laquelle ils vont devoir s'accommoder de la présence permanente de vingt inconnus et dormir à la belle étoile sur des lits de corde tressée, dans la partie la plus chaude et la plus inhospitalière du globe terrestre, leur paraît plutôt prometteuse.

Violette sourit. Une grosse 4X4 est arrivée chargée de lits de fortune, dont les pieds noueux sont reliés par un cordage tressé sur lequel on a posé des matelas de mousse aux couleurs criardes. Le groupe a échangé des regards étonnés puis a fait contre mauvaise fortune bon cœur. Ils se sont installés un peu à l'écart de la foule autour d'une table en plastique, Arnaud a sorti de son sac à dos ses saucissons séchés et Tesfa leur a apporté une bouteille de vin rouge et chaud qui les aide à briser la glace. Ils ont ensuite mis tous leurs lits côte à côte et se sont glissés dans leur sac de couchage. La nuit est noire, chaude et sonore du bruit des deux cents touristes et de leurs accompagnateurs. Violette regarde les lampes frontales de ses trois enfants braquées sur leur livre. Elle sourit et ferme les yeux. Elle les rouvre quand Raphaëlle lui secoue le pied doucement et chuchote : « Maman, viens vite, c'est le lever du soleil », avant de se faufiler rejoindre son frère déjà debout sur la petite butte face au lac salé qui a pris une teinte orange pâle et derrière lequel surgit, énorme et irréelle, une tranche rouge coquelicot. Violette tourne la tête vers Lili et Arnaud qui dorment encore tout comme les autres membres du groupe. Elle s'assoit en tailleur, ouvre son sac de couchage sans s'en extirper, repousse ses cheveux en arrière. Devant elle se déploie la naissance du monde. Charlie et Raphaëlle contemplent le disque incandescent qui monte à une vitesse telle qu'on peut presque visualiser son mouvement ascendant. Les silhouettes de ses enfants et les arbustes d'épineux dessinent des lignes d'un noir d'encre sur l'orange flamboyant. Violette saisit son appareil photo et appuie sur le déclencheur.

La route a quitté l'horizon. À perte de vue, le désert du Danakil étire ses étendues blondes et ridées, plates comme un vinyle. Les voitures s'arrêtent fréquemment, parfois pour aider à désensabler l'une d'entre elles, pendant que leurs occupants dérouillent leurs membres ankylosés dans le vent brûlant. Arnaud sourit en regardant ses enfants ivres de chaleur et d'excitation tourner comme des toupies dans le sable, leur silhouette, seules lignes verticales sur ce monde horizontal.

Quelques heures plus tard, le sable blond a fait place à d'énormes blocs de lave séchée sur lesquels les voitures progressent à pas d'homme, malmènent leurs occupants comme des boules de flipper folles. Ils rejoignent d'autres touristes accompagnés eux aussi de militaires dans un groupe d'habitations de pierre qui ressemblent à de grossiers igloos surmontés de paille, installé à la frange du volcan Erta Kalé d'où ils partiront en fin d'après-midi pour une ascension de quatre heures jusqu'au sommet. Ils arriveront en pleine nuit afin de dormir au bord du cratère. Pendant que les guides attachent les sacs de couchage et le ravitaillement sur le dos des bêtes, les deux cents touristes déambulent dans le paysage aride et noir, où seul un arbre à la ramure étrangement généreuse offre un brin d'ombre.

Raphaëlle, Charlie et Aysia approchent un mannequin déguisé en soldat armé jusqu'aux dents, leurre pour les Érythréens qui les espionneraient là-bas de l'autre côté de la frontière, à quelques kilomètres à peine. Raphaëlle se penche, soulève la casquette en treillis. La posture est saisissante de réalisme. Violette colle l'œilleton de son appareil sur son œil et prend la photo au moment où Raphaëlle éclate de rire, sous le regard noir d'un garde armé, en chair et en os celui-là.

Lili, Trésor et Divine sont assis en tailleur sur des bouts de couverture autour d'une assiette de biscuits secs que Tesfa a déposée à côté des gobelets d'eau. Lili rit à gorge déployée et Charlie se demande attendri, ce qu'elle a bien pu comprendre de ce que se racontent

Trésor et Divine. Le petit garçon se lève, ses jambes noires blanchies par le sable et esquisse une danse devant les petites filles qui pouffent. Lili saisit alors le téléphone que Charlie lui a prêté et pianote sur le clavier jusqu'à ce qu'elle trouve sa vidéo préférée : la chanson des Aristochats. Les deux petits Soudanais intrigués inclinent le front vers le petit écran. La musique jaillit, entraînante et incongrue dans ce paysage. Lili se recule un peu pour leur laisser la place et savourer chez ses nouveaux amis le ravissement qu'elle peut lire sur leur visage devant la folie créative des chats de Disney. Divine glousse de plaisir et Trésor réprime un hoquet encore une fois en oubliant de respirer. Lili saute sur ses pieds et entonne le refrain à tue-tête « Tout le monde veut devenir un cat parce qu'un chat quand il est cat retombe sur ses pattes ». Les deux petits Soudanais ne quittent pas l'écran des yeux et éclatent de rire en même temps aux facéties des chats musiciens. Lili entraîne les deux gamins dans une farandole sous les applaudissements des adultes autour d'eux. Là encore, l'appareil de Violette cliquète.

Dans la nuit noire, un rougeoiement gronde. Leur groupe approche du sommet en file indienne. Leurs ombres se déplacent avec précaution sur des plaques de lave noire séchée, fragiles comme de la meringue. À intervalles réguliers, un craquement se fait entendre quand la plaque se brise sous le poids d'un voyageur. Ceux qui sont arrivés au sommet se tiennent tout au bord du cratère, médusés devant le spectacle qui se joue sous leurs yeux. Enchâssé entre des parois verticales et circulaires, un lac de lave bouillonnante ondule à une température de 1200 °C, juste sous leurs pieds. Dans un déferlement d'incandescence, la terre naît, puis se détruit au rythme du ressac. Vagues, bulles et parfois fontaines de lave agitent sa surface en projetant des lambeaux de roche liquide et écarlate à plusieurs mètres de hauteur, provoquant des exclamations effrayées parmi les touristes.

Déconnectés par ces quelques journées passées dans un univers étrange, ils restent là étourdis, en équilibre sur le bord du cratère, ignorants du danger.

Bo, Feng et Li, les trois Chinois de leur groupe sont surexcités, déploient leurs trépieds, ouvrent au maximum leurs objectifs, bousculent sans vergogne leurs voisins. L'atmosphère est saturée de fumerolles et la température très élevée malgré la nuit. Lucie et Violette, côte à côte, échangent un regard incrédule, se demandant si ce n'est pas un risque inconsidéré d'exposer ainsi leur famille. Incapable de trouver une réponse à cette question, Violette dissimule son visage à la brûlure de l'air qui monte du lac en fusion. Elle saisit son appareil, cadre le profil de Lucie tourné vers John, la masse blonde de ses cheveux emmêlés, une lueur étrange au fond des yeux. Elle appuie sur le déclencheur.

Ils ont quitté le bord du cratère. Il doit être une heure du matin et dans la nuit noire, trouée par le rougeoiement de lave, ils sont à peu près deux cents à chercher à tâtons leur sac de couchage. Lucie a trouvé l'endroit où s'entassent les minces matelas de leur groupe. Elle aide Violette à installer Lili qui tombe de sommeil et pleurniche un peu. John et Arnaud, frappés par l'extravagance du spectacle de la lave en fusion, décident de remonter vers le cratère pour admirer cet éternel recommencement.

Raphaëlle cherche Charlie qu'elle voit assis non loin des dromadaires à côté d'Aysia et décide d'accompagner son père.

Violette et Lucie s'assoient à côté de la petite dormeuse et partagent une bouteille d'eau. La température est à peine supportable et elles doivent mettre deux matelas l'un sur l'autre pour s'isoler de la chaleur de la pierre de lave. La conversation coule entre elles, fluide et naturelle. Lucie raconte leurs années en Éthiopie, l'adoption de Soumaya et d'Eden, les crises d'adolescence de Soumaya, ses doutes lorsqu'elle est tombée enceinte de Maxime. Violette écoute en fixant le profil droit de Lucie, sa voix basse qui déroule sa vie, et elle déplore intérieurement que Lucie ne se montre pas plus souvent sous son vrai jour. Elle oublie son agacement et retrouve toute l'admiration qu'elle avait éprouvée dès leur première rencontre pour cette femme qui a poussé ses convictions jusqu'au bout, qui n'a renoncé ni à son idéal, ni à sa vie de famille.

Lucie s'est tue et elles sourient ensemble de l'étrange concert qui s'élève du groupe des dromadaires. Ils soupirent, blatèrent, grognent et se donnent des coups de tête au-dessus de leur long cou.

— Je ne sais pas si je suis indiscrète, Violette, dis-moi si tu trouves que je vais trop loin, mais il y a dans votre famille quelque chose qui m'attire énormément et, en même temps, j'ai l'impression que vous formez une cellule inviolable.

La voix de Violette sort de sa gorge sans même qu'elle l'ait prémédité.

— Nous avons perdu un fils.

Surprise elle-même, Violette se demande si c'est la soirée catharsis des Hauts-Plateaux avec Arnaud et les enfants qui a ainsi libéré sa parole. Elle qui a toujours évité de parler de leur deuil aux personnes étrangères à sa famille proche, elle éprouve maintenant le besoin de le raconter à Lucie.

Sous les étoiles, dans l'odeur du soufre et l'haleine fétide des animaux couchés tout près, un flot de paroles s'échappe, incoercible. Lucie ne l'interrompt pas, ne la regarde pas, lui tend seulement régulièrement la bouteille d'eau. Lorsque Violette a terminé de raconter le fleuve et l'absence, le froid immense qui avait saisi dans ses griffes impitoyables toute sa famille, elle réalise qu'elle n'a pas versé une larme. Lucie avance la main pour prendre celle de Violette et appuie son épaule contre la sienne. Les deux femmes restent silencieuses et éveillées. La nuit les enveloppe d'un rideau molletonneux qui s'installe entre elles et la voûte des étoiles. Violette prend machinalement son appareil et le repose. Elle sait que rien ne pourra rendre compte de la fantasmagorie de cette nuit. Les deux femmes demeurent longtemps les yeux ouverts sur l'enchantement de la nuit africaine.

Le surlendemain, il est 5 h 30 quand Violette ouvre les yeux sur un spectacle désolant que leur arrivée tardive la veille leur avait caché. Elle s'assied sur son lit dont les montants ressemblent à des membres brisés et laisse glisser son regard sur les touristes qui se réveillent petit à petit. Les Chinois sont déjà en train de comparer leurs photos de la veille et de préparer leur matériel. Tesfa leur a promis un plongeon dans un autre univers. Les Américains se frottent le nez l'un contre l'autre à la manière des Esquimaux. Lucie se lave les dents et chatouille les pieds d'Aysia enfouie dans son sac de couchage. John regarde pensivement ses deux femmes. Violette étire son dos douloureux et ses membres engourdis en jetant un regard à ses trois enfants profondément endormis et à son mari qui lui sourit. Lili a voulu qu'on place son lit entre celui de ses parents de peur que les animaux du désert ne viennent lui voler sa poupée. Violette enfile ses tongs pour aller vers la tente toilette. Elle bute sur les gros moellons de pierre qui parsèment le sol et lui blessent les pieds. Les bouteilles de plastique sont à nouveau partout, mêlées à des boîtes de conserve vides. Elle sourit en se rappelant du deuxième jour quand, emmenée par Lili, la famille Grimaud avait décidé de faire une opération ramassage de bouteilles et avait convaincu les membres de leur groupe de les aider. À chaque nouvelle halte, il y a toujours plus de bouteilles. Efforts dérisoires des touristes dans un pays où la préoccupation environnementale passe loin après la nécessité de survie. Ici encore, les tentes sont déchirées, la tôle grise et coupante. Si elle ne savait pas qu'ils font partie des privilégiés de ce monde, Violette aurait pu penser qu'ils se trouvaient dans un camp de réfugiés. La lumière blême du petit matin achève de donner une touche lugubre au spectacle. Et pourtant, elle est plus amusée que dépitée. Leur groupe hétéroclite l'amuse. Elle sourit en voyant Pierre, le Breton, assis sur son lit bancal, son éternel bonnet noir vissé sur la tête, une assiette d'œufs brouillés froids sur les genoux et le regard perdu, comme s'il était déjà passé de l'autre côté du miroir. Aussi différents qu'ils soient tous, ils ont formé au cours de cette petite semaine de vie commune un groupe uni dans l'infortune de l'inconfort, dans l'émerveillement des paysages qu'ils traversaient, dans la stupéfaction quelquefois de la mauvaise organisation du voyage. Même Li, le Chinois, s'est ouvert et leur a proposé de relever leur éternelle assiette de riz insipide avec les piments qu'il porte dans sa ceinture banane. Les plus téméraires ont versé des larmes de feu sous les éclats de rire des plus prudents.

Après un petit déjeuner frugal, pressés par Tesfa qui veut que leur groupe arrive avant tous les autres sur le site, ils se dirigent vers les voitures. Hailé donne un petit coup de coude à Violette en disant : « You are going to see wonderful things today. You want to do like your children ? »

Arnaud et Violette lèvent les yeux et voient leurs trois enfants assis sur le toit de leur jeep, ravis, Lili bien calée entre les genoux de Charlie. Hailé retire les bidons d'essence du toit pour les caser dans le coffre de la voiture et aide Arnaud et Violette à grimper eux aussi sur le toit de leur voiture, sur laquelle il vient d'étendre deux matelas. Le petit jour a taillé quelques flèches lumineuses dans le gris étale du ciel, le soleil est encore caché derrière les montagnes. Ses rayons supérieurs baignent le trio d'une lumière ocre qui se reflète dans les lunettes oranges de Raphaëlle, alors que la voiture est encore dans l'ombre.

Le cratère du Dallol est caché sous une couche épaisse de sel, à plus de cent mètres en dessous du niveau de la mer. Depuis sa dernière éruption en 1926, le Dallol a transformé la région en l'un des endroits les plus chauds de la planète, le thermomètre montant à plus de 60 degrés en été.

Tesfa a eu raison de les faire partir très tôt. Où que se posent leurs yeux, le paysage est vierge. Devant eux s'allonge l'infini du désert.

Violette colle l'œil à son appareil. La piste orange et détrempée de sel a fait place à une immense étendue blanche dont les cristaux brillent comme des diamants au soleil sorti de derrière les crêtes. Là-bas, les montagnes veillent contre le ciel bleu. La haute silhouette colorée d'un homme qui porte sur les épaules une longue canne se dessine devant eux. Derrière lui s'étire une colonne de dromadaires, reliés les uns aux autres par une corde attachée à leurs pattes. Ils marchent lentement et leur tête se balance au bout de leur long cou. Lili essaye de les compter mais il y en a bientôt trop. Les animaux à la démarche nonchalante portent de lourdes plaques de sel. Lorsqu'ils passent à la hauteur des cinq jeeps, l'un d'eux prend peur et fait un écart, semant le désordre dans la colonne. L'Afar replace rapidement le récalcitrant dans la colonne et remet les dromadaires en route. Ils passent si près que Lili tend la main comme si elle voulait toucher leur museau. Les bêtes passent, le regard hautain dissimulé sous leurs lourdes paupières.

Les trois enfants sont juchés sur leur toit, les bras étendus, grisés par le vent brûlant qui fait claquer les teeshirts. Le désert de sel est sculpté d'arabesques gracieuses, comme dessinées à la main.

À l'entrée du Dallol, ils sont accueillis par des militaires lourdement armés qui obligent Violette à effacer la photo qu'elle vient de prendre et dans le coin de laquelle ils figurent. « Only landscape ! » ordonnent-ils.

Le mariage du volcanisme et de l'hydrologie offre un paysage de lacs d'acide, de colonnes de sel, de soufre, de potassium et d'autres gisements de minéraux, dans un kaléidoscope de couleurs stupéfiantes.

Chaleur, acidité, salinité, aridité règnent ici en maîtres. Le décor est irréel : champs de fumerolles jaune vif, puissants dômes de sel hachés de canyons sinueux, sources thermales dont les eaux riches en minéraux glougloutent dans de petites vasques aux teintes vertes fluorescentes, curieuses formations d'évaporite de plusieurs mètres de hauteur, milliers de cônes, d'aiguilles aux formes torturées et aux couleurs violentes allant de l'orange le plus fluorescent au blanc le plus aveuglant en passant par un jaune lumineux ou un rouge éclatant et toutes les nuances de vert. L'impression d'avoir perdu la notion du temps et de l'espace s'accentue. Dallol est l'endroit le plus hostile sur terre, et l'un des plus ensorcelants. Ses trois enfants accompagnés d'Aysia et des deux petits Éthiopiens se découpent sur un fond vert pomme strié d'orange. À nouveau, Violette saisit son appareil photo.

Chapitre 16

Éthiopie, Danakil, janvier 2013

Arnaud sent les petits bras de Lili s'enrouler autour de son cou. Il renverse la tête en arrière.

— Papa, murmure la petite fille.

— Oui, petit chat. Tu as trop chaud ?

— Non, enfin oui, je transpire du nez, regarde ! Mais c'est pas ça.

Elle regarde gênée vers Violette en grande discussion avec le retraité breton.

— Qu'est-ce qu'il y a ? Tu voulais voir Maman ?

— Oui, mais elle parle avec le vieux monsieur et j'ai pas envie qu'il m'entende.

— Tu ne peux pas me le dire à moi ?

Elle fronce le nez et se lance :

— J'ai mal au ventre, Papa, j'ai mal au ventre, ça tourne, ça tourne.

— Ça fait comme des crampes ?

— Je sais pas. Ça fait mal. Tu veux pas venir avec moi dehors ?

— Les toilettes sont juste là, ma Lili, je vais t'accompagner.

— J'ai déjà été. Elles sont bouchées et Tesfa m'a dit qu'il n'y en a pas d'autres dans le village. Je vais aller dehors, mais j'ose pas aller toute seule.

Elle se balance de plus en plus vite sur ses gambettes bronzées et lui jette un regard affolé.

— Papa ! Je suis très très pressée.

Arnaud sourit, se lève rapidement. De toute façon, Lucie qui parle des circuits d'adoption en Éthiopie le fatigue avec son sourire perpétuel et son envie de sauver l'univers tout en régentant son petit monde à elle. Il emmène sa fille dehors et fait un petit signe à Raphaëlle qui plaisante avec les Américains.

Il fait presque aussi chaud que tout à l'heure et ils marchent quelques instants jusqu'à un endroit un peu isolé derrière de maigres épineux, où Lili s'accroupit en intimant à son père de ne pas regarder. Arnaud sort un rouleau de papier toilette de son sac à dos et tourne docilement le dos à sa fille. Il sait que l'Éthiopie est un des pays africains les plus pauvres. Le voir de ses yeux a un tout autre impact et le contraste entre la splendeur du paysage qu'ils ont vu ce matin et la décrépitude du village est d'autant plus frappant. De vieux pneus crevés sont entassés çà et là, des lambeaux de toile pendent devant des ouvertures qui doivent être des portes, les tôles ondulées sont tordues et rouillées. Les soldats fument une cigarette, leur arme en bandoulière.

— J'ai fini ! crie Lili derrière lui. Dis Papa, je voudrais bien te montrer la chèvre et ses bébés qu'on a vus avec Charlie tout à l'heure. C'est là-bas, au bout du chemin.

Main dans la main, ils s'éloignent.

Sous la toile huilée où ils sont assis pour manger leur assiette de riz trop cuit, les conversations vont bon train. Enthousiastes, ils cherchent à mettre des mots sur les images irréelles qui restent imprégnées sur leurs rétines.

— C'est à cause de la Belge.

Martine, la Bretonne, parle avec véhémence à Violette qui la regarde en réprimant un sourire.

— Violette, vous êtes trop bonne, elle nous pourrit le voyage depuis le début.

— Ma femme a souvent tort, mais là je dois reconnaître que je lui donne entièrement raison, dit Pierre avec un petit air ironique. Allons Violette, vous l'avez vue comme nous. Depuis le début, elle n'en fait qu'à sa tête, elle n'écoute pas les consignes du guide, parce que « Madame » a vécu pendant trois ans en Éthiopie, parce que « Madame » connaît l'Afrique, parce que « Madame » a travaillé à Médecins Sans Frontières, pardon MSF ! Moi je vous le dis, elle me casse les couilles !

— Pierre !

Sa femme coule un regard inquiet du côté de la famille Saraghi. Lucie et John sont en grande conversation, mais Aysia est tournée vers leur petit groupe et Martine se demande si elle a pu les entendre.

— Attends, je n'ai plus l'âge de prendre des pincettes. Elle nous emmerde depuis le premier jour. Rappelle-toi quand elle a fait arrêter les cinq voitures pendant trois heures au premier check point parce qu'elle voulait qu'on paye une somme astronomique au berger.

— Elle n'avait pas tort sur le fond, tente Raphaëlle qui s'est approchée. Le pauvre n'avait que dix chèvres et on lui en a écrasé deux quand même ! C'est leur seul gagne-pain.

— Je ne dis pas, mais était-ce une raison pour monter sur ses grands chevaux et s'ériger en défenderesse de la veuve et de l'orphelin ? On a perdu des heures, on est arrivés trop tard au lac salé pour pouvoir admirer le coucher de soleil, et encore moins pour pouvoir y nager, alors que c'était le but de cette première journée. On n'aura finalement fait que passer des heures dans ces jeeps au milieu de ce paysage sinistre à attendre la fin des palabres au check point sous l'œil abruti des militaires, tu parles d'une réussite ! Sans parler de ces nuits sur ces vilains lits rafistolés. Merde, je suis retraité moi, je n'ai plus l'âge de dormir à la belle étoile sur des cordes au milieu d'un cimetière de bouteilles en plastique ! Et tout ça pour un prix exorbitant.

— C'est vrai que c'était un peu glauque, admet Raphaëlle. Nous, on a nagé heureusement...

— Oui, mais quand même, c'était bien qu'on donne cette somme au berger, vous avez vu dans quoi il vivait ? Même pas une tente, Pierre... ça devait être une fournaise sous cette tôle. Et ce sol tout craquelé... intervient Charlie.

— Jeune homme, tout ça c'est parce que tu as l'âge que tu as et que tu es idéaliste, moi ce que je peux te dire c'est que je vais faire un ramdam de tous les enfers en rentrant en France, cette agence va nous entendre. Jamais je n'aurais pensé qu'on nous baladerait dans des conditions aussi précaires !

— Mais vous ne saviez pas qu'on dormait à la belle étoile ? Qu'il n'y avait pas d'infrastructure hôtelière dans cette région d'Éthiopie ?

— C'était tellement mal présenté que j'ai l'impression qu'ils ont tout fait pour nous embrouiller !

Pierre est déchaîné. Après ces quelques jours où il a eu l'impression d'être sans arrêt sur la touche, les échanges avec les organisateurs se limitant uniquement à l'anglais, il se délecte d'être le centre de l'attention. Charlie et Raphaëlle échangent un coup d'œil amusé. Ils ne disent rien pour ne pas mettre de l'huile sur le feu, mais ils se souviennent de leur fou rire quand Arnaud avait réalisé dans quelles conditions se déroulerait la deuxième partie de leur voyage.

— En plus, elle ne s'est pas arrêtée là cette folle. Elle a remis ça au volcan ! poursuit Pierre, indigné.

Son œil malicieux ne peut cacher qu'il s'amuse beaucoup à faire monter la tension. Il baisse la voix en jetant un regard sombre vers Virginie, l'amie éthiopienne de Lucie.

— Quelle idée aussi elle a eue sa copine d'aller s'inscrire pour une randonnée de plusieurs heures sur un volcan, dans les cendres et la lave séchée alors qu'on vient de se faire opérer du pied… N'importe quoi !

— Tu as raison, faut vraiment avoir une cervelle de moineau, renchérit Martine.

Raphaëlle s'interdit de regarder son frère pour ne pas éclater de rire. Pierre a raison. Ils avaient dû attendre plusieurs heures que Lucie et Virginie, qui avait du mal à marcher, mais avait refusé de monter sur un dromadaire, arrivent enfin au bas du volcan. Leur groupe avait été le dernier à partir pour de longues heures de voiture et avait fini par arriver en pleine nuit à l'étape suivante.

La conversation se poursuit pendant qu'Arnaud, Lili sur les épaules, s'éloigne de leur tente, suivi par un groupe de petites filles aux robes multicolores.

Charlie aperçoit Aysia un peu plus loin, et se sent obligé de défendre la mère de sa nouvelle amie.

— Ce n'est pas de la faute de Lucie, elle est juste restée en arrière pour ne pas laisser Virginie seule.

— Du coup, on a perdu une demi-journée entière ! Et je ne parle pas du départ pour le volcan où les guides nous ont expressément demandé de les attendre avant de commencer la montée vers le cratère et où Madame a voulu prendre les devants.

Il singe une voix haut perchée :

— Mais je connais très bien l'Éthiopie, j'y ai travaillé des années avec MSF ! Je sais très bien juger s'il y a danger ou pas !

Il reprend une voix normale :

— Je t'en foutrais moi !

Charlie, Raphaëlle et les deux jeunes Américains éclatent de rire, amenant un sourire franchement sardonique sur le visage de Pierre.

— Je vous ai vus les gamins, vous êtes arrivés avant Martine après la descente du volcan. On savait que nous étions pressés si on voulait partir pour la dépression de Dallol et voilà qu'on a perdu toute une après-midi, pour la deuxième fois ! On n'aurait jamais dû se retrouver dans ce village pourri, à cause d'elle on a raté la mine de sel qui était quand même le clou de notre semaine… On devrait déjà être sur la route de Mekele.

La voix animée de Pierre a attiré quelques-uns des voyageurs qui sourient et sans doute partagent son exaspération. Lucie est assise de l'autre côté de la tente, les jambes étendues sur les genoux de son mari. Ils ne se parlent pas et ont tous deux les yeux perdus dans le vague. Un peu en retrait, Aysia a l'air désemparé. Violette sent la jeune fille tiraillée entre sa loyauté envers sa mère et son agacement. Elle la devine blessée par l'attitude de Lucie, et en même temps perçoit qu'Aysia donnerait tout pour que le groupe voie en sa mère autre chose qu'une femme autoritaire et capricieuse.

Aysia passe furtivement les doigts au coin de ses yeux et ce geste émeut Violette qui se dirige vers elle quand elle aperçoit à l'horizon quelque chose qui lui fait plisser les yeux, la main en visière. Au loin, un nuage de sable orange se forme en même temps que lui parvient un vrombissement puissant. Quatre voitures à la couleur indistincte s'avancent en une ligne parfaite. Violette se tourne vers la jeune fille qui se dirige à l'arrière des tentes et hésite à la suivre. Le nuage de poussière en suspension retombe sur les traces parallèles qu'ont laissées les larges pneus. Le bruit des moteurs se rapproche et par-dessus la clôture qui les sépare de la route, elle voit les voitures s'arrêter. Une dizaine d'hommes en sortent, sautant au-dessus des portières sans se donner la peine de les ouvrir. La lumière éblouissante lui permet seulement de voir leur silhouette en contre-jour. Tout en se rapprochant instinctivement de Raphaëlle et Charlie, elle tente de vérifier la présence des gardes armés qui les accompagnent depuis qu'ils sont arrivés dans le pays Afar, mais ne les voit pas. Son cœur manque un battement lorsqu'elle voit les armes qui battent les flancs des hommes. À présent, elle entend des ordres lancés à voix forte, des cris d'enfants dont elle se demande s'ils sont de joie ou de peur. Elle voit des habitants glisser le long des tentes pour disparaître furtivement derrière les pans de plastique, un étrange silence s'est installé sur le village qui bruissait de vie quelques minutes auparavant. Les hommes ont disparu de son champ de vision.

Mais elle sait qu'ils approchent.

Pendant ce temps, Trésor tire sur un long ruban de caoutchouc noir qui dépasse du tas de vieux pneus, de morceaux de tôle et divers matériaux entassés à l'extérieur de la tente où le groupe a été installé pour le déjeuner.

Il s'arc-boute sur ses jambes, tire de toutes ses forces. Il a trouvé exactement ce qu'il cherchait pour le cadeau que lui et Divine préparent pour la poupée de Lili. Il lâche le caoutchouc un instant pour dégager une plaque de tôle rouillée sans prêter attention aux voitures arrivées à grand bruit, aux ordres lancés au bout de la route. Ce n'est que quand une femme, voile vert au vent, yeux soulignés de khôl, sort précipitamment de la tente en face pour attraper deux enfants qui jouent accroupis dans la poussière et les faire rentrer, qu'il lève la tête, surpris. Lourdement armés, six hommes avancent et se séparent à quelques mètres du petit garçon, trois d'entre eux se dirigent vers l'avant de la tente qu'il vient de quitter, les trois autres se glissent vers la gauche pour passer par l'arrière, prenant le groupe en tenailles. Mulugeta, le chauffeur de la voiture de Lucie et John, qui sommeille au volant tourne la tête vers les hommes et crie « hey ! What the f... ! ». Le bruit d'un fusil qu'on arme, le claquement sec de la balle qui part à bout portant et l'homme s'affaisse sur le volant. Pétrifié, Trésor laisse tomber le ruban de caoutchouc et regarde incrédule le pare-brise moucheté de rouge quand Tesfa sort en trombe de la tente en lui criant : « Cache-toi, cache-toi ! ». Le petit garçon recule dans l'ombre du tas de pneus. Sa tête tourne, ses oreilles bourdonnent soudain des récits d'attaque de village, des conversations interrompues à son arrivée. Ses paupières claquent sur les images des cauchemars venus hanter ses nuits ces dernières semaines. Sa mère brûlée vive, Gentil emmené et battu, Nahéma et Petite Fleur s'enfuyant en larmes, son père qui les cherche sans relâche. Des éclats de lumière le blessent, des cris, des coups de feu dont il ne sait s'il les invente ou s'ils sont réels lui transpercent les tympans. Il presse les mains sur ses yeux au moment où une autre balle claque dans l'air brûlant ; Tesfa trébuche et s'écroule en se tenant la jambe à deux mains. Trésor ne respire plus. Accroupi derrière les vieux pneus, un sanglot sec lui secoue la poitrine. Il tourne la tête vers Mulugeta dont le sang goutte le long du bras pour faire une tache noire sur le sable. L'enfant plaque ses mains sur ses oreilles au moment où les assaillants tirent la première rafale en l'air. Il ne veut pas rester seul avec le cadavre de Mulugeta et à quatre pattes se réfugie dans l'ombre de la tente jusqu'au terre-plein. Il respire à peine, ferme les yeux et les rouvre aussitôt, pétrifié par la scène qui se déroule devant lui et sur laquelle pèse un silence de plomb.

La quinzaine de touristes est en ligne sous la menace de trois hommes cagoulés et armés. Seuls manquent Arnaud, Lili et Aysia. Personne ne bouge. Charlie repère la silhouette d'Aysia qui revient de la tente toilette et apparaît dans l'ombre projetée des tentes. Son visage exprime une frayeur qui lui serre le cœur. Il se déplace très lentement vers la gauche afin d'entrer dans son champ de vision et de lui faire comprendre qu'elle ne doit pas tenter de les rejoindre. Mais Aysia ne le voit pas et s'élance vers son père, se retrouvant ainsi en pleine lumière. Sa longue jupe rouge capte la lumière et ce mouvement écarlate attire l'attention d'un des hommes qui se trouve à quelques mètres de là, l'arme braquée sur le groupe. Il aboie un ordre en arabe qu'Aysia ne comprend pas. Comme une somnambule, elle continue à avancer vers John. Un claquement sec retentit. Charlie, frappé de stupeur, regarde Aysia s'affaisser, comme une fleur de printemps qui tomberait d'un arbre au ralenti. Avec une grâce infinie, la forme rouge dont les cheveux noirs et raides lui font penser aux étamines d'un coquelicot, touche le sol. Nerveusement, l'homme réarme et s'apprête à tirer une seconde fois quand un homme aux vêtements blancs et au foulard indigo tendu sur son visage, aboie un ordre. Surpris, l'homme tire sans viser et la balle se perd dans le paysage. Lucie hurle dans les bras de John qui tente de la retenir. Profitant de la confusion, Charlie se glisse dans l'ombre vers la forme allongée sur le sol.

Quelques instants auparavant, Arnaud et Lili admirent les petites chèvres noires. Sur leurs pattes fines et agiles, elles se frayent un passage au milieu d'un tas d'immondices, grattent une boîte métallique d'un sabot curieux, flairent de leur museau des vieilles pelures.

— Regarde Papa, y en a une qui a grimpé sur le toit de la cabane.

L'une d'entre elles, au long museau blanc, incline la tête et les regarde de son œil curieux, perchée en équilibre précaire sur le toit de tôle. Le rire de Lili rebondit, argentin, pur et joyeux et Arnaud se dit que le rire des enfants, comme dans la chanson de Renaud, peut vraiment guérir les blessures. Il cherche dans sa mémoire ces paroles que lui et Violette aiment tant :

« Et entendre ton rire qui lézarde les murs,
Qui sait surtout guérir mes blessures. »

Il pose sa main sur l'épaule de sa fille et au moment où il va lui fredonner la chanson, ils entendent des coups de feu et des cris au loin. Lili a tourné la tête en même temps que son père. Instinctivement, ils rebroussent chemin mais le garde qui les a suivis leur barre le passage. « No, no ! No move ! ».

Le garde les entraîne rapidement derrière la cabane sur laquelle se tient la petite chèvre, les dissimulant aux regards. Arnaud fronce les sourcils. Il tente d'expliquer dans un anglais que son interlocuteur ne semble pas comprendre ou ne veut pas comprendre qu'il doit rejoindre sa femme et ses enfants là-bas. Mais le garde pose le doigt sur ses lèvres et les repousse sans ménagement contre la paroi de tôle brûlante.

— C'est quoi Papa ? Papa c'est quoi ? s'écrie Lili.

Le garde la regarde furieux et Arnaud s'accroupit auprès de sa fille pour être face à elle et lui chuchote :

— Je ne sais pas Lili, mais il faut faire confiance au garde. On va jouer Roi du silence jusqu'à ce que je te dise que le jeu est fini.

— Mais Maman ? Et Charlie et Raphaëlle ?

Elle chuchote, son petit visage tout crispé.

— Chut Lili, viens contre moi, on va attendre sans parler ici, cela ne va pas durer longtemps.

Son cœur se dilate et cogne contre sa cage thoracique comme une réminiscence de son infarctus. D'où ils se trouvent, il ne voit rien de ce qui se passe à l'autre bout de la route, il n'entend que des cris brefs et voit des ombres se déplacer silencieusement entre les tentes de toile. Il fait très chaud, le dos de sa fille est brûlant contre la peau de son bras. Il transpire lui-même à grosses gouttes, sa respiration se fait plus difficile. Partagé entre le besoin de savoir ce qui se passe là-bas à cent mètres à peine et la résolution de ne pas laisser sa fille seule et encore moins de l'exposer plus qu'ils ne le sont déjà, il essuie la sueur qui coule de son front dans ses yeux, brûlante comme l'acide. Lili tourne un regard chaviré vers lui. Il tente de lui sourire et lui met doucement un doigt sur la bouche, en saisissant de l'autre main les petits doigts, mais il sent qu'il n'arrive à faire qu'une horrible grimace. Un coup de feu déchire l'air, sec et violent, les faisant sursauter tous les trois. Instinctivement, il se redresse, tout son corps prêt à courir vers la tente où ils ont laissé le groupe. Le garde se fait menaçant, leur intime de se baisser et de ne pas bouger pendant que courbé en deux, il court à quelques pas l'arme levée dans son poing serré. Arnaud s'accroupit et prend sa fille entre ses genoux, la serre dans ses bras. Il sent les battements de leurs deux cœurs se chevaucher. Il tâche de rester immobile et de transmettre à Lili un calme qu'il est loin de ressentir. Dans sa poche, un objet dur le gêne. Sous ses doigts, il sent son téléphone qu'il sort en le regardant d'un air stupéfait comme si c'était la première fois qu'il le voyait. Cela fait des jours qu'il ne l'a plus utilisé à part pour prendre une photo de temps en temps. Il fixe l'écran.

— Papa, appelle-les, murmure Lili d'une voix pressante.

Sans quitter sa fille des yeux, il fait défiler de ses doigts noués les noms de ses contacts. Le téléphone lui échappe des mains et tombe dans le sable à ses pieds, il laisse échapper un juron à voix basse, mais Lili s'est déjà emparée de l'appareil, et trouve en un instant le numéro de sa mère, qu'elle presse aussitôt, juste avant de tendre le téléphone à son père. Au bout de trois sonneries, la messagerie se met en route. Arnaud réessaye. Deux sonneries, il entend qu'elle décroche. Un tumulte sonore l'empêche de reconnaître la voix de sa femme. Puis un silence lourd dans lequel il entend la respiration saccadée de Violette. Il chuchote :

— Violette ! Violette, tu peux parler ?

De l'autre côté, des raclements, des frottements, mais les cris ont cessé.

— Arnaud...

— Violette, qu'est-ce qui se passe ? Dis-moi ! Je suis bloqué de l'autre côté du village, je ne vois rien. Tu vas bien ?

— Charlie est...

La voix est ténue, presque inaudible.

— Quoi ? Je ne t'entends pas, Violette. Qu'est-ce qu'il y a avec Charlie ? Il va bien ?

— Aysia est blessée, je crois. Elle saigne. Je, Charlie....

Le flot de paroles est heurté, comme si Violette claquait des dents. Arnaud prend une profonde inspiration.

— Violette, reste calme. Dis-moi ce que tu vois autour de toi. Dis-moi comment vont Charlie et Raphaëlle.

— Ils vont bien. Je ne sais pas comment ça s'est passé. J'ai vu courir Charlie vers Aysia, mais il n'a rien pu faire. Elle est tombée comme une poupée de chiffons. Elle est blessée.

— Où est Charlie ?

Il surveille son débit de parole, le ton de sa voix, sous les yeux de Lili qui le dévorent, exorbités. Il voit les perles de transpiration sur le petit nez, il entend la respiration saccadée. Il lui caresse les cheveux, n'arrive même plus à grimacer. Arnaud n'ose pas bouger, son cœur est toujours douloureux, comme s'il voulait déchirer tout ce qui est sur son chemin. Il réprime un gémissement.

— Violette !

Il a envie de crier, de bondir vers la tente où sont sa femme et ses enfants.

— Violette, je suis avec Lili, je vais venir, je...

— Non, non, chuchote-t-elle précipitamment. Ne viens pas avec Lili, reste là-bas avec elle, les hommes sont là.

— Quels hommes ?

— Je ne sais pas, ils ont des foulards sur le visage. Je ne sais pas ce qu'ils veulent.

— Ils sont combien ?

— J'en ai vu trois, mais je....

Un autre claquement sec, une bordée de hurlements.

— Violette !

Il crie maintenant, Lili hurle. Fébrile, il rappelle Violette, mais le téléphone sonne dans le vide. Il entend des moteurs, d'autres coups de feu, une voiture passer en trombe tout près, Arnaud se recroqueville sur sa fille. Il doit lutter pour ne pas céder à son instinct qui veut le jeter vers la tente, qui veut repousser la petite fille accrochée à ses jambes pour courir là-bas. Le garde qui les accompagnait est plus loin, collé à une tente, l'arme tendue devant lui. Arnaud se penche vers Lili. Il lui prend le visage entre les mains et lui parle lentement.

— Lili, écoute-moi et obéis-moi c'est très important.

Mais Lili, en proie à un tremblement convulsif, a la bouche ouverte sur un cri muet. Elle regarde son père, effarée, secouant obstinément sa tête de droite à gauche.

— Lili !

Il essuie le visage mouillé, repousse les cheveux emmêlés vers l'arrière. Au moment où il va parler, Lili dit :

— Non, non, non, Papa, non, ne me laisse pas avec lui.

Ses yeux n'ont plus la même couleur et semblent être un gouffre sans fond. Arnaud tourne la tête vers la route, cherchant désespérément une idée, quelqu'un. Des ombres fugaces filent vers l'autre bout du village. Il ne se résout pas à laisser Violette et ses enfants seuls face au danger. Que faire ? Laisser Lili, là toute seule derrière cette cabane de tôle incandescente, avec ce garde dont il ne sait même pas s'il est de leur côté ? Courir en la tirant par la main et les jeter tous les deux dans la gueule du loup ? Il pourrait hurler de frustration, il sent sa respiration s'emballer, une sueur glacée lui couler le long du dos, son cœur prendre toute la place dans sa cage thoracique, le ciel s'obscurcir. Il suffoque, tâche de prendre de longues inspirations pour résister à l'attaque de panique qui l'assaille. Il ferme les yeux, ferme la bouche, baisse la tête et ce sont les mains de Lili qui se placent en coquille devant sa bouche, qui le calment. Elle chuchote, les larmes ruisselant sur son visage : « Papa respire dans mes mains, Papa, Papa... »

Lentement, il sent la vague de terreur refluer, son cœur reprendre une forme normale, son sang ralentir sa course folle.

Plus loin, ils entendent encore des cris et des moteurs qui s'éloignent. Le silence retombe sur le village de tentes éventrées comme le sable sur la piste. Lili et Arnaud sont assis par terre, blottis l'un contre l'autre malgré la fournaise. Une voiture passe en trombe devant eux. Arnaud recule dans l'ombre, penchant son long torse au-dessus de sa fille. À travers le nuage de poussière, de sable et de sel, il distingue des formes assises dans la voiture et une longue écharpe blanche qui flotte. Il écarquille les yeux, hésitant à reconnaître les cheveux blonds de Lucie et ce long châle qu'elle ne quitte pas depuis le début du voyage. La voiture s'éloigne à toute vitesse. De longues minutes passent sans qu'ils bougent, puis Arnaud détache doucement les bras de sa fille de son cou pour se relever, mais Lili refuse de se lever, comme si soudain tout le courage, toute la détermination dont elle vient de faire preuve l'avaient désertée. Elle pleure à gros sanglots.

Arnaud la prend dans ses bras en lui murmurant au creux de l'oreille des paroles rassurantes. Il passe la tête derrière la cahutte de tôle, jette un regard sur la route de sel et se risque à avancer, Lili dans les bras, le long de la route bordée par les habitations branlantes. Après le fracas d'il y a quelques minutes, un silence fantomatique s'est aplati sur le village, troué par un air de musique lointaine, incongru et anachronique. L'atmosphère de fin du monde, le sel et le sable boivent le bruit de ses pas. Il court à présent, Lili pressée contre lui, sans cesser de lui dire : « Ça va aller, Lili, ça va aller, tout est fini bientôt ».

Mais qu'est-ce qui est fini ? Que s'est-il passé ? Qui étaient ces hommes ? Des Érythréens ? Daech ? L'E. I. ? Les idées se télescopent dans sa tête. Il presse le pas, essaye de garder un souffle égal pour ne pas faire repartir la cavalcade folle de son rythme cardiaque. Il ne se souvient pas qu'ils avaient marché si loin tout à l'heure. Avant. Dans l'autre vie.

Dans une vie où il n'était rien arrivé d'autre à Lili que de sauter dans les flaques comme dans la chanson de Renaud, et de rêver qu'un jour elle serait grande et qu'il lui arriverait quelque chose. Mais pas quelque chose comme cette déflagration qui vient de leur exploser à la tête. Qui défigure toute la perception qu'elle a du monde, qui précipite dans son univers la mort, la haine et la terreur comme autant de fragments de verre qui blessent ses yeux, se fraye un chemin violent vers son cœur. Arnaud est envahi par une colère noire qui lui fait peur, car il sait que s'il avait une arme, là, maintenant, il tirerait sur ceux qui viennent de fracasser l'enfance de sa fille de quatre ans. Lui reviennent alors les dernières paroles qu'il fredonnait tout à l'heure.

« … Te raconter enfin qu'il faut aimer la vie,
Et l'aimer même si le temps est assassin
et emporte avec lui le rire des enfants… »

Il retient un cri de rage et se met à courir vers la tente. Lili pèse dans ses bras, elle a enfoui sa tête dans son cou, refusant de regarder autour d'elle au moment où ils passent à côté d'un corps étendu sans vie juste devant les roues d'une des jeeps qui les ont emmenés ce matin dans le désert de sel. L'homme est sur le ventre, la tête enfouie dans le sable. Arnaud pense reconnaître un des gardes qui les ont escortés ce matin-là. Le pare-brise de la voiture est explosé, le bras du conducteur dépasse de la fenêtre, gouttant d'un sang épais. La tête de l'homme est tournée vers l'intérieur de l'habitacle, rejetée sur le côté par l'impact de la balle, à la place de l'oreille un trou béant comme si la balle avait été tirée à bout portant. La radio de la voiture est encore allumée et une chanson en sort tonitruante dans le silence surnaturel. Arnaud réprime un haut-le-cœur, espérant de toutes ses forces qu'il ne s'agit pas d'Hailé qui depuis leur arrivée en Éthiopie, a pris soin d'eux, leur a raconté son pays, ses projets, sa famille et qui ne cessait de rivaliser de grimaces avec Lili. Il sent la panique revenir au galop en pensant au sort de Violette et de ses enfants.

Il aperçoit la tente bleue déchirée dans laquelle ils sont entrés pour le déjeuner. Il est à quelques mètres à présent, un pied dépasse de la tente, appartenant à une forme allongée face contre terre. Cela fait déjà trois corps. Les larmes aux yeux, il reconnaît les petites dreadlocks de Hailé, poissées de sang. Lili ne bouge plus mais il sent son souffle saccadé contre sa peau. Il veut la poser par terre, mais elle se cramponne de toute la force de ses jambes agrippées à son torse et refuse d'ouvrir les yeux.

Arnaud se tapit dos à la toile, fait abstraction de leurs deux respirations essoufflées avant de se risquer à l'intérieur, terrifié à l'idée de ce qu'il va y trouver. Il a beau tendre l'oreille, pas un son ne lui parvient de l'intérieur. Il essaye de dessiner de mémoire la configuration de la tente. Il y avait une ouverture qui donnait sur l'arrière qu'avait empruntée Charlie pour aller à la tente-toilette et plus loin sur l'arrière du village. Peut-être qu'en entendant les voitures arriver, les occupants de la tente se sont réfugiés là ? Soudain la radio se tait, comme si l'animateur n'avait pas prévu que la chanson s'arrêtait si tôt et un blanc s'installe. Pendant ces quelques instants très courts, Arnaud devine qu'il n'y a personne dans la tente. Il regarde la route. Vide. Il entend des voix lointaines. Il glisse la tête à l'intérieur de la tente. Personne.

— Arnaud !

Violette arrive en trébuchant dans la tente. Il se précipite vers elle et la prend dans ses bras, puis la repousse rapidement pour regarder son teeshirt taché de sang. Devant l'air affolé de son mari, Violette dit :

— C'est pas moi. Non, je ne suis pas blessée, Charlie et Raphaëlle non plus, c'est Aysia. Ils ont emmené…

Elle éclate en sanglots. Arnaud la reprend dans ses bras, éperdu de soulagement. Lili pleure, accrochée à leurs jambes. Violette se baisse vers sa fille, la prend dans ses bras.

— Pardon, ma Lili, ne pleure plus ma chérie, ça va aller, viens là…

Sans lâcher sa femme, Arnaud sort de la tente sur le terre-plein où il voit Aysia allongée la tête sur les jambes de Charlie, les yeux rivés sur son visage pendant que son père, torse nu, lui fait un garrot de sa chemise. Raphaëlle s'est laissée tomber à genoux dans le sable, Divine dans les bras. Les autres touristes semblent tous prostrés, personne ne parle. Les Chinois sont agrippés à leur matériel photo comme à un radeau en pleine tempête. Les autres sont assis par terre, blancs comme des linges et ne quittent pas des yeux John qui s'affaire à panser l'épaule de sa fille, pendant que Charlie lui maintient la tête tout en lui caressant doucement les cheveux. Virginie se lève et va prendre Trésor dans ses bras qui cache sa tête dans les plis de son cou. Arnaud fait le compte dans sa tête, il manque trois personnes de leur groupe. Il se tourne vers sa femme qui lui dit :

— Ils les ont emmenés, Bill, Jody et Lucie.

Leurs trois enfants sont hors de danger, Aysia est aux mains de son père. Arnaud se demande si Violette sait qu'Hailé est mort. Il retarde le moment de le lui dire, sachant combien elle s'est attachée à lui. John leur tourne le dos, un téléphone collé à l'oreille. Abasourdi par tout ce qui vient de se passer, Arnaud ne sait comment approcher cet homme dont la femme vient d'être enlevée et dont la fille gît blessée à ses pieds, alors que ses enfants à lui sont sains et saufs et que sa femme est là dans ses bras. Il entraîne Violette à l'abri de la lumière acérée, la fait asseoir sur un tabouret et saisit une bouteille pour la faire boire. Sans lui demander rien de plus, il l'entoure de ses bras et c'est là, que la chemise collée au corps, les cheveux poissés par la sueur et le sel, les yeux noyés d'un reste de terreur, Violette raconte comment Aysia avait été fauchée, comment Charlie l'avait tirée dans l'ombre des tentes pour presser son teeshirt contre la blessure, comment les hommes s'étaient ensuite emparés de Bill et Jody, les avaient fait agenouiller par terre, une arme sur la tempe en hurlant des phrases qu'aucun des touristes ne pouvait comprendre, avant qu'un de leurs acolytes ne les saisisse sans ménagement et les jette dans une des voitures. Livide, Violette explique à voix basse que les terroristes s'étaient ensuite approchés de Raphaëlle, qui était tombée à genoux dans le sable en pleurant et comment Lucie s'était avancée malgré la menace des armes pointées sur elle pour se placer devant l'adolescente. « On aurait dit un bouclier vivant », chuchote Violette. Lucie avait levé les bras au ciel, mi-implorante, mi-protectrice et parlé en arabe aux assaillants qui l'écoutaient l'œil fixe.

— Je ne sais pas ce qu'elle a pu leur dire, mais je sentais John tendu comme un arc à côté de moi. Il se retenait pour ne pas se ruer sur Lucie, pour l'empêcher de faire ce qu'elle avait l'air d'avoir décidé de faire. Elle a parlé pendant quelques instants qui nous ont paru des siècles, Arnaud, j'ai cru dix fois que mes jambes allaient me lâcher comme celles de Raphaëlle qui était à genoux sur le sable, la tête basse comme si elle attendait le coup de feu.

Elle hoquète, les yeux débordant une nouvelle fois de larmes.

— Je pense qu'elle a demandé si elle pouvait aller voir Aysia mais ils ont crié quelque chose en approchant encore plus leur arme de sa tête. Alors elle s'est tournée vers sa fille et lui a dit en français de ne pas avoir peur, qu'elle savait qu'elle s'en tirerait, que son père était là pour veiller sur elle et qu'elle reviendrait vite.

Violette se tait. Elle se sent tellement mal qu'elle presse ses mains contre son ventre. Mais elle continue d'une voix ténue.

— Puis elle a tourné le dos aux ravisseurs avec une telle indifférence que j'ai cru qu'ils allaient le lui faire payer en lui tirant dessus, mais ils n'ont pas bougé. Elle a regardé John dans les yeux pendant si longtemps...

Elle prend une longue inspiration.

— Je crois qu'ils étaient les seuls à ne pas pleurer. Puis le type au chèche bleu avec le regard de fou l'a prise par le bras et l'a poussée vers la voiture où se trouvaient les Américains.

Elle se tait, le regarde, éperdue.

— Elle a sauvé notre fille. Je suis tellement soulagée et en même temps tellement culpabilisée. Elle a donné sa vie pour celle de Raphaëlle.

— Chuuut Violette, Lucie a sauvé Raphaëlle peut-être, ce n'est pas pour cela qu'elle s'est sacrifiée et si j'ai bien compris Charlie a peut-être sauvé Aysia. Mais il ne faut pas réfléchir comme ça, personne ne doit rien à personne. Ce sont ces salauds qui nous font dire des choses pareilles... Chuuuut mon amour.

Il caresse ses cheveux, attend que les sanglots s'apaisent contre son torse, ne trouvant rien d'autre à ajouter. Il n'arrive pas à penser. Ce qu'il vient de vivre avec Lili, ce que viennent d'endurer Violette, ses enfants et tous leurs compagnons de route, la mort d'Hailé et des autres gardes, le geste insensé de Lucie forment une farandole macabre dans sa tête en ébullition.

— Je vais m'occuper des petits, dit Violette en se détachant de lui.

— Violette...

Il hésite, la ramène dans le bouclier de ses bras.

— Hailé est mort... »

Elle le regarde comme si elle ne comprenait pas ce qu'il vient de dire. Puis très doucement se recroqueville sur elle-même, les bras serrés contre son ventre. Bouleversé, Arnaud reconnaît la position qu'elle avait dans sa chambre après la mort de Julien. Elle pleure sans un son. Au bout de quelques instants, elle se lève et va chercher des serviettes de bain dans leurs valises pour recouvrir les corps d'Hailé et du garde. Arnaud la suit de loin et la voit passer la main sur les yeux, puis dans les petites dreadlocks du jeune homme. Il l'empêche de s'approcher du corps sans vie de Mulugeta toujours assis derrière le volant de la voiture et la ramène sur le terreplein. Pendant qu'elle s'occupe des enfants, il se dirige à pas lents vers la jeune fille allongée au sol, la tête sur les genoux de Charlie. Il a l'impression de marcher sur des sables mouvants. La chaleur est telle que les images tremblent devant ses yeux. John cherche un signal avec son téléphone. Arnaud s'approche. Les deux hommes se regardent sans rien dire, puis Arnaud demande :

— Tu crois que c'était qui ?

John hausse les épaules et Arnaud se maudit de ne rien trouver d'autre à dire.

— Peut-être des Érythréens, ou Daech ou d'autres encore... J'ai vu deux gardes morts à l'extérieur de la tente. Tesfa a le genou bien amoché, je pense que la balle est restée logée dans l'articulation, il faudrait l'opérer rapidement. Heureusement pour Aysia, la balle est ressortie à l'arrière de l'épaule. Tesfa dit qu'il a appelé les secours avec son téléphone satellite mais il a l'air dans les vapes et je n'arrive pas à trouver de connexion.

— Lucie...

Arnaud ne sait pas comment continuer sa phrase. John le fixe et dit d'une voix basse, presque implorante :

— Je sais qu'elle peut paraître insupportable dans un groupe...

— John, ce n'est pas ce...

Arnaud bredouille, il ne sait comment exprimer sa gratitude et sa compassion à cet homme qui vient de voir sa femme disparaître pour sauver une adolescente qu'elle ne connaissait pas quelques jours auparavant.

John lui pose une main sur l'épaule et la retire aussitôt.

— Je vais voir Aysia.

Arnaud regarde autour de lui. Les touristes sont toujours sous le choc, Charlie a les bras tachés de sang, Raphaëlle se tient droite comme un i dans la lumière, le regard noir, les trois petits sont assis l'un contre l'autre, muets, veillés par Virginie, les tabourets et les tables sont renversés, à certains endroits, le sable est rougi par le sang. Les verres brisés d'une paire de lunettes font des éclats dans le soleil. Sur son téléphone portable, toujours aucun signe de réseau disponible.

Il entend la voix de basse de Pierre gronder :

— C'est à cause d'elle, de Lucie, qu'elle reste au diable !

— Chuuuut, chuuut Pierre, murmure Violette qui a du mal à contenir ses larmes.

Arnaud se secoue et décide de chasser ce non-sens absolu. Il va chercher Charlie et Raphaëlle.

— Venez m'aider, on va faire des brancards.

Quelques heures plus tard, ils montent tous dans les voitures. Un garde avait avancé un pickup pour emmener les corps d'Hailé, de Mulugeta et du garde. Arnaud et Violette installent du mieux qu'ils peuvent les blessés, allongés chacun à l'arrière d'un 4X4. Les autres s'entassent dans les voitures. Les habitants du village de toile qui s'étaient volatilisés au moment de l'attaque approchent lentement.

Les portières claquent, le cercle de villageois se resserre autour d'eux, silencieux, les mains sur le cœur. Raphaëlle les regarde, le regard dur, partagée entre colère, haine et pitié. Alors que le convoi s'ébranle, elle se retourne pour contempler jusqu'à ce que disparaissent les longues silhouettes habillées de guenilles et les visages graves sous leurs cheveux en corolle décolorés par le soleil, le sel et le vent.

Chapitre 17

Éthiopie, Ambassade de Belgique à Addis-Abeba

Ils sont dans le couloir de l'ambassade de Belgique à Addis-Abeba et attendent John resté dans le bureau avec l'ambassadeur. Quand Souleyman apparaît au bout du couloir, Divine court se jeter dans ses bras et Trésor a soudain envie de vomir. Divine se détache de son cousin pour venir prendre Trésor dans ses bras. Les deux enfants pleurent à grosses larmes terreuses. Divine finit par articuler :

— Pleure pas, Titoum. Tu vas avoir une famille en Belgique. Virginie et Bertrand sont presque aussi gentils que mon papa et ma maman, tu sais.

Le petit garçon continue à pleurer. Il ne veut pas d'autres parents, ni ceux de Divine, ni Virginie et Bertrand. Tout ce qu'il veut maintenant c'est que Divine reste avec lui. Virginie lui a promis qu'en Belgique, il serait plus facile de lancer les recherches pour retrouver sa famille. Elle lui a aussi montré des photos de leur maison, des grandes chambres et du jardin fleuri. Trésor reste accroché à Divine. Devant eux, Souleyman se balance sur ses longues jambes. Il ne veut pas attendre, malgré les yeux implorants de sa nièce. La situation se détériore au Soudan et les parents de Divine ne vont pas tarder à arriver en Éthiopie, Souleyman ne veut pas prendre le risque de les rater. Alors Divine s'agenouille en face de Trésor, lui essuie les joues sans pouvoir arrêter le flot intarissable.

— On est super forts Titoum, tu vas me manquer. Mais je dois retrouver ma maman et aller dans notre nouvelle maison chez ma tante, parce qu'on ne peut pas retourner chez nous. Je chercherai ta maman avec Souleyman, je te promets .

Son cousin sépare les deux enfants le plus doucement possible, mais avec fermeté :

— Allez Titoum, tu vas voir tu vas monter dans un avion bien plus gros que celui que tu as pris l'autre jour. Si tu savais comme j'ai rêvé de faire pareil. Je veux que tu regardes bien tout et que tu me racontes tout ce qui se passe, le commandant de bord, les hôtesses, tu devras me dire si elles sont jolies, comment elles sont habillées. Tu me promets, Titoum ? Et puis, regarde ce que je t'ai apporté.

Il sort de son sac le teeshirt bleu de Ronaldo. Le petit garçon a l'impression d'étouffer. Bertrand vient le prendre par les épaules. Trésor regarde son amie s'éloigner. Elle ne lui paraît plus beaucoup plus grande que lui. Elle porte une robe bleue, très jolie, mais il la préférera toujours avec la robe mangue qu'elle portait lorsqu'ils se sont rencontrés. Avant de sortir, elle se retourne encore une fois et place ses mains de façon à former un cœur avec les doigts. Le petit garçon veut l'imiter mais ne réussit pas à bouger, ses bras sont lourds comme de la pierre. Il a mille ans.

Les éclats de voix traversent la porte du bureau qui s'ouvre sur John, le visage fermé. Aucune nouvelle encore de Lucie, Bill et Jody. John s'assied près de sa fille qui pleure sans bruit, la chemise blanche encore tachée de sang et le bras en écharpe. Puis il prend l'enfant par la main : « Viens, Trésor ». C'est la première fois qu'on l'appelle comme ça cette semaine et ça lui fait drôle. Il a envie de crier qu'il n'est plus Trésor. Mais il suit John dans le bureau sans rien dire. L'ambassadeur lui explique qu'il ne va pas pouvoir rentrer au Soudan qui plonge à nouveau dans le chaos. Grâce à Lucie, le service des adoptions dont elle est responsable en Belgique l'a contacté. En raison de tout ce qu'ils viennent de traverser, de la situation qui devient incontrôlable au Soudan et parce que les services chargés de retrouver les familles dispersées par les attaques sont complètement débordés, il vient de recevoir une dérogation l'autorisant à le confier à Virginie et Bertrand qui se sont proposés comme famille d'accueil en attendant que l'on retrouve ses parents. Trésor écoute le flot de paroles arabes se dérouler, il les voit presque sortir de la bouche de l'homme au costume sombre et aux lunettes cerclées d'acier. Il reconnaît les mots, mais leur sens lui échappe. Ses yeux s'en vont vers la fenêtre. De l'autre côté de la rue, une maison de briques bleues lui rappelle la ville de Divine. Dans l'ombre, un âne somnole, attaché à une carriole chargée de régimes de bananes jaunes. Dans ses yeux pleins d'eau, les couleurs des briques et des bananes se mélangent en un magma multicolore et mouvant et il ne veut rien voir d'autre.

John, adossé au mur, sent la nausée le guetter. Ce que l'ambassadeur ne dit pas, c'est qu'en raison de l'afflux des réfugiés qui viennent saturer les camps, il y a peu d'espoir de trouver trace de la famille de Trésor et que Virginie et Bertrand se porteront officiellement candidats à son adoption. Pendant que l'Ambassadeur parle avec un air paternaliste qui le hérisse, John se demande ce que cet enfant de cinq ou six ans comprend exactement. Alors qu'il regarde ces yeux immenses qui fixent l'homme sans rien laisser transparaître de ses sentiments, John se souvient comme il avait eu envie de les photographier lui et Divine, ce premier jour où il les avait rencontrés à l'orphelinat soudanais. C'était il y a quelques jours seulement. Une éternité. Dieu que ce gamin est beau. John comprend qu'il ait focalisé l'attention, voire l'envie, de Virginie et même celle de Lucie. Pourtant le petit se dérobait aux bras de ces femmes, il n'avait d'yeux que pour Divine et John, percevant peut-être inconsciemment qu'elles avaient envie d'endosser le rôle de mère et qu'il n'était pas prêt à faire faux bond à la sienne. Toujours ces loyautés, ces terribles loyautés. John regarde ces yeux noirs, cette peau lisse, ces petites dents blanches et ne voit pas l'ombre d'un nuage sur ce visage impassible. Il réalise qu'il se retrouve en fait devant son double. On lui a souvent dit qu'il était impénétrable, qu'il semblait ne rien éprouver. Il ne montre rien, tout simplement parce qu'il n'y arrive pas, ce n'est pas pour ça qu'il n'éprouve rien. Lucie le savait.

Lucie.

Il vient de penser à elle à l'imparfait. La gangue de glace qui entoure son cœur comme un bouclier s'épaissit d'heure en heure.

Le petit tourne la tête vers lui, interrogateur. John a perdu le fil. Il essaye d'imaginer où est Lucie. Il se rassure en se disant que tant qu'elle peut s'occuper de Bill et Jody, elle tiendra bon, il en est certain. Il ne faut pas qu'on les sépare. C'est son espoir. De plus, l'ambassade américaine sera sans doute plus efficace que la leur pour retrouver leurs ressortissants.

— Vous savez, selon le gouvernement, l'attaque est pour les rebelles une façon de marquer le coup avant le sommet de l'Union Africaine fin janvier. Les dirigeants africains se réunissent à la fin de la semaine prochaine ici-même, à Addis. Vous vous rappelez sans doute que l'Éthiopie avait déjà accusé l'Érythrée d'avoir tenté d'orchestrer une attaque contre un précédent sommet de l'UA, en janvier l'année dernière.

John se concentre pour faire refluer la nausée. Évidemment, ils accusent l'Érythrée. L'Érythrée nie. Évidemment. Il fait quelques pas, sentant les courbatures endolorir tout son corps. Il pense à Aysia assise dans le couloir et a envie de planter là ce fonctionnaire qui n'a aucun levier à actionner.

Les souvenirs de l'attaque rebondissent en flash derrière ses paupières. Les secours n'étaient jamais arrivés. C'est Arnaud qui avait tout pris en main, après les avoir rejoints. Jusqu'au départ des terroristes entraînant Lucie avec eux, John avait agi avec un sang-froid et un recul qui l'étonnent à présent. Il avait compris que ces hommes n'hésiteraient pas à les abattre au moindre geste. Avant qu'ils ne s'en soient pris à Lucie, John n'avait d'yeux que pour Aysia, allongée dans l'ombre sur les jambes de Charlie. Il avait eu du mal à distinguer son visage, mais il avait entendu sa voix et il s'était dit que si elle pouvait parler c'est qu'elle n'était pas inconsciente. Il avait tout misé là-dessus. Chaque fibre de son corps était tendue vers elle. Il les imaginait chargées d'une énergie vitale qui l'aurait empêchée de sombrer dans le coma. La main de Lucie avait broyé la sienne. Elle avait saisi la situation aussi bien que lui et ne bougeait pas. C'est pour cette raison qu'il avait été stupéfait quand elle s'était avancée pour s'interposer entre Raphaëlle et leurs agresseurs. Elle s'était tenue là debout, sous le soleil implacable, son ombre aux bras levés s'allongeait sur le sol et John ne pouvait plus respirer. Il avait senti un grand froid monter de l'endroit qu'elle venait de quitter, à ses côtés. Paralysé, son cerveau refusait de fonctionner. Pourtant, il savait qu'elle allait prendre la place de la gamine. Les autres avaient pensé qu'elle se sacrifiait, mais John savait pertinemment que ce n'était pas ça. Le sacrifice n'est pas dans le tempérament de Lucie, absolument pas. Elle s'est toujours battue bec et ongles jusqu'à ce qu'elle obtienne ce qu'elle veut. Selon John, Lucie était sûre que Raphaëlle serait abattue tôt ou tard par un des hommes qui aurait perdu ses moyens quand elle se serait mise à pleurer. Lucie avait cru qu'elle pourrait gérer la situation, qu'elle arriverait à sauver Raphaëlle et du même coup les Américains. C'est ce qui avait horripilé leurs compagnons de voyage d'ailleurs, cette impression qu'elle donnait de toujours mieux savoir que les autres. John avait senti l'irritation se propager dans le groupe à son égard. Il savait que certains penseraient qu'elle avait pris la place de Raphaëlle pour se dédouaner. Rien à voir. Elle n'y avait même pas pensé. Elle avait agi ainsi parce qu'elle est Lucie.

Quand il l'avait vue disparaître au bout du fusil de l'homme au chèche bleu indigo, après ce long regard qu'elle n'avait adressé qu'à lui, une grande déchirure lui avait lacéré les entrailles, mais sa première réaction fut de se précipiter vers Aysia. Charlie, qui l'avait déjà sauvée en prenant des risques inconsidérés, avait bien travaillé, stoppé l'hémorragie et John avait pu constater que seule l'épaule avait été touchée. Grâce à la trousse de secours rangée dans la voiture de Tesfa, il avait pu soigner la blessure de façon à ce que sa fille tienne jusqu'à l'arrivée des secours. Il ne se doutait pas qu'ils n'arriveraient pas. Tesfa l'avait assuré qu'il avait appelé l'agence qui mettait tout en œuvre pour leur envoyer de l'aide toutes affaires cessantes, mais le guide commençait à délirer et John n'était pas certain de pouvoir le croire. De son côté, il avait essayé de joindre l'ambassade. Il s'était déplacé dans un périmètre de plus en plus large à la recherche de réseau, en vain. Son cerveau avait commencé à surchauffer, il avait couru en tous sens, emprunté les téléphones de tous ceux qui étaient là, mais pas de signal. C'est là qu'il avait perdu ce calme irréel qui s'était emparé de lui au moment où ces fous avaient surgi de nulle part. Il avait eu l'impression que sa tête allait exploser. Il ne se rappelle plus ce qui s'est passé à partir de ce moment-là, comme si un fusible avait claqué dans son cerveau et qu'il ne pouvait plus réfléchir. Il voyait les heures défiler et chaque heure éloignait Lucie. Ils étaient tous tellement assommés par ce qui leur était arrivé, qu'ils étaient totalement inefficaces. Arnaud avait été le seul à réagir de façon rationnelle. Il n'avait pas voulu attendre. Il voulait qu'Aysia et Tesfa arrivent le plus rapidement possible à l'hôpital.

Ses enfants l'avaient aidé à bricoler des brancards de fortune. Une des voitures étant inutilisable après l'attaque, une deuxième réquisitionnée pour transporter les corps des personnes abattues, ils s'étaient retrouvés entassés dans les jeeps et avaient roulé des heures dans la fournaise, fenêtres fermées pour éviter d'avaler les tonnes de poussière du désert, avec une climatisation poussive qui n'arrivait pas jusqu'au siège arrière. Aysia grimaçait à chaque cahot de la voiture. Elle était pâle sous son hâle et les gouttes de transpiration glissaient sur ses tempes. Il aurait tout donné pour prendre sa douleur. Il scrutait l'horizon, il ne sait pas ce qu'il guettait, s'il espérait voir les fuyards et la voiture qui avait emporté Lucie. Le coton l'enveloppait, la brume lui entrait par les yeux, le nez, la bouche. Il ne voyait plus rien, ne sentait plus rien, il n'avait devant lui que le visage de Lucie quand elle lui avait dit au revoir, sans un mot. Ses mèches pâles autour de ses grands yeux clairs qui lui disaient que tout allait bien se passer. Mais elle se trompait, rien ne se passait bien, il avait envie de hurler pour dissiper ce brouillard qui l'assommait. Il n'avait pas la moindre idée du temps qu'il leur avait fallu pour arriver à Mekele. Arnaud avait enfin capté un réseau et lui et Violette avaient passé leur temps à jongler entre les téléphones alternant les appels entre les ambassades des États-Unis, de France, de Belgique et même de Chine pour tirer sur toutes les ficelles. Ça avait payé en fin de compte puisqu'ils étaient arrivés à Addis-Abeba, après être passés par Mekele où un médecin les attendait pour s'occuper d'Aysia et Tesfa qui, lui, était resté là-bas pendant qu'ils prenaient un vol pour la capitale. Il sentait les kilomètres l'éloigner d'elle inexorablement. Il devenait de plus en plus clair qu'ils allaient quitter l'Afrique sans Lucie. John se rongeait les sangs. S'il n'avait pas dû accorder toute son attention à sa fille qui, après le traumatisme de sa blessure, éprouvait un choc psychologique tel qu'elle en avait perdu l'usage de la parole, il serait devenu fou. Il sait qu'elle va aller mieux, qu'elle a en elle un peu de la force de sa mère.

L'air conditionné souffle bruyamment et le ramène dans le bureau. L'Ambassadeur le regarde fixement. Il a dû lui poser une question qu'il n'a pas écoutée. Trésor regarde toujours par la fenêtre. John n'a plus la force de s'indigner. Il dit sèchement :

— Mais l'Érythrée a de son côté formellement nié toute implication dans ce que vous appelez tout simplement l'attaque, mais qui a fait trois morts, une blessée et trois otages dans notre groupe. Au téléphone, l'ambassadeur belge en Érythrée m'a clairement dit que l'Érythrée n'avait jamais soutenu et ne soutiendrait jamais ce genre d'agression. Il a même ajouté que c'était devenu une habitude pour le gouvernement éthiopien d'accuser l'Érythrée de tout ce qui se passe de négatif à l'intérieur de l'Éthiopie.

L'ambassadeur veut protester. Le regard impérieux de John lui coupe la parole. L'homme et l'enfant quittent le bureau sans qu'il n'ose les raccompagner.

John sait qu'il aurait dû forcer l'ambassadeur à agir mais il n'y croit plus. Il réalise avec effroi qu'il ne va pas retrouver sa femme de sitôt. Les larmes lui montent aux yeux. Ils ont été si heureux dans ce pays, si pleins d'illusions. John avait adoré les étoiles dans les yeux de Lucie quand ils avaient atterri ici, en pleine nuit, il y a une quinzaine de jours. L'odeur les avait pris de plein fouet.

Ils s'étaient regardés sans rien dire avec une joie immense dans la peau. Tout avait disparu, leurs derniers mois conflictuels, leurs tensions. Il y avait juste l'Éthiopie et leur amour infini pour ce pays. Et là, quinze jours à peine plus tard, tout n'est plus que vertige. John se débat, se cogne à tous les murs, il veut rester pour chercher Lucie, il est prêt à gratter de ses ongles le moindre recoin du désert. Mais Aysia doit rentrer à Bruxelles pour s'y faire opérer de la clavicule, il semble que des tendons ont été sectionnés et dans l'état où elle est, il n'ose pas la laisser seule, même avec ses grands-parents. Sans compter qu'il ne veut pas lui demander d'assumer la disparition de leur mère par rapport à ses frères et sœurs, aux parents de Lucie. Il n'a pas encore prévenu Soumaya et Eden. Peut-être sera-t-il plus efficace à Bruxelles où il pourra tirer plus de ficelles qu'ici. Il chancèle et s'arrête pour s'appuyer au mur. Ce satané brouillard continue à lui embrouiller le cerveau pendant que Trésor le fixe de ses immenses yeux sans fond.

Trésor a le nez collé à la fenêtre pour admirer les avions sur le tarmac. Les yeux de Virginie pèsent sur son dos. Il aimerait lui sourire, mais il a l'impression que ses joues sont couvertes d'une épaisse couche de boue séchée qui emprisonne son sourire. Virginie, assise toute droite, le menton tremblant, essuie la transpiration qui coule le long de ses joues. Bertrand est au téléphone à côté d'elle, la main posée sur l'épaule de sa femme. Trésor cherche Lili des yeux. Elle est sur les genoux de Charlie. Elle a l'air de dormir. Pourtant, il voit sa main faire des petits dessins sur le bras de son frère les yeux perdus dans le vide. Raphaëlle a les yeux rouges et est serrée entre son père et sa mère qui se tiennent par les mains. Le petit garçon se sent seul tout d'un coup. Il a mal au ventre à l'idée de ne pas retrouver sa mère. Il se retourne et va s'asseoir à côté de Virginie qui l'entoure de son bras et cette étreinte lui donne envie de pleurer. Mais ses yeux restent secs comme si toutes les larmes de son corps s'étaient taries d'abord pendant l'attaque et puis au moment du départ de Divine un peu plus tôt.

Dans l'avion, l'hôtesse installe à l'avant John et la jeune fille à l'épaule bandée avec mille précautions. Elle a laissé sa main dans la main de son père et John regarde les longs doigts, aux ongles aussi parfaits qu'au jour de sa naissance, cette main qui reste inerte. Il est épuisé. Lorsque la porte de l'avion s'est refermée, il s'est retenu pour ne pas crier. Tous ses muscles sont tendus et même sa peau lui fait mal, comme si son corps livrait une bataille sans merci, théâtre des forces antagonistes qui se font la guerre en lui.

Quelques rangées derrière, de l'autre côté du couloir, Arnaud regarde la nuque de cet homme qui lui est devenu si proche en quelques jours. Il partage le sentiment d'impuissance qui agite John et peine à imaginer ce qu'il ressent vraiment. Si Violette avait été enlevée, ou Raphaëlle, puisque c'est ce qui avait failli se passer, Arnaud n'ose pas imaginer son état. Partagé entre le soulagement et la pitié, sidéré par la violence qu'ils ont tous vécue il y a à peine deux jours, révolté par l'inertie du gouvernement éthiopien, et même du gouvernement belge, il sent gronder en lui une colère qui l'oppresse et s'étonne que son cœur soumis à rude épreuve depuis quarante-huit heures, ne flanche pas. À côté de lui, Violette est inconsolable. Devant eux, Raphaëlle et Charlie regardent par le hublot, sans prononcer une parole.

Les moteurs tournent à plein régime, les roues quittent la piste. Lili et Trésor ont collé leurs mains sur leurs oreilles et rient en plissant les yeux. Par le hublot, Trésor regarde l'Éthiopie qui ressemble à un grand tigre couché et rapetisse avec l'altitude. Il espère qu'ils passeront au-dessus de son pays. Peut-être va-t-il voir son Soudan. Lili lui a donné sa place près de la fenêtre, arguant qu'elle était près du hublot à l'aller.

Une hôtesse arrive avec des verres de jus d'orange. Elle demande aux deux enfants en français et en arabe comment ils s'appellent.

— Lili, répond la petite fille.

L'hôtesse regarde le petit garçon. Trésor note qu'il faudra qu'il raconte à Souleyman qu'elle a un joli chemiser aussi blanc que ses dents et un petit chapeau rouge sur ses cheveux tressés. Il regarde d'abord Lili, et l'Afrique qui s'efface peu à peu en dessous d'eux.

— Je m'appelle Titoum.

Lili lui prend la main.

Chapitre 18

Éthiopie, Désert du Danakil, janvier 2013

Cela fait des heures que le pick-up roule à toute allure sur la piste désertique. Lucie, Bill et Jody rebondissent sur le métal de la benne où les hommes les ont jetés. Lucie aimerait ajuster son foulard clair sur ses cheveux pour adoucir la morsure du soleil sur le haut de son crâne, mais les hommes leur ont attaché les bras dans le dos, et chaque cahot l'envoie se cogner contre la carrosserie. Elle parvient à coincer ses pieds sous une des roues de secours et à se maintenir assise tant bien que mal. Malgré la poussière et le sable qui lui collent au visage, elle aperçoit le visage de Jody, ses larmes se faisant un chemin sur la peau grise comme de la cendre. Elle tâche d'accrocher son regard mais la jeune femme garde la tête baissée. Bill regarde au loin, les muscles de son cou tendus à craquer. Un homme est à leur côté dans la benne, l'arme pointée sur eux, les yeux brillants entre les plis du chèche qui lui mange la moitié de la face. Les trois autres sont assis dans la cabine du pick-up. Le sable en suspension empêche Lucie de compter le nombre exact des voitures qui les suivent. Elle s'étonne du détachement qu'elle ressent, comme si elle flottait à côté de son corps. L'adrénaline qui l'a poussée à se porter volontaire pour l'enlèvement est retombée, et elle revit la scène en se demandant ce qui l'a réellement poussée à s'offrir en échange de Raphaëlle. Est-elle devenue complètement folle ? Comment a-t-elle a pu faire ça à John, à ses enfants ? Pourtant, elle est sûre que si elle n'avait pas fait ce geste, Raphaëlle serait morte à l'heure qu'il est, elle l'a vu dans le regard de l'homme au chèche bleu. Et elle ne voulait pas que Violette perde un autre enfant. Elle pense à Aysia et serre les dents. Elle sait que la blessure n'était que superficielle, elle avait vu Charlie leur jeter un regard entendu en levant le pouce, quand il avait pris soin d'Aysia. Tout le temps où elle a parlé avec les ravisseurs, elle la gardait à l'œil, elle l'a vue parler, se mouvoir, mais l'image de sa fille allongée au sol, le teeshirt taché de sang lui serre le ventre. À cet instant, la voiture freine brutalement et les projette les uns contre les autres, les sortant de leurs sombres pensées. L'homme qui les surveille saute de la benne en leur ordonnant de ne pas bouger. Lucie demande en arabe si elle peut aller aux toilettes, mais l'homme ne la regarde même pas. Ses sens ont repris toute leur acuité, elle pense à toute vitesse, regarde autour d'elle dans ce paysage désolé qu'elle trouvait si beau hier et qui aujourd'hui ressemble à une prison sans limites. Même s'ils la laissaient sortir du pickup, elle ne pourrait se cacher nulle part. Les hommes à l'avant ont l'air de se quereller, Lucie ne les comprend pas, ils parlent trop vite pour qu'elle espère s'interposer entre eux. Et pourtant elle pense qu'elle peut négocier. Ils l'ont déjà laissée partir à la place de Raphaëlle, ils seraient peut-être prêts à l'écouter encore. Elle regarde Jody qui pleure toujours la tête baissée et l'appelle à voix basse :

— Jody, Jody !

La jeune femme lève la tête, les cheveux collés aux joues.

— Qu'est-ce qu'on peut faire, Lucie ?

Elle tremble et son nez coule sans qu'elle y prenne garde. La violence de l'attaque, la distance parcourue sur cette route cahoteuse, l'angoisse les a assommés et Lucie a de nouveau du mal à organiser ses pensées. Elle sait qu'elle doit garder la tête claire pour trouver une solution à leur situation plus critique d'heure en heure. Bill s'agite nerveusement, tentant de dénouer les liens qui lui scient la peau des poignets.

— Arrête Bill, arrête, tu vas te faire mal et si tu y parviens, cela ne servira à rien. Ils sont quatre et armés.

Il la regarde furieux, mais interrompt ses essais frénétiques. Il dit d'une voix lugubre à Jody :

— Stop crying, Jody, shut up !

La jeune Américaine lève la tête, surprise par la colère de son fiancé. Quelques pas plus loin, le ton monte entre les hommes. Le conducteur brandit devant lui le téléphone portable qu'il avait collé à l'oreille quelques instants auparavant. Devant l'air fermé de ses acolytes, il se tourne vers les otages et lance un ordre qui provoque la panique parmi les ravisseurs qui n'ont pas l'air d'accord. Les otages sentent la tension atteindre un tel paroxysme que Jody commence à hurler. Lucie ne comprend pas ce qu'elle crie, comme si ses lèvres n'arrivaient plus à former des mots sensés. La gorge ne laisse passer que l'angoisse qui ronge tout discours sur son passage. Bill la regarde, effaré. Les cris de Jody vrillent l'air épais qui pèse sur leur petit groupe en fusion. Lucie s'est rapprochée de la jeune femme et murmure à toute vitesse des mots apaisants. Mais Jody continue à crier, les traits déformés par l'épouvante. Un des hommes se retourne furieux et avant que quiconque ne réalise ce qui se trame, tire sur Jody dont les cris cessent d'un seul coup. Stupéfaite, elle fixe Bill qui hurle :

— Nooooooooo !

Une deuxième détonation déchire les tympans de Lucie. L'homme qui a tiré sur Jody tombe sur le sable, abattu à bout portant. Le torse de Jody s'affaisse, se plie jusqu'à ce que sa tête heurte la tôle avec un bruit sourd.

La fureur a décuplé les forces de Bill qui parvient à s'extraire de la benne. Lucie ne peut qu'assister impuissante au désastre en marche. Deux hommes se précipitent sur Bill et le frappent à la tête de la crosse de leur arme. Le jeune homme tombe à genoux mais reste conscient. Lucie a réussi à se mettre debout et répète en boucle « Non, non, non ». Elle sait ce qui va venir et tout son corps se rebelle. Elle a suivi les Américains pour les sauver, ça ne peut pas se passer comme ça. Elle ne peut que répéter « Non, non, non, non » comme une femme folle qui aurait tout oublié et qui n'aurait plus la force que de refuser. Elle continue quand elle voit l'arme de l'homme au chèche gris se lever sur le jeune homme qui trébuche vers eux. Troisième coup de feu. Troisième personne à terre. Lucie se tait et baisse la tête.

Elle a perdu. Elle ne se demande plus qui sont ces hommes, ce qu'ils espèrent obtenir en échange des otages, elle ne se demande plus comment elle va faire pour tenter de leur fausser compagnie, elle ne se demande plus comment elle va s'en sortir. À genoux dans la benne, elle essaie de reprendre sa respiration. Elle relève la tête. « Pas la tête basse, Lucie, pas la tête basse » se murmure-t-elle.

Elle ne résiste pas quand un des hommes lui détache les mains presque avec douceur, puis la prend par le coude pour la faire avancer devant lui. Le soleil a entamé sa course descendante derrière l'horizon, noyant les contours des montagnes, dans un flamboiement dont personne ne peut saisir la beauté. Elle marche dans le sable, le regard sur l'horizon, son écharpe blanche fait comme une traînée de brume derrière elle.

Chapitre 19

Bruxelles, janvier 2013

À peine arrivés à Lyon, Violette et Arnaud réalisent la difficulté de reprendre une vie normale. Si rien n'est comparable à la violence de leur retour d'Inde, le fait de se retrouver chez eux après un voyage dramatique ne peut que réveiller des souvenirs douloureux au point d'en perdre le sommeil. Lili ne dort plus jamais seule et ne cesse de parler de Hailé ; Raphaëlle tourne comme un lion en cage, le regard plein de colère ; Charlie est en contact quotidien avec Aysia qui ne va pas bien du tout ; Violette ne parvient pas à avoir des nouvelles des retraités bretons qu'ils ont laissés à Paris en attente de leur avion pour Rennes. Pendant les trois jours qui suivent leur retour, ils ne quittent pas la maison, ressentant le besoin de rester dans leurs murs comme si ceux-ci les protégeaient de la violence extérieure. Violette n'ose pas imaginer ce qui se passe chez John. Après une autre nuit sans sommeil, ils décident qu'Arnaud partira seconder John dans ses efforts pour retrouver Lucie, ce qui lui laissera le temps de gérer l'hospitalisation d'Aysia et les séquelles de la disparition de leur mère sur Eden, Soumaya et Petit Max. Au téléphone, John n'a même pas essayé de refuser l'aide d'Arnaud et celui-ci part pour Bruxelles sans avoir repris le travail à l'école. Une fois là-bas, il frappe aux portes, arpente les couloirs de toutes les institutions susceptibles de les aider à mettre la pression sur le gouvernement pour retrouver les otages, téléphone sans relâche et envoie des dizaines d'emails. Les deux hommes passent ces journées comme deux guerriers qui auraient enfilé une armure pour lutter contre quantité d'ennemis. Tels des mousquetaires, ils se battent côte à côte contre l'incurie des services officiels, l'angoisse des amis, le désespoir des enfants, les comportements adolescents et erratiques de Soumaya et Eden. Ils ont du mal parfois face à la sollicitude d'un entourage dont ils se sentent éloignés, comme si ce qu'ils avaient vécu en Éthiopie les avait enfermés dans une bulle aux parois transparentes, élastiques et increvables dans laquelle leurs deux familles flottent telles des méduses irisées, incapables de s'accrocher à quoi que ce soit et tout aussi incapables d'avoir envie d'en sortir. Le soir venu, une fois Petit Max couché, Aysia, Soumaya et Eden reclus dans leur chambre, les deux hommes s'installent sur de gros coussins jetés sur le sol face à la cheminée pour manger à même le plat le dîner préparé sur le pouce par Arnaud. Lui reviennent alors les souvenirs de ces repas qu'ils cuisinaient après la mort de Julien, pendant que Violette gisait prostrée dans sa chambre, les yeux grands ouverts sur l'absence de son fils. Alors que la nuit d'hiver referme ses serres acérées sur la maison près des Étangs, les deux hommes écoutent craquer le bois devant leur visage fatigué. Ils analysent, décortiquent, essaient de comprendre ce qui s'est passé, de deviner qui sont les assaillants, de trouver les coupables, d'imaginer les termes d'un échange. Arnaud écoute John divaguer plus qu'il ne réfléchit et regrette l'absence de Violette à leurs côtés. Autour de la cheminée, les visages de la famille Benetton de Lucie et John surgissent d'une foule de petits cadres. Au fil de ces soirées, Arnaud apprend à connaître cette femme qui l'avait agacé plus qu'elle ne lui avait été sympathique. À travers les mots de John, derrière les flammes rougeoyantes, Arnaud voit se dessiner une personne à deux visages, celui de La Pasionaria de l'aide humanitaire et celui d'une femme éperdument amoureuse. John et Lucie sont sans doute les deux faces d'une même âme. L'une le feu, ardente, prête à en découdre, n'hésitant pas à aller au conflit et l'autre l'eau, mais celle d'un fleuve puissant, dont les flots semblent paisibles mais qui si on y trempe le pied, vous emportent sans que vous ne puissiez y opposer la moindre résistance. Corps et âmes mêlés. Arnaud place une nouvelle bûche sur le feu et se rassoit pensif au fond du canapé. L'Éthiopie a pris Lucie à John, alors qu'elle lui a rendu Violette. La vie vous cueille toujours par surprise. Arnaud sait qu'il gardera à jamais comme une écharde fichée sous la peau la souffrance d'avoir menti à la personne qu'il aime le plus au monde, mais il sait qu'il portera ce fardeau seul, que c'est le prix à payer.

— À quoi penses-tu ?

Il est surpris de voir John debout devant lui. Il est sur le point de lui parler de Violette, de leur couple, quand il réalise combien ce serait indécent. Il propose à John de revoir la liste des ONG qu'il peut essayer de contacter le lendemain. John a l'air épuisé, démotivé.

— Je ne sais plus quoi faire, Arnaud. Je brasse de l'air et rien ne bouge. J'ai l'impression que le gouvernement éthiopien a ralenti ses efforts. Mes emails ne font plus partie de l'urgence, on ne me rappelle pas... On m'a demandé de ne pas contacter la presse en me faisant comprendre que plus je ferais profil bas, plus les choses iraient vite. Je suis dans le flou... Cela fait presque une semaine maintenant. Je ne sais plus quoi penser.

— C'est frustrant, je sais. Tant qu'on n'a pas de nouvelles, il y a de l'espoir, je ne peux pas croire que rien ne soit fait. Moi aussi j'ai envie d'enfoncer les portes, mais je crois qu'il faut leur faire confiance. Ne perds pas courage. Pour ma dernière journée demain, je m'occupe des ONG et je repars à l'assaut des institutions gouvernementales. J'appellerai le journaliste pour le faire patienter. Prends la journée avec tes enfants. Il n'y a pas grand- chose qui n'ait pas été fait. Tu verras, la sortie du tunnel est proche.

— Je ne sais pas comment te remercier, remercier Violette de t'avoir laissé venir ici.

Leurs yeux s'évitent et se fichent sur les cendres qui rougeoient au fond de la cheminée.

— Tu aurais fait de même.

— Oui, sans doute.

Les deux hommes n'ont pas le courage de se séparer et restent longtemps devant l'âtre qui s'éteint peu à peu.

Le surlendemain, Arnaud repart épuisé et frustré de devoir laisser John seul à se battre contre l'armée d'ennemis imaginaires ou non qui refusent de lui rendre sa femme.

À la gare Part-Dieu, à Lyon, un petit coup de klaxon lui fait tourner la tête. Derrière le pare-brise, il aperçoit le visage de Violette, coiffé d'un gros bonnet blanc qui contient à peine la masse de ses cheveux et met en valeur ses yeux entourés d'un réseau de petites rides. De l'écharpe émerge son sourire grand comme une maison. Ils s'étreignent avec un plaisir qui les surprend eux-mêmes et rient de leur joie de se retrouver. C'est à ce moment que le téléphone d'Arnaud sonne. Il hésite à décrocher.

— Vas-y prends, dit Violette en démarrant, il y a un pignouf qui s'excite derrière moi, je dois laisser la place.

Sans qu'un seul muscle de son visage ne marque la surprise, il entend la voix blanche de Soumaya lui annoncer la mort de Lucie. Incrédule, il écoute la jeune fille lui dire que John a été convoqué à l'ambassade d'Éthiopie le matin même, juste après son départ, pour se voir annoncer que les corps de Lucie, Bill et Jody avaient été retrouvés au milieu du désert du Danakil, à quelques dizaines de kilomètres du village où ils avaient été attaqués. Le corps de Lucie serait rapatrié à la fin de la semaine. À côté de lui, Violette se désengage avec fluidité du magma de voitures entassées, fumantes, malodorantes de la fin d'après-midi. Le soleil d'hiver a déjà disparu. C'est l'heure entre chien et loup, celle où le ciel se pique d'étoiles froides. Arnaud reste le téléphone collé à l'oreille, longtemps après que Soumaya a raccroché. La première chose qui lui vient à l'esprit est la phrase stupide qu'il a dite la veille à John, l'assurant qu'il sentait les choses bouger et que sous peu Lucie serait avec lui. Il a l'impression de l'avoir trahi, et un goût de bile lui vient dans la bouche. La voiture est immobilisée par un feu de signalisation.

— Ça va ? Tu as l'air abasourdi.

— Ils ont tué Lucie.

Un concert de klaxons retentit derrière la voiture de Violette qui reste figée derrière le volant, sans réussir à redémarrer.

Chapitre 20

Bruxelles, mars 2013

John finit de préparer le petit-déjeuner quand Petit Max arrive dans la cuisine, l'air chafouin.

— Bonjour bonhomme, tu as bien dormi ? Mets-toi vite à table, c'est un peu la course ce matin, je te donne ton chocolat chaud.

Le petit garçon ne bouge pas et John se retourne vers lui, l'air interrogateur.

— Tu n'as pas bien dormi Maxou ? Tu as encore fait un cauchemar ? Aïe, s'exclame-t-il en lâchant brusquement la poêle et agitant frénétiquement la main qu'il vient de se brûler.

Il jure et lance la poêle dans l'évier. Avec le pain perdu. Il respire profondément la tête basse, puis dit calmement :

— Bon mon petit gars, tant pis pour le pain ce matin, je te fais vite un bol de céréales. Tu sais si Soumaya et Eden sont réveillés ? S'il te plaît Max, ne reste pas planté comme ça, on doit vraiment se dépêcher.

Son fils a les yeux rivés sur le parquet. Sur le pantalon de pyjama s'étend une tache sombre. John ne trouve soudain rien à dire, submergé par l'impuissance. Si maintenant, Max se met à faire pipi au lit... Il a soudain envie de casser quelque chose, de jeter aussi les couverts dans l'évier pour faire le plus de bruit possible. Il regarde par la fenêtre cherchant un point de lumière, de vert, de rose qui pourrait lui venir en aide. Max n'a toujours pas prononcé un mot.

Soumaya entre dans la cuisine, un minuscule short sur ses jambes immenses, un teeshirt échancré cachant à peine sa poitrine parfaite. Elle se laisse tomber lourdement sur une chaise et éclate de rire en voyant son petit frère.

— Maxou, tu rigoles ? Tu pisses au lit ? À neuf ans !

— Soumaya monte t'habiller tout de suite, on est vraiment à la bourre, gronde son père.

— Mais Papa, tu n'as pas vu, il...

— Monte immédiatement ! explose John.

Soumaya et son frère le regardent du même air interdit, peu habitués à voir John céder à l'exaspération. La jeune fille est tellement surprise qu'elle obtempère avec une grimace qui fait presque rire le petit garçon. John respire profondément et prend son fils par la main.

— Viens, Petit Max, c'est pas grave, ça peut arriver à tout le monde, ne t'inquiète pas. Tu vas prendre une douche rapide, et tu enfileras tes vêtements, tu n'auras qu'à emporter une gaufre avec toi, tu la mangeras dans la voiture.

— T'es pas fâché, Papa ?

John prend son fils contre lui et le serre fort pour qu'il ne voie pas son désarroi.

— Bien sûr que non. T'inquiète pas.

L'enfant éclate en sanglots.

— Mes draps sont tout mouillés aussi.

John presse fort ses paupières pour faire barrage à la tempête qui l'agite. Eden arrive à ce moment les yeux rivés sur son téléphone.

John est tellement surpris de voir son fils aîné, habillé de pied en cap à cette heure-là, qu'il reste sans voix.

— Salut Pap, salut le bout'chou.

Il ébouriffe les cheveux de son frère sans lever les yeux de son téléphone qui émet toute une série de petits sons qui achèvent de mettre les nerfs de son père en pelote.

— T'as dit quoi à Soumaya, Pap ? Elle avait l'air furieuse. Tu vas me dire, elle est furieuse tout le temps depuis la mort de maman.

John se fige. Il n'est pas habitué à entendre parler de la mort de Lucie de cette façon détachée et étrange. Il sait pourtant que ses enfants sont dévastés par la disparition de leur mère. Il a dû faire appel à des forces qu'il ne soupçonnait pas avoir pour leur annoncer la nouvelle, il y a tout juste deux mois. Sa gorge était tellement serrée qu'elle ne voulait pas laisser passer les mots qui leur enlevaient une partie d'eux-mêmes.

Comme les Grimaud à Lyon, ils n'étaient pas sortis de la maison des Étangs pendant trois jours. Eden ajoutait des bûches dans la cheminée ne laissant jamais s'éteindre le feu. Petit Max restait collé à Soumaya, prostrée dans le canapé. Aysia et John tournaient dans la maison, pris d'une frénésie de rangement obsessionnelle. Ils avaient vécu ces trois jours en vase clos, partageant des pleurs, parfois des rires et souvent de longs silences. Les téléphones étaient restés coupés.

Le lundi matin, John avait déposé ses enfants à l'école, Aysia l'avait aidé à préparer les sandwiches et à habiller Petit Max, puis était montée se recoucher.

Puis, il y avait eu l'incinération et il avait fallu continuer. Aysia avait essayé de l'aider du mieux qu'elle pouvait, refusant de repartir à Londres.

— Je suis plus utile ici, Papa. Laisse-moi t'aider s'il te plaît. Et puis, pour être honnête, je ne me sens pas la force de retourner en fac, de me retrouver dans ma coloc, d'être loin de la maison et de vous, maintenant.

John avait regardé sa fille, ses yeux noyés, ses joues comme des lacs.

— Bien sûr, Aysia, je te comprends. Reste avec nous, nous ne sommes qu'en janvier, tu peux bien prendre quelques semaines.

Les semaines s'étaient écoulées. Rien ne les y avait préparés, mais la vie, indifférente et féroce exigeait son dû et ils suivaient ses ordres. Il fallait travailler, aller aux cours, à l'école, faire tourner la maison.

Vivre.

Aysia l'avait secondé, mais elle perdait l'appétit, ses formes disparaissaient dans ses vêtements trop grands, sa peau avait rapidement perdu les couleurs prises sous le soleil éthiopien et laissait voir en transparence les entrelacs bleus de ses veines. Petit Max oscillait entre la plus parfaite légèreté enfantine et les chagrins inconsolables qui souvent le prenaient le soir au moment du coucher.

Soumaya et Eden avaient repris leur vie d'étudiants et eux aussi passaient de l'insouciance apparente, le nez collé à leur smartphone, à un désespoir sombre et muet qu'ils enfermaient derrière la porte de leur chambre. John avait parfois du mal à comprendre leur mode de fonctionnement.

Pendant que Petit Max entre dans la douche, son père retire les draps du lit pour les fourrer dans la machine à laver. Soumaya qu'il n'a pas entendue arriver lui pose une main sur l'épaule.

— Laisse Papa, je m'en occupe. De toute façon, j'ai des trucs à rajouter dans la machine. Je la mettrai en route.

Étonné, il la regarde avec reconnaissance. Elle tend une main maladroite vers lui et la pose sur son épaule. Cela fait longtemps qu'elle l'a dépassé en taille.

— Mon petit papa, souffle-t-elle.

Elle passe les mains dans sa coiffure immense pour faire tourbillonner une mèche autour de son doigt. Leurs regards se croisent un instant et ils échangent un sourire flou. Le visage, la voix de Lucie ne sont pas loin. Eden passe dans le couloir, regarde son père et sa sœur, face à face et muets. Il entre dans la salle de bain et les prend tous les deux dans ses bras. Dans le reflet du miroir, leur corps à trois dos, à trois têtes, n'en fait qu'un. L'eau gicle dans la douche.

— Fini ! crie Petit Max.

John et ses deux ados se regardent. Aucun d'eux n'arrive à parler mais le sourire affleure dans leurs yeux humides et Soumaya tend une serviette au petit garçon qui sort tout nu et trempé, les yeux ronds.

Eden et Soumaya emmènent leur petit frère à l'école. Soumaya crie avant de claquer la porte « Je rentre pas ce soir ! »

John regarde par la fenêtre ses trois enfants emmitouflés dans leurs manteaux d'hiver, le pas élastique d'Eden, celui dansant de Soumaya et les petites jambes de Max qui font du mieux qu'elles peuvent pour suivre. De dos, rien ne semble les distinguer de ce qu'ils étaient il y a quelques semaines. Depuis ce weekend qu'ils ont passé enfermés tous les cinq et l'incinération de Lucie, John a l'impression que sa famille est enfermée dans le tourbillon d'une lessiveuse devenue folle.

Vivre.

John se demande s'ils font semblant, s'ils y arriveront.

D'un pas las, il monte les escaliers. Au premier regard, la maison ne trahit pas l'absence de Lucie. Pourtant il sent que la force brute de sa femme nourrissait son énergie à lui et n'alimente plus aujourd'hui le feu de la maison.

Il hésite devant la chambre d'Aysia. Pas un son, pas un rai de lumière ne passe sous la porte. Il voudrait trouver sa fille debout devant son chevalet, un peu de peinture dans les cheveux, les mains couvertes de couleurs, l'air inspiré en écoutant son musicien préféré. Mais il sait avant d'ouvrir la porte ce qu'il trouvera derrière. Dans la pénombre de la chambre, sous la couette, le corps de la jeune fille fait à peine une bosse dont émerge juste le sommet de son crâne. John contemple la pièce, impeccablement rangée, livres fermés, vêtements pliés, chevalet vierge de tout dessin. Froide. Il réprime un frisson, vient s'assoir sur le matelas et pose une main sur la tête de sa fille. Cela fait des semaines qu'elle ne sort plus vraiment de sa chambre, en tout cas qu'elle ne sort plus de la maison. Elle dort énormément, érigeant le sommeil en rempart contre tout ce qui voudrait l'approcher. Après l'avoir cernée comme une proie, la dépression a fondu sur elle et l'a débordée. Impuissant, John a vu sa fille aînée se battre contre ses démons, ses angoisses, sa culpabilité, se motiver pour s'occuper avec lui de ses frères et sœurs, et puis rendre les armes. Après des jours de discussion, il a fini par la convaincre de partir en voyage quelques mois. Des membres de sa famille en Indonésie ont proposé à Aysia de s'installer chez eux, à Amed, petit village de pêcheurs sur la côte est de l'île de Bali. Il espère que déconnectée de tout ce qui la rattache à Lucie, elle retrouvera une certaine paix. Elle a proposé de donner des cours de français et d'anglais dans la petite école du village. Le départ est prévu pour dans dix jours. Le billet est acheté, le visa est tamponné dans le passeport.

Aysia ouvre les yeux et sourit en voyant son père.

— Quelle heure est-il ?

— Il est 8 h 30.

— Déjà ! Mais je voulais préparer le petit déjeuner de Maxou, t'aider…

Elle se laisse retomber sur l'oreiller, épuisée.

— Je ne sais pas si j'y arriverai Papa. Je ne sais pas si je vais pouvoir partir.

— Il le faut, Aysia. Tu dois le faire pour toi. Arrête de penser à moi, à nous. Tu nous as déjà beaucoup donné. Il faut te reconstruire un peu, retrouver tes joues roses, ton sourire, ton appétit de vivre, ton dessin…

Elle l'écoute à peine. Il se tait et continue à caresser les cheveux noirs. Un long moment s'étire. Aysia est sur le point de se rendormir. John pense à Violette et Arnaud. Et leurs enfants. Il prend une inspiration :

— Et puis, je viens d'avoir une idée. Si on proposait aux Grimaud de venir passer le weekend, avant que tu partes ?

Il parle vite de peur qu'elle ne refuse d'emblée et qu'il trouve également un tas de bonnes raisons pour écarter le projet.

— Cela fait plusieurs fois que Violette et Arnaud nous proposent de venir un weekend chez eux. C'est au-dessus de mes forces de batailler pour convaincre Eden et Soumaya de nous accompagner, mais j'accueillerais bien les Grimaud ici. Tous les cinq, les parents, Raphaëlle, Charlie et Lili. Qu'est-ce que tu en penses ?

Les paupières d'Aysia sont lourdes. Elle le regarde de ses longs yeux en amande, comme si elle buvait ses paroles. Et sourit.

John sent une vague d'espoir lui courir dans les veines.

— Ça nous fera du bien. Et comme ça, Soumaya et Eden les rencontreront.

Sa fille s'anime.

— On pourra se serrer dans les chambres et leur donner la mienne et celle de Petit Max. On pourrait aller chercher Titoum pour qu'il passe du temps avec Lili. Je suis sûre qu'elle va bien s'entendre avec Petit Max.

Elle fronce les sourcils.

— Enfin, elle est quand même plus petite.

Elle se tait un instant.

— Tu crois qu'on va y arriver ?

Il n'a pas besoin de la questionner, pour savoir qu'elle ne parle pas du weekend à venir. Elle parle d'eux, de leur faculté à vivre sans Lucie. Il choisit de lui parler de Bali.

— Ne t'inquiète pas, Aysia, je me débrouillerai avec les enfants. Soumaya va bien finir par grandir et Eden a un peu plus les pieds sur terre. Je suis sûr qu'ils m'aideront avec Petit Max.

Elle lève la tête de son oreiller, les cheveux en broussaille et émet un petit rire forcé.

— De toute façon, c'est pas comme si je t'étais d'une grande aide.

John essaye de rire lui aussi, mais ne réussit ne parvient à esquisser qu'un sourire pathétique. Il passe une main lasse sur ses yeux fatigués. Puis les rouvre et regarde le visage de sa fille presque aussi pâle que l'oreiller. Il cherche sur ses traits ceux de Lucie et un instant les deux visages se confondent, la blondeur de Lucie vient se superposer à la pâleur d'Aysia, et John retrouve le nez droit et la bouche à la lèvre supérieure un peu gonflée. Son cœur se serre. Il soupire et pose la main sur les cheveux d'Aysia, qu'il recommence à caresser doucement.

— Va, ma belle, va…

Il ne sait plus à qui il parle, à qui il dit au revoir. Á Aysia qui va devoir prendre sa vie à bras-le-corps ou à Lucie dont la dernière image, lorsqu'elle marchait sous la menace des armes, la tête tournée vers lui, le poursuit.

— Va, ma belle, va…

Épilogue

Bruxelles, mars 2013

John a emmené la famille au grand complet à la gare pour aller chercher les Grimaud. Sur le chemin, ils se sont arrêtés chez Virginie et Bertrand prendre Titoum afin qu'il retrouve Lili. Le gamin leur a sauté dans les bras amenant quelques couleurs sur le visage creusé d'Aysia et a babillé tout le trajet, apparemment très épanoui dans sa nouvelle vie. Néanmoins, John scrute le visage enfantin dans le rétroviseur et essaye de voir ce que cachent ce sourire et ces yeux insondables. Bien sûr, ils n'évoquent ni sa famille, ni Divine, ni Souleyman et John sourit en voyant sa fille et le petit garçon entamer un jeu de mains qu'ils jouaient sans cesse en Éthiopie. Ils arrivent sur le quai lorsque le train entre en gare et ils repèrent la haute silhouette d'Arnaud qui saute sur le quai et aide Violette à descendre la valise. Derrière elle, apparaissent Raphaëlle, Charlie et Lili. Lili porte sur son dos le même petit sac à dos à grosses fleurs rouges qu'elle avait en Éthiopie. Ses cheveux ont poussé et lui tombent dans les yeux, elle piétine d'impatience et s'écrie quand elle aperçoit John, Aysia et Trésor.

— Ils sont là, regarde Maman, Titoum est là !

Sans attendre, elle s'élance vers eux. John et Aysia s'avancent, sourire aux lèvres. Mais Titoum reste immobile, les bras le long du corps. Aysia le tire gentiment par la main et lui souffle à l'oreille.

— C'est Lili, Titoum.

Le petit garçon n'esquisse aucun geste. Il aimerait courir à la rencontre de la petite fille, mais il n'arrive pas à passer derrière l'image d'une robe mangue qui flotte entre eux. Ses yeux ne parviennent pas à se détacher de ce vêtement aux contours flous et lumineux, agité d'ondulations gracieuses aux fragments orange et jaunes qui le font cligner des yeux.

L'immobilité de l'enfant agit comme une déflagration. Comme si ces trois mois écoulés à tenter de réparer, d'oublier ou d'apprivoiser le drame disparaissaient en fumée. Ils s'étaient quittés dans le hall d'un aéroport, ils se retrouvent sur le quai d'une gare avec entre eux un trou béant, d'où vient de surgir tout le chaos du désert du Danakil, les coups de feu, les cris, les corps qui tombent, le sang qui obscurcit le paysage, la chaleur infernale, l'angoisse, la sidération.

Tout s'est figé. Le temps, le son, la lumière. Un Polaroïd qui aurait perdu ses couleurs d'origine. Ils ont de l'ouate dans les oreilles, plissent les yeux pour se soustraire à l'éclat tranchant de la lumière éthiopienne. Autour d'eux, impassible, ignorante de ce qui se joue sous ses yeux, la foule les bouscule alors qu'ils restent là, à nouveau immobiles comme des statues de sel.

Autour d'eux, le décor de la gare s'est effacé. Aysia regarde son teeshirt blanc comme si elle allait y retrouver les taches de sang laissées par sa blessure à l'épaule ; Charlie revoit la silhouette de la jeune fille tomber avec la grâce infinie d'un pétale de fleur ; John revoit sa femme avancer les bras levés vers les hommes armés ; Lili revoit Trésor et Divine accrochés l'un à l'autre, bras et jambes mêlés sanglotant sur le sable ; Arnaud revoit John errer hagard, déchiré entre le corps de sa fille étendu sur le sol et la silhouette de sa femme qui s'éloigne tête haute sous la menace d'une Kalachnikov ; Violette revoit sa fille agenouillée, tête baissée aux pieds des terroristes ; Titoum revoit les visages superposés de sa mère et de Divine ; Raphaëlle sent le canon de l'arme braquée sur son front et ses entrailles tordues par la terreur.

C'est elle, Raphaëlle, qui sort le groupe du sortilège en repoussant la fureur qui l'envahit chaque fois que les images du drame s'imposent à elle. Elle ne veut pas se laisser à nouveau confisquer sa vie, ses vingt ans par le destin. Elle en a assez de la mort, de grandir avec le manque de son frère aîné, de la culpabilité d'avoir vu Lucie s'en aller à sa place. Elle ne veut pas sentir l'édifice de sa famille vaciller à nouveau. Elle refuse de se sentir responsable du malheur de la famille Saraghi. Pourtant, elle se sent irrévocablement liée à eux qui ont perdu leur mère, alors qu'elle gardait la vie. Au milieu de cette gare, Raphaëlle se secoue et franchit en quelques pas rageurs la distance qui la sépare des Saraghi en embrassant avec effusion Aysia dont le visage peine à sortir du coton qui les entoure. Elle force un rire en s'agenouillant devant Petit Max et s'écrie :

— Ah ben ça, c'est exactement comme ça que je t'imaginais !

Puis elle se tourne vers Eden et Soumaya qui ont assisté à l'arrêt sur image un peu médusés, et les salue en disant :

— Moi c'est Raphaëlle, avec un air un peu bravache qui les fait sourire.

John soulève Lili dans les airs et le rire de la petite fille cascade dans la gare, achevant de les tirer de leur catatonie. Enfin, tout le monde parle, les questions fusent, les réponses s'entrechoquent, les baisers claquent, les roues des valises rebondissent sur le quai.

Charlie et Aysia échangent un sourire timide sous le regard en coin de Raphaëlle qui les prend tous les deux par les bras et les entraîne vers la sortie où la lumière pâle de ce mois de mars réussit à cacher la laideur du quartier. Le désert de sel, la chaleur implacable, le vent brûlant ont fait place aux pavés des trottoirs, au verre bleu de la Tour du Midi qui réfléchit le soleil timide et ils respirent enfin en levant leur visage vers les nuages blancs.

— Allez hop ! Trésor, grimpe sur mes épaules, s'écrie Arnaud en saisissant le petit garçon sous les aisselles.

Lili aide son ami à s'agripper à la chevelure d'Arnaud et glisse en même temps à son père :

— Papa, tu as oublié ! Il veut s'appeler Titoum maintenant.

Arnaud lève les sourcils et adresse un clin d'œil à sa fille :

— OK compris, mon caporal.

Il s'élance, l'enfant sur les épaules, alors que Lili court à ses côtés. Violette scrute le visage de John qu'elle n'a plus revu depuis qu'ils sont venus à Bruxelles pour la cérémonie des funérailles, ce matin blafard de janvier. John leur avait semblé prendre l'eau de partout, amputé à vif, écrasé par l'adolescence échevelée de Soumaya et Eden, dépassé par l'éducation sans maman du petit Maxime et assommé par l'état d'Aysia qui partait à la dérive. Aujourd'hui, leur ami a l'air un peu moins hanté, il semble avoir redressé les épaules, retrouvé une stature, malgré les fils d'argent qui ont fait leur apparition dans son toit de cheveux noirs. Aysia a perdu beaucoup de poids et son cou mince paraît immense dans son pull en V. Ses joues sont creuses et ses yeux en amande ont un air désolé, mais elle semble sincèrement heureuse de revoir les Grimaud.

C'est le branlebas de combat ce samedi soir dans la maison des Étangs. Le dîner est dans le four. Violette termine le dessert avec Soumaya et une cuillère en bois à la main, appuyée au chambranle de la porte de la cuisine, contemple Eden et Charlie qui, après avoir remonté des bûches de la cave, ont rejoint Aysia et Raphaëlle autour de la platine sur laquelle tournent des vinyles. Arnaud étudie les livres de la bibliothèque. John s'est laissé tomber dans le canapé devant la cheminée, les reins encore ceints du tablier de cuisine. Elle entend la course des trois petits là-haut qui construisent leur cabane dans la chambre transformée en dortoir pour le weekend. Violette sourit et s'émerveille de la capacité de résistance de leurs deux familles. Malgré le chagrin, on dirait que leurs forces conjointes ont fait, l'espace de quelques jours, reculer la douleur et l'angoisse dans lesquelles les ont jetés l'attaque des terroristes, les cauchemars et la peur de l'avenir. Violette veut croire qu'ils arriveront à braver la mort et les forces obscures qui planent sur leurs sociétés. Soumaya lui tend une cuillère de mousse au chocolat encore tiède :

— Goûte, c'est trop bon !

John sent les muscles de son dos se détendre. Cela fait longtemps qu'il n'a plus ressenti une telle harmonie dans la famille. Ces dernières semaines, il y avait plus de pleurs, d'éclats de voix ou de silences oppressants que de musique, de rires ou de chants entre les murs de la vieille maison. Il est reconnaissant aux Grimaud d'avoir insisté pour passer un weekend avec eux. Il voit Charlie mettre des écouteurs sur les oreilles d'Aysia qui ferme les yeux et écoute en balançant très doucement la tête, un joli sourire sur les lèvres. Elle ouvre les yeux pour trouver ceux de son père posés sur elle. Elle prend le téléphone des mains de Charlie et vient s'installer à côté de John dans le canapé.

— Écoute, tu vas aimer.

Elle lui met les écouteurs sur les oreilles et se cale contre lui dans les coussins. La chanson débute par une jolie guitare sèche et John est tout de suite séduit par la mélodie lumineuse soutenue par des paroles d'une poésie nostalgique qui lui font monter les larmes aux yeux. Aysia lui prend la main et il sait sans même la regarder qu'elle éprouve la même émotion. La chanson de Noir Désir se termine sur un passage envoûtant de clarinette basse qui donne à l'ensemble une fragilité mélancolique et achève de le cueillir.

— Tu veux bien remettre le dernier couplet ? demande-t-il, la voix un peu rauque.

« Pendant que la marée monte
Et que chacun refait ses comptes
J'emmène au creux de mon ombre
Des poussières de toi
Le vent les portera... »

John pose son bras sur les épaules de sa fille qui remet le morceau et ils le réécoutent les yeux perdus sur la nuit qui enveloppe les Étangs.

BANLIEUE EST ÉDITIONS
11, sentier de la côte rôtie
94350 Villiers sur Marne

www.banlieue-est-editions

Imprimé en France
Lightning Source
1 avenue Gutenberg
78310 Maurepas

Distribution Hachette Livres
ISBN 9782492812057

Dépôt Légal Décembre 2021

Imprimé en France
FRHW011710010322
30087FR00005B/86

9 782492 812057